JN015409

ミズチと天狗とおぼろ月の夢

川辺純可

南雲堂

ミズチと天狗とおぼろ月の夢

ミズチと天狗とおぼろ月の夢◉目次

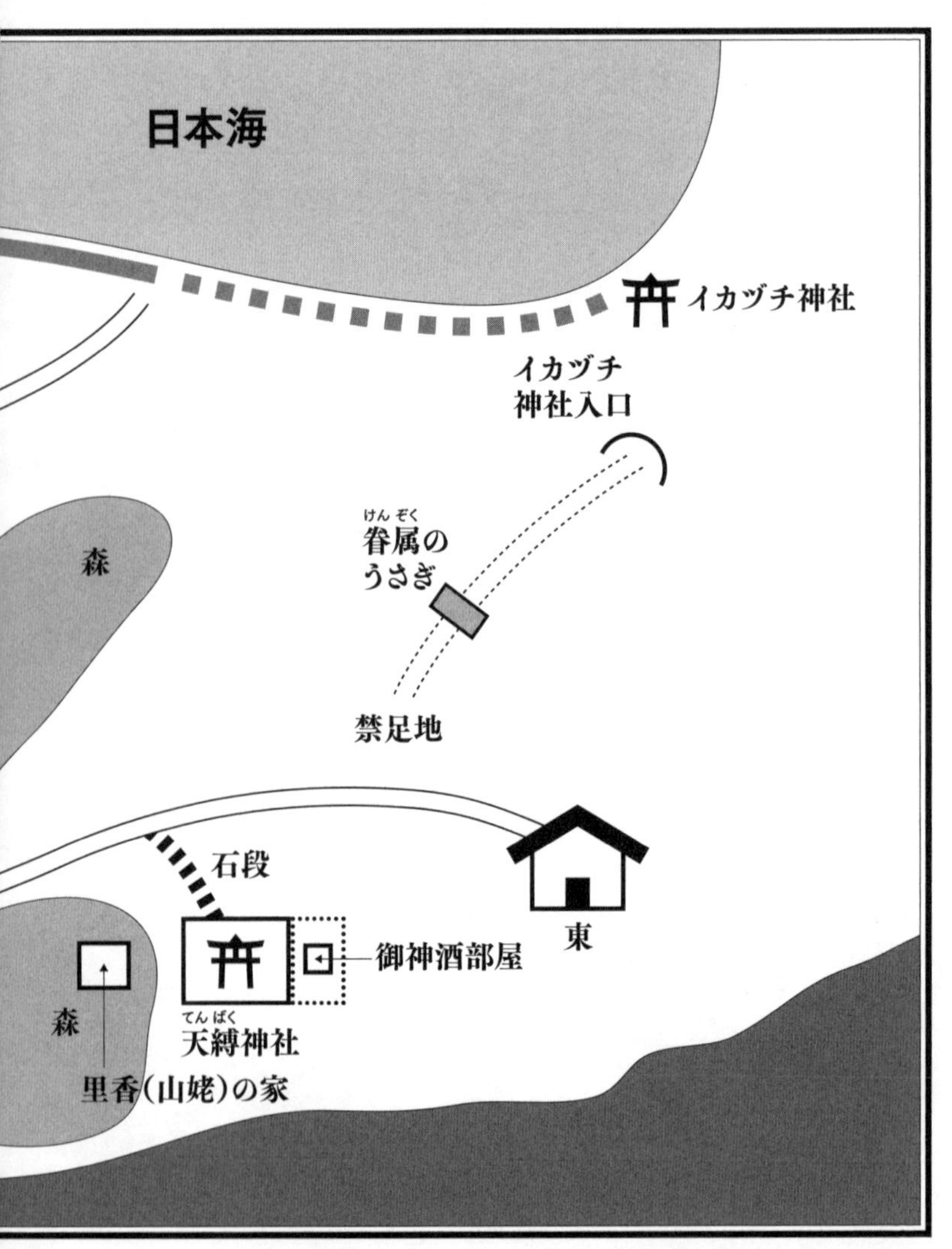
日本海
イカヅチ神社
イカヅチ
神社入口
眷属のうさぎ
森
禁足地
石段
東
御神酒部屋
森
天縛神社
里香（山姥）の家

みづち
三槌神社
三槌島
ひもの工場
さんばし
岩場
N
事務所
遊歩道
急な石段
あまなつ畑
（高台）
商店街
集落
山家旅館
バス停
中森医院
いちの せじゅく
一ノ瀬塾
西
集落
山

［ブックデザイン］
奥定泰之

［写真］
chapin31/iStock
Marina Kliets/Shutterstock.com

名残の雪がちらつく狭い砂浜に、赤いグラデーションも毒々しい鳥居がぽつんと立っていた。

笠木の部分が山形に反りたったそれは、風になびくように斜めに傾いで侵入者を阻み続ける。すぐ傍らには人型にそびえた岩が、断末魔の叫びを上げ、打ちつける波を威嚇していた。

海岸が狭いのは、切り立った崖のせいだ。ごつごつした縞模様の山肌は歪み、ぽっかり大きな洞（ほら）が口を開いている。

と、そこに若い男が二人、息をきらして現れた。一人は制服姿の警官、もう一人は白い袴姿の若者である。

「こっちじゃ、駐在」

白装束の男は、波しぶきがふりかかった顔をぬぐいもせず、平然と暗い穴を指さした。

「……ここ?」

警官は青ざめ、じわりと後ずさりした。

「ここはいかん……いかんわ、若旦那」

かろうじて薄日が射し込む暗い洞窟。それは闇に向かってどこまでも続いているように見える。

「小一時間もすれば、本部から人が来るけん。そ、それから……」

「かばちたれんな（ふざけたことを言うな）」男は一蹴した。

「死人(しびと)が出たんぞ」

　さらに顎で、穴の奥をさして、

「怖れんでええ。ほこらより先にはいかん。死人がおるのはうさぎのところじゃ」

　怒鳴られた瞬間、警官は泥に足を取られた。かろうじて踏みとどまり、怖々と男の後を追って洞に入る。

「だ、だれが死んどる言うんです。ま、まさか」

　今、ここにいるのは――禊ぎを受けた花嫁じゃないか。

　男は答えず、頑なに広い背中を向け、薄闇の中を奥へと進んでいった。警官は恐ろしくて、それ以上、何も問えなかった。

　二つの湿った足音は、時々重なりながら洞の天井にざくざくと響きあう。

「う、うさぎじゃ」

　先に警官の方が足を止めた。

　うさぎとは、狛犬の代わりに鎮座し、ほこらを守る二体の彫り物。苔の生えた石の台座の上に、右は立ち、左はうずくまり、白目をむいて恨めしげに天を仰いでいる。

　その奥には朽ちかけたほこらがあり、溶けて固まった蠟燭のうち、今は二本だけ芯が残って、小さな炎を揺らしていた。

「ほ、ホトケさんはどこに……」警官はかすれた声で問うた。

答える代わりに、男はまた、顎だけほこらの奥に向ける。

泥水が光を吸いこむ先に、妙なものが転がっていた。

「これは……なんかいね」

警官はぽかんと口をあけて、その得体のしれないかたまりを見る。

白い布で覆われた倒木にも見えるが、見るからに汚れ、錆び付いたようにどす黒い。曲がった二本の枝が、それぞれ洞窟の天と入り口を指しており、まるで壊れた自転車のように転がっていた。

「それがホトケじゃ……それほど日は経っておらん」

男は怒ったような口調で答えた。

「ホトケ……？」

ぐじゃぐじゃで汚いかたまり……これが人だと？

裂けた頭頂は、ザクロのようなかたまりを作って盛り上がり、大きな瘤になっている。

枝に見えたのは、二本の腕か。あるいは足か。付け根がまるく腫れ上がり、左右逆方向におかしな角度で折れ曲がっていた。

ぐっ。警官は制服の腕で口を覆った。

「だ、だれ……なんです？」

「よう、見てみい」男は口を引き結んで、

「宮司（神主）じゃろ」

「……宮司？　これが？」

見れば、死体が着ているのは男と同じ白装束。

白い部分がほとんどないほど、吹き出した血と泥で汚れている。体じたいもあちこちつぶれて、まるで人の形を留めていない。

これが本当にあの、博識で穏やかな宮司じゃろうか。

顔は——どこにある？

首はへし折られ、頭も肩にくっつくように折れてはいたが、宮司はこちらを向いて、どんよりと目を開いていた。聡明さを窺わせていた広い額には、短冊でも貼り付けたように、まっすぐなへこみができている。

「棒で……殴られたんか。いや、もっと細い……」

警官はあえぎ、目を凝らして死体を見た。

「杖……金剛杖じゃ……まさか、こ、これは、天狗に……やられたんか」

ここ数日、天狗を見たと交番に駆け込んだ者が五人、いや六人。

にしとひがしの婚姻を怖れる、迷信深い輩の妄想だと相手にもしなかったが。

「天狗？　そんなもん……」

若い男も呆れたように呟いたが、すぐ口をつぐんだ。そのままじっと、粘土のようにひしゃげた宮司を見る。

沈黙が湿った空気をさらに重くした。

蠟燭が瞬間、明るく燃え、宮司の濁った目が恨むように揺れた。やがて、最後の炎が音もなく消える。

――ひがしのお嬢さんは？　花嫁はどこにおるんじゃ。

警官の背中に、冷たい汗が流れた。

夢で見た村

春風に揺れながら、機体は出雲空港に到着した。

シートベルト着用ランプが消え、飛行機嫌いの麻衣(まい)もやっと胸をなで下ろす。

耳を押さえてゲートを降りると、ドアのすぐ前にロングコートを抱えた弓(ゆみ)が立っていた。

麻衣を見るなり鼻の上に皺を寄せ、思いっきり顔をしかめてみせる。

「おめでとう、とか言ってみ。ぶっとばすからね」

明日は弓の結婚式。それが、本人いわく「あらかじめ決められた政略結婚」だというから仰天する。

——田舎に、イイナズケがいるんだわ。そいつの爺さんがくたばりそうでさ……生きてるうちに式をあげろ、ってうるさいの。

おまけにあと一年で卒業なのに、大学もやめ、故郷に戻るつもりなのだという。

式は午前十時に地元の神社にて。披露宴は午後六時から田之倉邸広間にて。

そのいかにもフォーマルな日程のせいで、日帰りのつもりだった麻衣も弓の家、田之倉邸に二泊することになっている。

「うるさい田舎だし、ほんと、息がつまるって」

グチりながらも、まだ、落ち着きなくゲートに視線を走らせていた弓は、

「あ、来た、来た」と、麻衣の頭ごしに大きく手を振る。

何気なく視線を追った麻衣はぎょっと目をむいた。

暗い表情の蓑下(みのか)が、エスカレータで下りて来る。どうやら同じ飛行機に乗っていたらしい。

「どうして、蓑下くんが？」麻衣は弓の腕を摑み、小声で尋ねた。

「招待したからに決まってるじゃん」

悪びれた様子もなく、弓は肩をすくめた。

――元カレを披露宴に呼ぶなんてどうかしてる。

蓑下は弓の男友達には珍しく、真面目な学生だ。時々、学校まで弓を迎えに来ていたので、顔を合わせたこともある。

「麻衣の彼氏、ってことになってるからね。パートナー同伴で、って、ほら、アメリカじゃ常識じゃん」

確かにこういうはちゃめちゃなことを思いついて、平気で押し通すのが弓だった。しか

し、これから向かう場所はアメリカではなく、弓自身の言う『うるさい田舎』なのだ。

薄いダウンにデニム姿。きちんと式服のバッグをぶら下げている律儀さが痛々しい。まさか古い映画ばりに花嫁を奪って逃げるつもりはないだろうが――どう考えても気が重くなるばかりだ。

「観光だけで、帰ってもらったほうが……」

小声で言ったつもりだったが、聞こえていたらしい。蓑下は弓を横目で見てひとりごちるように、

「大丈夫です……友人として列席するだけだから」

「麻衣、あんた心配しすぎ」弓も屈託なく笑う。

「でも、弓……」

麻衣がまだ、何とか食い下がろうとした時、大柄な男が、真っ直ぐロビーを横切ってくるのが見えた。グレーのハーフコートを広い歩幅で揺らしながら、気が付くともう、間近に迫っている。

意外にも、弓は一瞬青ざめた。麻衣もどきりとして、彼こそが弓の婚約者、辰野（たつの）だと直感する。

蓑下が顔をこわばらせて侵入者を睨んだのに対して、辰野は興味もない様子で客を一瞥し、すぐ弓へと視線を戻した。

「麻衣と蓑下くん……」弓は早口に紹介した。

「遠いところ、どうも」

辰野はにこりともせず、麻衣のバッグを受け取った。

空港を出、知り合いらしい出雲そば屋で三人に早めの昼食を取らせると、車はすぐ高速道路に入った。

山陰自動車道から何本かの自動車専用道を乗り継ぎながら、また高速に連絡する。車は埃だらけのワンボックスで、辰野はハンドルを握ったままほとんど無言。蓑下は、恋敵の後頭部を睨みつけ、陽気な弓でさえ拗ねたように口をつぐむ。麻衣が一度、観光地の話を持ち出した以外は会話らしきものもなく、車内にはずっとタイヤの音が気まずく響き続けた。

村まで直行するものと思っていたが、K市で一度、市内に入り、辰野は経営するケーキ工場に車を付けた。型どおりの挨拶をして婚約者がいなくなると、弓は露骨にため息を吐く。

「あーあ。ほんと、空気わるっ」

「けんかしてるの?」麻衣も内心ほっとして、小声で尋ねた。

「ああいうヤツ。人を見下してさ」

「普通に見たら、かっこいい人だと思うけど……」

麻衣は引き締まった横顔を思いうかべる。

「まさか麻衣。ああいう、ゴウマン男が好み？　ロマンス趣味にもほどがあるって」弓は肩をすくめ、

「風呂、メシ、寝る、女はそのために存在すると思ってんの。三日一緒に暮らしてみ。いくら夢見るあんたでも、次に選ぶ男は絶対、お笑い系だから」

目付きも体型も隙がない。が、たしかに一日中あの不機嫌さでは、さすがの弓も閉口するだろう。

事務所に入ると、年配の店員がすぐに色とりどりのケーキを運んで来た。付設された店舗の駐車場は他県ナンバーで一杯だ。

「パティシエがいいの。東京のデパートから入らないか、って声も掛かってるんだけど、もったいぶっちゃってさ……本人は質より量のくせに、なにが女の子に受けるか分かってる。商売に関する嗅覚は動物的ね」

弓はそう言ってチョコムースをかき回していたが、いきなり響いたクラクションに顔を上げ、植え込みへと視線を泳がせる。

見ると小型のアウディから、茶髪の男が手を振っていた。一度車は消え、じき、運転手だけが事務所側のドアから現れた。

「お待たせ。ねえさん」

辰野を柔和にした顔で、すぐ弟と分かる。古いデニムに革のジャケットを着た姿は細身で、ギターケースでも背負うと様になりそうだ。

「それ、やめて。あんたが言うと、極道の妻みたく聞こえるから」

弓は婚約者の時とはうって変わり、うち解けた口調で言った。

「こいつ辰野渡（たつのわたる）。タダシの弟。これでも法科大学院（ロースクール）行ってて、悪徳弁護士目指してるの」

関西にある有名私大の名をあげる。

「悪徳は、余計ですけどね」

渡は、笑みを絶やすことなく会釈した。そのままケーキに伸ばそうとした手を、弓にぴしりと叩かれる。

「さ、行くよ。車、早く回して来てよ」

「今、来たばっかじゃん」

やがて戻ってきたアウディがチェーンを付けていたので、村はまだ凍り付いているのか、と麻衣は少し怖じ気づいた。東京は春の気配。日本海側も、都市部にはもうあまり雪は残っていない。

店員総出で見送られ、麻衣は不機嫌な蓑下とまた、リアシートに乗り込んだ。辰野の姿はなく、ケーキ箱を膝に載せた弓は、一転くつろいだ様子で助手席に腰を下ろす。渡がアクセルを踏むと車は静かに走り出し、すぐ信号に差し掛かった。

「空港にも、あんたが来てくれるんだと思ってたよ。そのつもりで電話したのにさ」

「せっかく兄貴がその気になってるんだから、出しゃばっちゃ悪いでしょ。あれで結構、気を遣ってるんだよ」

渡はやれやれというように肩をすくめながら、麻衣を振り返って「お友達っすか？　まだ名前、聞いてないよね」

「麻衣よ、久木田(くきた)麻衣」

ぶっきらぼうな弓の紹介に、麻衣は慌てて頭を下げる。

「へえ、ノーブル。弓さんと全然タイプ違うやん。彼氏いてますか」

「あんた、けんか売ってんの？　でも残念。こっちの蓑下くんが麻衣の彼氏」弓が白々しく言った。

「ふうん。そうか。そうだろうな」渡は納得したようにうなずくと、蓑下にもミラー越しに気さくな様子で頭を下げた。

「田舎で呆れますよ。俺なら絶対、友達は呼ばないな。結婚式も松江か京都でするわ。悪いけど」

「ちっとも悪くない。いっそ、ハワイなんてどうよ」

「ちぇ。俺の嫁さん、絶対、兄嫁にイジメられる。近寄りたくねぇ」

蓑下は黙っていたが、能天気な渡に苛立っているようだった。渡の方は器用にハンドルを握ったまま、取り留めもなく話し続ける。

すでに町を離れ、車は田舎道へと進んでいく。見通しのよい道路を抜けるとじき、収穫を終えた田畑が広がり始めた。

「あんた、しゃべりすぎ。麻衣が呆れてるよ」

「え、そうすか」ミラーの渡が麻衣を見た。目が合ったとたん、片目をつぶって見せたので、今度こそ本当に呆気にとられる。

「麻衣さんって、弓さんと同じ大学？」

「そう。習いごとも一緒だから」麻衣はうなずいた。

「ああ、フェンシング？」

「あれはやめた。今はなぎなた。麻衣は師範だから、強いよ」

弓は脅すように言う。

きっとフェンシングもスタイルに憧れて始めたのだろう。器用な弓は要領もよく、早く形になるのだが、その分、すぐ飽きてしまうのだ。

付属校に近いせいか、なぎなた教室には女子大の学生も多く、中でも、弓はよく遊びに行くグループの一人だった。麻衣は幼い頃からそこに通い、今は月二度、師範代として参加している。しかし稽古着姿に憧れたという弓は、最近ほとんど出て来ない。そのくせプライベートでは、買い物に付き合え、ノートを貸せ、と、何かにつけ麻衣を呼び出していた。

「渡さんって、お兄さんと印象違うんですね」

弓はふんというように鼻を鳴らした。

「タダシは自分が一番偉いって思ってる、勘違いヤローだから」

「そりゃ、名前が『正しい』だからね」

渡が冗談とも本気とも取れる口調で、

「跡取りつうのは、なにげに親の期待かかっとるからなあ。きついと思うよ……蓑下さんもあれでしょ？　長男」

「え、はあ」蓑下は、何か考えていたらしく、驚いたようにうなずく。

やがて、車は田畑の広がる道を経て、さらに山中へと入って行った。崩れかかった漆喰の家壁に、蚊取り線香や学生服のほうろう看板が並んでいる。

「でもあんただって辰野の人間だもの。侮れんよね。間抜けヅラで隠してるけど、実はミズチの血が一番濃く流れてたりしてさ」

弓が意地悪い口調で言った。

「勘弁してよ」渡は苦笑する。

「ミズチ？」

麻衣は首を傾げた。どこかで聞いた気もしたが、思い出せない。

弓はミラーの中でにやりと笑い、不気味なことを言い始めた。

「異種婚っつうの？　辰野家は毒竜の血を引くやばい家系なんだ」

「毒竜……」竜という言葉に、麻衣はなぜかどきりとする。

「四本足の巨大な竜で、猛毒を吐くの。辰野の遠い先祖にミズチの子どもを産んだ娘がいてさ。その血が、タダシやこいつに脈々と流れてるわけ。一応、神社に奉られて竜神様ってことになってるけど、そんなの、もろ、化けもんじゃん。めちゃくちゃキモイよね」

「うわあ、間違っても爺さんの前で、そういうこと言うな。激怒したまま、ぽっくり逝ってまうから」

渡は運転に気を取られながらも笑って言った。関西弁と標準語が代わる代わる出てきて忙しい。

いつの間にか道はかなり狭くなり、カーブも増えて見通しが悪くなった。片側には、反りたった壁が白く凍てつく。ブルドーザーが数台置かれた採石場を抜けると、民家もほとんどなくなり、葉の落ちた巨木の横に、古い百葉箱がぽつんと見えた。

「その点、こいつんとこはいいんですよ。ひがしの田之倉家は、平家の流れを汲む名家だから。うちのご先祖のミズチが、そこのお姫様に惚れて、天狗に成敗された、なんて、情けない話が残ってるくらいだし。だから、こいつの家と縁を結ぶのが爺さんの悲願で。その犠牲者が兄貴……と弓さんなんですよ」

弓に睨まれて、慌てて言葉を継ぐ。

今どきイイナズケという響きだけでもありえないのに、それが日本昔話のような伝承に端を発していることに麻衣は驚いた。

道の端には思ったより雪が残っており、絶壁のはるか下方に、岩だらけの川が見える。高所恐怖症の麻衣など、見下ろすだけで膝が震えそうだ。

「そういう、カビ臭い村なんだよ。生活水準はわりと高いのにさ。頭の中だけ変なんだ。山と海に囲まれた……言わば、民俗学のガラパゴス？　みたいな」

崖を気にしているのか、弓も外を見ながら言った。

張り出した木々の枝が、時々雪の固まりをフロントガラスに弾き飛ばす。暗くならないうちに、と、弓が急いだ理由も今なら納得できた。車一台、やっと通れるくらいの細い坂道を、車はさらに登ってゆく。

「気分悪くないっすか」

渡の言葉に麻衣はうなずいた。

「ここからはもっとえげつないですよ。前人未踏、未開の秘境」

「嘘よ。もうすぐ着くって……ほら、海が見えてきた」

弓は苦笑して、お気に入りの三連リングを光に翳す。

「うみ？」

ふいに、車の向きが変わった。

山の中にいると思っていた麻衣は、いきなり眼下に広がった村の全景を目にして息を止めた。耳の下で脈が大きく打ち始める。

何？　これ。

目眩がするほどの、強烈な既視感（デジャヴ）。

思い思いの方向に這い上る赤い瓦屋根、ひときわ大きな平屋の大屋根。えぐったように切り立つ暗い海岸線。

それはまるで、ここを訪れてはいけなかったというような、ぞわぞわ、怖気立つ感覚だった。

——この奥には呪われた神がいる。聖なる地を汚した者は、二度と戻っては来られない。

脳裏に浮かんだ恐怖の感情。

目の奥に赤い火花が散った。

——そうだ、夢だ。

麻衣は幼い頃から、時々同じ夢を見る。

爬虫類に似た岩肌。湿った土と、必死に芽吹く草の匂い。はるか遠く、波が打ちつける音。あざ笑うように白い裏側をむき出しにするシダ。喜々として足を捕らえる泥濘（ぬかるみ）。

目を覚まし、泣きじゃくっては母を困惑させたあの夢。

「どうしたん？　麻衣？」

弓が顔をしかめて振り返った。

「驚きすぎ。都会育ちだからって、失礼じゃん」

「俺もちょっと傷ついた。その反応」渡も苦笑いを浮かべる。

「ち、違うの……ごめん」

声がかすれ、すぐには返事をすることもできない。麻衣は、何とか自分を取り戻そうと必死で呼吸を整えた。

しかし車が下降を始め、再度ぐるりと向きを変えたとたん、さらに大きく息を呑んだ。

神社だ。鳥居が現れたのだ。

上部を山形に尖らせた異様な鳥居。悪夢に必ず出てくる奇妙な形態。

それはまるで麻衣に見せつけるかのように、曇った空に向かって禍々しく反り立っていたのだった。

山王鳥居

車道は、ガードレールが邪魔になるほど狭く入り組んでいた。

それでも国道の表示があり、山頂から見えた大屋根へとまっすぐ繋がっている。そこが弓の生家、田之倉家らしい。

——きっと、気のせい、だ。

固まった指を伸ばしながら、麻衣は何とか平静を装い、神社の鳥居から目をそらした。

下りになるにつれて雪が消え、道路脇に野生の梅や桃が見え始める。木々に覆われて屋敷が見えなくなった時、それまで呑気にハンドルを握っていた渡が、あっと声を上げて急ブレーキを踏んだ。

「な……なにやってんのよ」弓が叫ぶ。

麻衣もとっさにシートを摑み、運転席越しに前を見た。

渡がドアを開けっ放しにして外に出たので、車内に冷たい風が吹き込んでくる。

「すんません……平気っすか」

そこには上背のある老女がいて、工事現場にあるような三輪の荷車が横倒しになっていた。車輪が宙を切ってカタカタ回っている。

「平気なもんか。見て分からないかい」

老女は土で汚れたウインドブレーカーを叩いてみせた。ケガはなさそうだが、大根や柑橘類が辺りに散乱している。麻衣も思わず外に出て、転がる大根を追いかけた。

老女は無遠慮な視線で麻衣を見て、

「見かけない子だね。ボンのコレかい」

柑橘類を抱えて戻った渡に、ニコリともしないで小指を立てる。

「違うよ。ひがしのお客さん」

渡が慌てて手を振ると、老女は車中に目を向けた。

「はん、ひがしのわがまま娘か……ボン、にしの爺さんは相変わらず妙な邪念に取り憑かれたままかい。ミズチがひがしの者を欲しがればどうなるか、昔、さんざ骨身に染みたろうに」

麻衣が驚いて目を見張ると、音もなくアウディの窓が下がり、露骨に眉をひそめた弓が顔を出した。

「あんた、なんとかの尼のつもり？　令和にもなって天狗だのタタリだの、間の抜けたこと、言い出さんといてよ」

さっきまで自分もミズチの血などと話していたことは棚に上げ、べえと赤い舌を出して見せる。

「おや、あたしゃ、天狗だのタタリだの言ったかね」

老女はにやりと笑い、

「確かにね、そろそろ天狗様の顔を拝んでもいい頃だよ。ここ七十年ばかし、まったくお出ましがないからね」

そう言って大根を受け取った老女は、かわりに柑橘をひとつ、軍手でぬぐって麻衣に握らせる。そして、誰にも聞こえないよう、早口でささやいた。

「いいかい、お嬢さん。あんたの友だちは相当の性悪だが、嫁入り前に拐(かどわ)かされるのもかわいそうだろ……式が終わるまで、なるべくそばについていてやりな」

どういうこと？　麻衣が立ちすくんでいるのを見て、弓が痺れを切らしたように、車の中から急き立てる。

「麻衣、早く乗って。行くよ」

「うん……あ、あの」

それでも気になって振り返るが、もう老女は背を向け、坂を上り始めていた。

「今の人、何？」

しかたなく車に戻ると、青ざめた蓑下が初めて口を開いた。老女と目を合わせるのが怖いのか、不自然に体を硬くしたままだ。

「ああ、山姥(ヤマンバ)？　山奥の一軒家に一人で住んでるの。村に恨みを持っていて、時々、里に下りて人を食うんだよ」

「弓さん。お客さんたち、本気にしてるよ」

渡は笑ってハンドルを切った。

麻衣には、山姥と呼ばれる老女が、弓の言うほど変人にも悪人にも思えなかった。それよりむしろ、意味深な言葉の方が気になる。

「タタリって……何かあったの？」

老女の口調は真剣だった。この村が夢と同じかどうかも分からないまま、また、新たな不安がのしかかってくる。

「あんたでもそういうの、気になったりするんだ」

弓はわざわざ振り返り、へえと言うように笑った。麻衣らしくない物見高さが弓を喜ばせたようだ。

が、ちょうどその時、時代劇に出てくるような遊郭風の建物が見え、弓は慌てて渡の肩に手を載せた。

「あ、ここ止めて。待ってて……みのくん、旅館だよ」

つい、なれなれしく呼んで、二人で提灯の下がる朱格子へと入って行く。弓の設定上、自分も一緒に車を降りた方がよいのだろうか。迷っている麻衣に、渡がふり向いて声を掛ける。

「麻衣さん、弓と同じ学科？」

いなくなると、いきなり呼び捨てにする辺りが渡らしい。

「ううん。私は住居。弓は英文科だから」

そう言いつつ、どうしても気になって、

「さっき、七十年とか、天狗とか言ってたけど……」

「あー、だめだめ、それ、あかんやつ」

いきなり大きな声でさえぎられて、麻衣は言葉を呑む。

「NGワードだよ、麻衣さん」

渡は困ったように口の端を下げて、

「弓が言ったでしょ。ここってさ。一見、ロハスなスローライフに見えるけど、実はめちゃくちゃ因習的なんだ。都会の人に分かるかなあ……これだけは絶対触れちゃいけない、ってタブーが、その辺にごろごろ転がってるわけよ……あ、麻衣さんがよそ者だ、って言ってるんじゃないよ。むしろ、俺らのほうがずっとやばい」

「でも……さっきのおばあさんが」

弓に関する剣呑な話だけに、麻衣はつい食い下がった。

「うん。山姥は、人付き合いが嫌いで、勝手に自分から『村八分』だからさ……あ、村八分って分かる？　葬式と火事の時以外、八割がた仲間はずれ、ってやつね」と、渡は頭をかいて、

「七十年くらい前、この村でなにかあったことは確かだけど、正直、俺らも詳しくは知らないんだ。ただ、そういうこと興味本位で蒸し返すと、親やら、瑞絵さんやら、あ、弓のおふくろさんだけどさ。まわりに迷惑がかかるってことだけは、がっつり学習させられてて……」

しょげた麻衣を見て、渡は眉を下げた。

「でも……俺が言うのもなんだけど、タブーに触れない限りは、みんなそれなりにいい人だからさ。怖がらずに楽しんでよ」

そこに弓が帰ってきたので、話は中断する。

それまでずっと雲に隠れていた太陽が、いきなり細いすじを作って車内に差し込んだ。

「ああ、寒い。早く車出してよ」

胸の開いたセーター一枚の弓は、眩しそうに目を細めてそう呟く。車は方向を変え、来た道をまた山の方へと戻って行った。

村で『ひがし』と呼ばれる田之倉家は広い屋敷だったが、山頂から見るよりもずっと老朽化が進んでいた。

大屋根と同じ赤い瓦で葺かれた門では、寺院のような百合根状の装飾が片方無造作にコンクリートで固めてある。中に入ると、いきなり壁に隠された細い路地が続き、六角形に切った石畳から青々とした草が生えていた。

路地の突き当たりには、白壁を壺型にくり抜いた漆喰の門道がある。玉を銜えた魚の彫刻が木目も鮮やかに磨かれ、木槌と共に吊り下がって、ゆらゆら風に揺れていた。

弓の母、瑞絵は小柄でずいぶん若く見えた。

白いハイネックのセーターにデニムをはいた姿は、姉と言っても違和感はない。弓と同じ健康的な肌色に、くりっとした大きな目が子鹿を連想させた。渡の言うような因習的な雰囲気などどこにもなく、麻衣は密かにほっとする。

「お帰んなさい……ねえ、弓。なんだか麻衣ちゃんって、ほら、白雪姫みたいよね」

弓はふくれて、高い天井の梁を見上げた。

「あたしはどうせ色黒。ふん、ママに似たんじゃん」

人懐っこい母親とわがままな娘。麻衣は羨ましい気分で、二人を眺めた。玄関の壁には細やかな飾り文字の煉瓦が並び、外から差し込んだ光で土間に〈福〉の文字を映し出している。

弓はケーキの箱を瑞絵に押しつけると、一休みする間も与えず、麻衣を外に引っぱり出した。お茶の支度をしていた瑞絵が慌てて呼び止めたが「帰ってから飲むよ」とまるで取り合わない。

弓は、麻衣の背中を押して門を出た。そのまま、鼻歌交じりに坂道を下って行く。

古い家ほど唐風の装飾が目立ち、段々畑にそれぞれ、屋舎を構える独特の町並みになっていた。古いのは田之倉家だけではないようで、雨漏り用のビニールシートが、赤屋根に所々不自然な色を際だたせている。道の両側も微妙な高低差があり、ともすると自分の居場所を見失いそうだ。

「明日、式なのに、出歩いて平気?」

「今さら何があるわけ? 引き出物は、富士山模様のださい夫婦茶碗だよ。式のプラン立てたり、ドレスを選ぶ楽しみだって、全然なかったんだからね」

そう言って弓が顔をしかめたとたん、ふいに日差しが戻り、辺りが暖かく照らされた。ついさっきまで曇天に押しつぶされそうだった山肌が、海の青と桃や菜花の色彩に映え、村をまるで違う場所のように見せる。

「旅行は?」

「来月、イタリアとスペイン……年度末だしね。商才だけの連中だもん。今はお金の計算に必死なんだよ。タダシが継いで、こっちの工場は随分小さくしたんだけどさ。それでも村からは離れらんない。K市じゃ利益が上がんないと、ばっさり切るくせして。このボロ工場だけは止めて困る人がいる限り永久に続くんだ……あーあ。嫌な村。結束だけは固いんだよ」

「式だけ挙げて、卒業まで学校に戻してもらえばいいのに」

「学費もにしに借りてるみたいだし……正直、大学もあんまり未練ないんだよね。あんたみたいに資格取るわけじゃないし。ちょうどいい頃合いかもね」

弓と麻衣は、海が見下ろせる岩に並んで腰を下ろした。

海からの風も、この時期の日本海とは思えないほど、まるで冷たさを感じさせない。

「あの木は、なに？」

「甘夏よ。あんた、さっき、山姥にもらってたじゃん」

そう言われて麻衣はまた、NGワード「七十年前の天狗」を思いだした。友だちとして「式が終わるまでなるべくそばについていてやりな」はまだ分かる。が、「嫁入り前に拐かされる」とはどういう意味なのか。そのままの意味とは思えないし、伝説になぞらえた一種の比喩だろうか。

一方、弓は麻衣の思惑にまるで気付かぬふうで、

「泥だらけのみかん、平気で触ってたよね。こんな所に座るのも珍しいし……潔癖症、治ったん？」

じろじろと麻衣の顔を眺める。

「ほんと……だ」

四年前、両親が事故で亡くなり、強迫性障害と不潔恐怖症を発症した麻衣である。今はかなりましになり、ドアノブやつり革などは何とか触れるし、手を洗う回数も減った。

しかし、いまだに目に見える汚れや物の歪み、左右非対称はどうしても許せない。順番の不揃いなども同じ。コロナ禍よりずっと前から除菌ティッシュは不可欠だ。

去年、空き巣に入られた時は最悪だった。現金を少し盗まれただけだったが、その後、麻衣は一週間、寝る間も惜しんで洗濯とゴミ出し、拭き掃除に明け暮れた。もちろんセキュリティシステムにも加入した。今でも時折、駅まで行って、システムがちゃんと稼働しているか確認しに戻ることがある。

弓はけらけら笑って立ち上がった。

「あまなつって言うわりに、ハンパなく酸っぱいよ……丈夫な木だし、内海じゃなくても平気、あっちにもほら」

高台から海岸へと続く階段は、傾斜が急で足場も小さく、目を背けたくなるほどだ。おまけに春の風が強く吹いて、バランスを失いそうになる。

海岸には、トタン作りの建物が不均等に並び、煙突から白い湯気を吹き出していた。辰野の水産物加工工場らしい。K市のお洒落な菓子メーカーとは違い、長い時間を経て少しずつ染み付いたような陰気さと暗さがあった。

「辰野さんのお家は？」

「にし？　ほら、あそこ」

田之倉家が東で、辰野家は西。ひがしと同じくらいの高台に、村には珍しいモダンな建物が見えた。和風の建築だが、広い芝生の庭を持ち、瓦も新しく光ってそこだけ周りから浮きあがっている。

「お金持ち……なんだ」

「い、か、に、も、でしょうが。うちが没落した旧家で、あっちは成金……村唯一のコンチェルンなんだ。基本は干物工場だけど、スーパーマーケットや診療所、みんなそう。郵便局もついこの間まで、にしのもんだったんだから」

そう、弓は目を吊り上げて言いたてた。

「うちの極楽ママ、見たでしょ？　村役場に勤めてた父さんが脳出血で死んで、生命保険もすぐ食い潰しちゃって。にしの爺さんが援助してくれるのだって、純粋な善意だと思ってるんだよ」

弓の後を歩きながら、麻衣は改めて田之倉邸を見上げる。

茶色に染まった壁と大きな切妻屋根。昔はたくさんの小作人がおり、尾頭付きの鯛や米俵を積んだ大八車が、日夜大きな門から出入りして賑やかだったに違いない。

「結婚は、昔から決まってたの？」

「まあね」弓は肩をすくめて、

「にしの爺さんは成金と呼ばれないために、どうしてもうちの血筋が欲しいの。そんなもん、ここを出ればなんの価値もないんだし。どうせ出られないならせいぜい利用してやるって、そう思ってるんだ」

――ミズチがひがしの者を欲しがればどうなるか、昔、さんざ骨身に染みたろうに。

また、よみがえる山姥の言葉。

が、路地を曲がると、いきなり目の前に山高の鳥居が飛び込んで来て、麻衣の目はそちらに奪われた。いつの間にか、山上から見た神社に近づいていたらしいが、思うよりずっと古びて、朱も取れかけている。

西日に染まった石段と、崩れた石灯籠。それらは夢と少し違う。同じなのは鳥居の、特殊な形だけだ。

なぜあれほど動揺して、夢に見たと思い込んだのか。山から見る海辺の村など、たぶん、どこも似たり寄ったりなのだ。

弓は軽い足取りで石段を登り詰めると、それでもやれやれというように息を吐いた。社（やしろ）は古いが、周りは一応手が入れてある。ただ鎮守の杜というには繁り過ぎた木々が鬱蒼として、ことさら辺りを暗く見せているようだった。

「ここも変わらないな……昔よく遊んだんだ。天狗に拐かされるから行っちゃいけない、って言われてたけどね」

「天狗……拐かされる」麻衣はどきりと足を止めた。

「もしかしてそういう、ことがあったの？」

渡にはああ言われたが、そのくらいなら聞いても大丈夫かな、と思う。弓は軽くうなずいて、

「ここ天縛神社（てんばくじんじゃ）は土を守る天狗、天伯（てんぱく）さま。ミズチも天狗も神様なのにさ。うちのご先祖姫は狙われっぱなし。もてる女は気が休まる暇ない、つうの」

どうやら、それは伝説で、七十年前の話ではないようだ。

「ねえ、弓……」

麻衣は探りを入れるような後ろめたさを感じながら、

「ミズチっていうのは……辰野さんのご先祖で竜神様なんだよね。そのミズチが、天狗に退治されたんだっけ。それじゃ、天狗も、弓のご先祖のことを？」

「うん。ミズチは辰野の娘との間に子どもまで作ってた癖に、流れ着いた平家の姫を自分のものにしようとしたの……にしの欲深でスケベエな性格は昔っから。ミズチ譲りなんだよ。それってさ。昔話がほとんど嘘っぱちでも、実は奥に真実を潜ませてる……ってあれね」

弓は拳を握りしめた。興奮すると言葉遣いも内容も過激になる。

「姫を助けてミズチを退治したのが、天狗……でも天狗だって本当は下心ありありでさ。自分も姫をさらっちゃおうとしたんだって。姫はあれえ、こんなはずじゃなかったぁ、って逃げたけど、天狗だもの。人さらいのプロじゃん。あわや姫の貞操危うしって時に、いきなり怒りのイカズチに打たれて……ばきゅーん。天狗もアウト」

弓は指でピストルを作って、撃つ真似をする。

怒りのイカズチ？　戦闘アニメかジェットコースターのような目まぐるしい展開に、麻衣はますます混乱した。

「それで……お姫様は？」

「家来と結婚したんだって。オチのない話だけど、幸せだったらしいよ。父さんも、どっちかっていうと、家来って感じだった。うちはそういうのがいいんじゃないかな……お姫様だもん。ミズチとか天狗とかと結婚してうまくいくはずない……ここのご神体って、普段は見れないんだけどさ。木でできた、男の巨大なアレって噂だよ。そりゃ、姫様だって怖じ気づくわ」

麻衣は顔をしかめた。と、その時いきなり、後ろで草が動く音がして、誰もいないと思っていた藪の中から静かな声がした。

「穏やかではない、お話ですね」

「先生……」

弓が驚いたように顔を赤らめる。つられて振り返ると、眼鏡をかけた男がゆっくりと立ち上がり、膝に付いた泥を払うのが見えた。

三十半ばくらいか。長めの髪の毛を襟足ぎりぎりのところで束ね、清潔な首筋をのぞかせている。ダッフルコートにそぐわない軍手は草を取っているのか、左手に小さな採集用のスコップとプラスチックバッグをぶら下げていた。

「弓さん。こんにちは。そちらはお友達ですか」

男は眼鏡の奥に笑みを湛えて頭を下げた。

「初めまして。一ノ瀬(いちのせ)といいます」

「久木田麻衣さんです。麻衣、一ノ瀬先生。塾の先生なの。村の中学生はみんな、先生んちに通うんだよ。基本をきちんと教え込まれるから、村の子はたいていK市の高校に行っても成績いいんだ」

辛辣な弓が、ここまで手放しに誉めるのも珍しい。麻衣は驚いて、一ノ瀬の上品だが、意志の強そうな眉と口元を見た。

「お褒めにあずかりまして……」

「先生、何してるの？　こんな所で」

「こんな所とはあんまりですね。これでも一応、宮司ですから。時々こうしてお清めをするんです。ここは地衣類の宝庫で、面白い苔も見つかるんですよ」

「ぐうじ……さん？」

首を傾げる麻衣に、一ノ瀬は微笑んで、

「神主ですよ。僭越ながら、明日のご婚儀も典礼を務めさせて頂きますので。どうぞよろしく」

姿勢が良く、見ていて清々しさを感じるのはそのせいかと麻衣は納得する。

「じゃあ、式はここで？」

「いえ……」一ノ瀬はちょっと言い倦ねて、

「辰野家は三槌神社（みずちじんじゃ）の氏子ですから。あちらの三槌島です」

と、下方を指さした。そこには海岸線で囲むようにして、小さな丸い島がある。海岸からほど近く、百メートルも離れていない。

見下ろすと、まるで貝に育まれる真珠のようだった。ここからではよく見えないが、たぶん田之倉邸の敷地より狭いくらいだ。

「ここは天狗を祀（まつ）っている天縛神社。にしが天縛で結婚式するはずないじゃない」と弓。

「そこも、一ノ瀬先生が神主さんなんですか」

「ええ、村の神事に関しては、代々うちが一切を担（にな）うしきたりです……時に麻衣さん」

麻衣と弓は机を並べる小学生のように、同時に目を見開いて続きを待つ。

「あなたは茶道か何かなさっていますか。いや、武道かな……日本古来の」

「ええ。なぎなたを。どうしてお分かりになったんですか」

麻衣は驚いた。

「立ち居、振る舞いが美しいですから。あとは雰囲気ですか。礼儀正しく、白鳥のような……」

キザなセリフだが、彼が言うと不思議に心地良い響きがした。

「先生、そういう恥ずかしいこと、真面目に言わないでよ。麻衣が赤くなってるじゃん」

弓が笑う。

「あのう……」

麻衣は一ノ瀬の優しそうな微笑に安堵し、一番気になっていた疑問を口にした。

「ここの鳥居ですけど……ちょっと、変わっていますよね」

「鳥居？」

一ノ瀬は一瞬動きを止めたが、すぐ、ああ、と言うように、

「笠木の、三角に尖った部分のことですね。あれは山王鳥居というのです。仏教の影響を受けているのか、あるいは田之倉家のお屋敷と同じように、大陸文化に関わっているのかもしれません……鳥居に関しては、特に取り決めがあるわけではなく、個々の神社がそれぞれ好みのデザインで立ててよいのですよ」

そんなものなのか、と驚きながらも、麻衣はさらに食い下がる。

「でもこんな形、他にはありませんよね」

「いや、いや。確かに全体として多くはありませんが。時折見かけますよ。有名なところではそうですね……比叡山近くの日吉大社がこの形です」

「比叡山……ですか？」

行ったことはないが、有名な寺だ。テレビか写真で見て記憶に残っていたのかもしれない。夢と同じだからといって、神経質になる必要はなかったのだ、麻衣はそう、自分に言い聞かせる。

と、一ノ瀬は空を見上げて、

「風の流れが不安定になってきましたね。明日のこともありますし、寄り道をしないで、早くお屋敷にお戻りなさい」

「はーい」

そう言われ、やっと、弓も帰途につく気になったようだった。

石段を下り、半ば辺りに差し掛かった時、明るかった日差しがいきなり翳る。思わず、え？　と、二人は顔を見合わせた。次の瞬間、雷鳴が轟き、掻き曇った空からぽつぽつ大粒の雨が落ちて来た。

「ひゃあ、雨」

坂を駆け上る弓のサンダルが、けたたましい音を立てる。

何がおかしいのか声を出して笑いながら、弓は、麻衣の手を摑んでぐいぐい乱暴に引っ張った。

屋敷に着いた時にはすでに雨は止んでいたが、二人ともずぶ濡れになって、玄関に出てきた瑞絵を大いに慌てさせたのだった。

蓑下徹男

蓑下はイライラしながら、テレビを消した。ＢＳは古い時代劇と韓流ドラマだけ。地上波も少ない。

缶ビールを開けて寝転がり、スマホに映った自分のしかめっ面を指で払いのける。魚が苦手な蓑下には、旅館の夕食もまったく好みに合わなかった。

着いてすぐ田舎道を歩いてみたが、客もいない食堂の他は、雑貨屋に近いスーパーが一軒あるだけだ。あとは八百屋と肉屋、魚屋。

肉屋からコロッケのよい匂いがしていたが、物を買うために無駄な会話を交わさなければならない店なんて、なんの価値があるだろう。いまどき、コンビニが一軒もないなんて、どれだけ文化程度の低いド田舎なんだ。

――しかし、弓のやつ。

成り行きでこんなところまで来てしまったが、あいつの家は借金だらけの没落旧家だというじゃないか。結婚したくないだの、どこかに逃げたいだの、散々、思わせぶりな言葉に振り回されたが、こんなへき地に閉じこめられていると、憑きものでも落ちたみたいに、早く東京に帰りたくなるから不思議だった。

あの、麻衣とかいう娘も、神経質かと思えばぼーっとして、いかにも経済観念が欠落している感じだ。面倒な係累がいないのはいいが、弓の話では、両親が死んで相続したのは、ボロボロのオバケ屋敷らしい。土地は借地というし、いわゆる負の遺産相続、というやつだ。

蓑下は時計を見て、おもむろに立ち上がった。さっきまで通り雨が降っていたようだが、もう止んでいる。まわりも暗くなる時間だし、そろそろ出かけてもよいだろう。

部屋を出ると宿の主人と出くわした。

「お客さん、風呂ですか」

「いや、外……」

「帰ったら、声かけて下さいね」

主人は靴箱から、靴を出して揃える。

――うるさい旅館だ。ホテルならこんな面倒はないのに。

村の外から来る客は、ほとんどここに泊まるらしい。めったにない稼ぎ時とばかり、主人も忙しそうにすぐ走り去る。

外に出てすぐくしゃみが出た。目もかゆい。

蓑下は杉よりもヒノキ科のアレルギーだった。雨上がりだから、今日はまだいい方だ。

山奥は花粉だらけだろうと、多めに薬を持って来たのは正解だった。蓑下にとって、春は最も嫌な季節だった。

怪異の始まり

朱色の鳥居が、三角のてっぺんを夜空に突き立て、風に逆らいながら揺れていた。

——また、だ。また、ここに迷い込んだんだ。

麻衣は戦慄を覚え、胸元をかき合わせた。

狂ったように芽吹く草の匂い。打ちつける波の音。予測できない風のうなり。

細い道の端では、シダが白い裏側をむき出しにし、途切れることなく呪いの言葉を唱え続ける。

「来い、早く来い。呪われた神が待っているぞ、早く来い」

——行かないと。急がないと。また、道が消える。

神の地を汚すと、二度と戻って来られない。だけど……どうしても今、この先に行きたい、いや、行かなくてはならないのだ。

岩肌に手をついて、一歩一歩進む。泥濘が足を捕らえるたびに体がどんどん重くなる。

しかし、やっといつもの曲がり角にたどり着いたとたん。

——ああ、やっぱり。

麻衣は膝を折った。

断崖絶壁。はるか下、遠い闇からたくさんの手が、麻衣に向かって手招きをする。

老人の手、子どもの手、黒い手、黄色い手、白い手。

まい、まい、まい。

汗をかいているのに、足が氷のように冷たい。痛む節々を撫でながら、麻衣は大きく目を開けた。

「麻衣、ってば」


ここ、どこだっけ。

砥の粉を塗り込んだように黒光りする天井。

一つ一つの板が丸く細工され、花や鳥、架空の動物などがまだ新しい彩色で描かれている。

ハンガーに吊された、紺のベルベットスーツ。

そうか、田之倉家の客間。いつのまにかうたた寝していたらしい。

「まさか、こんな時間から寝てるわけ？　お子様？」

「……弓？」

確かに声は弓だ。が、間近で見下ろす異様な姿に、麻衣の眠気はすっかり吹き飛んでしまった。

白粉（おしろい）を首筋まで塗り、その唇は紅でくっきり縁取られている。白い着物の上から黄八丈の綿入を羽織っており、短めの裾から寒々とした素足が見えていた。軽いウエーブのある髪をブラシでまっすぐに引き延ばした様は、まるで市松人形のようだ。

「どうしたの？　それ……」

起き上がりながら目をこする。弓は明日の準備があると急かされ、夕食もそこそこに部屋に戻ったはずだ。

「やばいよね。式の前日は禊ぎの儀式なんだよ。こんな格好、東京でしてみ。瞬間で通報されるわ……でさ。今、抜け出して来たんだけど、外に出たいし。あんたその間、ちょっとだけ身代わりやってよ」

「えっ？」麻衣は仰天して、弓を見つめた。「どこ……行くの？」

「愚問。気が利かないよね……いつもながら」

「まさか……蓑下くんと？」

弓は聞こえないふりで、すでに着物を脱ぎ始めていた。下着は身につけておらず、麻衣は慌てて、滑らかな肌から視線をそらす。

「いい加減にしなよ……おかしいよ」

一度言い出したら聞かない弓だが、どうしてもそう咎めずにはいられない。

「それに、こんな時間に、出歩くのは危ないいんじゃない？　式の前になにかあったら……」

「お説教やめて。まさかあんた、山姥のアホばなし、信じちゃってるんじゃないよね？」

「アホ……ばなし？　それ、七十年前の……天狗が出たとか、そういう話？」

思わずそう口走った麻衣だったが、あの時は、面白がっていたかに見えた弓は、まるで手のひらを返したように、

「ああ、うるさい。そんなん、どうでもいいよ……それより身代わり。やるの、やらないの？」と、つっけんどんに言いはなった。

それが、人にものを頼む言い方だろうか。さすがに麻衣もかちんときて、

「だいたい、ミソギって……なに？」

「一人でおとなしく寝てるだけだよ。誰もいないし、退屈なだけ……昔はね、真夜中の神社に置き去りにされてたんだってさ。ああ、ぞっとする。こんな村、ダムに沈んじゃえばいいのに」

そう言いながら、麻衣の服を物色し、まだ新しいロングスカートとリブ編みのニットを勝手に着こむ。

さらに麻衣のパジャマをはぎ取るようにして、白い着物を着せ掛けた。意外にも慣れた手つきで帯もきりりと結び、三つ編みを解いてくしけずる。洗った髪が濡れて波打ってはいたが、長さも身の丈も弓と同じくらいで、遠目には別人だと分からないほどだ。

「お化粧してる暇ないけどさ、やっぱ、口紅くらいは、うーん」

小さなふた付き缶を開け、薬指で血のような赤を載せる。三面鏡の中で並んだ弓は、目を細めて麻衣を眺めた。

「あんた案外、色気あるよね」

「あ……なに?」

手首を摑まれ、麻衣は息を呑む。

壁に押し付けられた袖から、白い腕があらわになった。顔が間近に迫り、むせ返るような白粉の匂いがする。同じ色の唇が、睫毛を掠めたかと思うとふいに体が軽くなった。

「ふ、ふざけるのも……」

うろたえる麻衣をからかうように、古い時計が一度だけ鳴った。見るとまだ十時である。笑っていた弓も我に返り、障子を細く開けてそっと辺りを窺った。麻衣の指を握って、無理矢理引っ張るように廊下に出る。

木の芽時の気怠さに包まれ、屋敷全体が妙な暖かさに澱んでいた。扉ごとに四季の景色を持つ寓話のような、不可思議な日常がこの家にはあった。座敷では親戚たちがまだ酒を飲んでいるらしく、時折、笑い声や手を打つ音が聞こえている。

縁側は幾何学的な模様を並べた欄干が続くが、着物でも簡単に跨げる高さだった。素足に当たるサンダルの冷たさに、麻衣はひやりと身震いした。

庭には、門道に区切られた赤と白の梅が、中国刺繍のように浮かび上がっている。丈の低いしだれ桜は、ぼやけた花を広げていたが、急かされながら下を通ると、弱々しい枝がぴしりと跳ね返って麻衣の腕に赤い筋を付けた。

離れの蔵は三畳くらいの広さだったが、オレンジ色のランタンが下がっているだけで、灯りらしきものはない。低い天井には五センチほどの長方形の図柄が敷き詰められ、妙な色合いで並んでいた。

「何？　あれ」

「戦前のマッチ、空箱だって。ひい祖父さんのコレクションをここに貼り付けたの。ポップだよね」弓はうれしそうに言った。

よく見ると端の部分はマッチが足りなかったのか、かぎ形に黒い板がむき出しになっている。

電気ストーブは消してあったが、一人用の炬燵にかけた鹿子絞りの布団から、ほんのり赤い光が見えた。麻衣はなぜかぞっとして、着物の前をかき合わせた。

「なんか、怖いよ。私やっぱり……」

そばにいてやりな、と山姥は言ったが、夜遊びする弓をなだめる手立てなどとうてい浮かばない。七十年前に何が起こったのか、山姥が何を根拠に怖れているのか——何ひとつ知らない麻衣は、どうにも不安でしかたなかった。

「弓……昔からの規則なら、ちゃんとしたほうがよくない？」ためらいながら、麻衣は言った。

昔話でも、規則を破ってよい結末を迎えることなどめったにない。

「冗談でしょ」弓は肩をすくめて、

「規則なんて、あんたみたいな子が守ってりゃいいの。あんたが東京に帰ってからも、あたしは一生こういう陰湿な生活をするんだよ。一晩、身代わりになるくらい、何でもないじゃん」

『ちょっとだけ』がいつの間にか『一晩』になっている。

引き止める間も与えず、黄八丈の半纏を麻衣に押しつけると、弓はメイク落としで顔を拭きながらあっという間に離れを出ていった。

一人になって、麻衣はスマホを持って来なかったことに気づいた。今さら取りに戻ることもできず、しかたなく弓が散らかしたちゃぶ台を片付け、物をまっすぐに並べ換える。あとは布団を整えると、することはもう、何も残っていなかった。

窓は鳥の模様が入った透かしの金属製だが、ここだけは真新しい障子紙が張ってある。

儀式のために改装したのか、壁も白く塗り直してあった。部屋の隅には高級そうな布団。ちゃぶ台には陶磁の酒器セットと、弓が持ち込んだ古い少女マンガ五冊。

『薬酒だし、寝酒に一杯あおっちゃうといいよ』

弓はそう言ったが、普段あまり飲まない麻衣も、このまま正常な神経で居られそうもない。

酒器を取り上げて匂いを嗅ぐと、白酒(しろざけ)のような甘い香りがした。

中の酒はごく少量だ。とろみがあってベージュに濁っており、恐る恐る舐めると、苦みと甘さが混ざった微妙な味がした。もう少しだけ杯に注ぎ、ねっとりした口当たりに不安を感じながらそのまま嚥下する。喉を流れた酒は、火でもついたように、かっと胸を焼いた。

その後、三十分あまり。マンガを読んでいた麻衣は、体を起こそうとして初めて、尋常でない感覚を覚えた。

まわりの白壁が揺れ、体勢を正そうとする端から、ばったりと布団に倒れ込んだのだ。その拍子に酒器と杯が台から落ち、畳の上に転がった。

意識ははっきりしているのに、起き上がることができない。足に力が入らなかった。薬酒のせいだとわかった時には、腕も上がらない。普段は酔うと眠くなる麻衣だったが、感覚は少しも鈍ることなく、たぶん、運動機能だけが損なわれている。

声を上げて、助けを呼ぼう。騒ぎになれば、村じゅうに『ひがしのお嬢様は、禊ぎを人に押しつけて、夜遊びに出かけた』と噂が立つかもしれないが——手足はどんどん固まっていくばかり——さすがにもう、弓を気遣う余裕などなかった。

しかし、じき、口を開こうにも、かすれた息しか出ないことに気づく。

な、に、これ。

脈拍が異様に速くなった。不思議に五感は冴えて、周りもはっきり見える。転んだ時にぶつけた膝が痛いし、糊付けされたシーツの硬さも頬に感じる。神経が偏り、むしろ研ぎ澄まされたかのようだ。こんないびつな酔い方などこれまで経験したことはなかった。

どうして言われるままこんな部屋に来て、訳の分からない酒まで飲んでしまったのか。自分の浅はかさが、悔やまれるばかりだ。

と、その時、離れの外で小さな音がした。

誰かが草を踏んで近づく足音。

しだれ桜の枝がしなる音。もう、それは間近に迫っている。

なぎなたの、技を仕掛ける前の溜め込んだ緊張感に似ているが、それよりも何倍も殺伐として邪曲な気。

誰？

と、ふいに人影が揺れた。それは大きくなって障子に覆い被さる。

頭だけ大きく、その全容ははっきりしない。しかし、影が九十度、横に向きを変えた時、

「……あっ」

異様に長い鼻が、床に影を映しだした。

長い鼻？　昼間、聞かされた天狗の伝承を思い出す。

『実は天狗も……姫をさらっちゃおうとしたんだ』

『あんたの友だちは相当の性悪だが、嫁入り前に拐かされるのもかわいそうだろ……式が終わるまで、なるべくそばについていてやりな』

まさか。

天狗が弓をさらいに来たのか？

正気なら笑い飛ばすような思いつきが、今はなによりそれらしく思える。

麻衣は視線だけを動かして、必死に周りを見回した。入り口には落ち葉集め用の箒が立て掛けてある。

普段なら、それだって立派な武器になるのに。

少しくらいの無茶にためらわず飛びこんでしまったのは、師範代の慢心が、どこかにあったせいかもしれない。が、今の麻衣には逃げることはおろか、人違いだと知らせることすらできないのだ。

絶望で気が遠くなりそうだった。しかし、酒のせいか、頭の芯はぎらぎらと冴え渡って

いる。

と、その時——別の方向からまた違う、引きずるような下駄音が響いた。

足音は迷うことなく明快に近づき、邪悪な気配は動きを止める。

そしてまさに行き合う直前——怪しい影は、身を翻し、離れから去って行ったようだった。

やがて、新しい足音は、乱暴に離れの入り口を開けて土間に入ってきた。

弓が帰って来たのかと胸を撫で下ろした麻衣は、すぐに思い違いだと気づく。昼間会った弓の婚約者、辰野正がジャージに伸びきったトレーナー姿で、低い入り口をくぐるのが見えたからだ。

とりあえず、助かった。でもなぜ、夜通し一人でいるべき禊ぎの場に、新郎が現れるのか。新たな疑問が頭をよぎった。

「何だ。お前……これ飲んだのか」

辰野は少し驚いた口調で言って、転がっている白い酒器と杯を拾い上げた。麻衣は必死で起き上がろうとするが、やはり金縛りにあったように動かない。喉が渇いて息をするのもやっとだった。辰野は顔をしかめて酒器の匂いを嗅ぎ、中をのぞいた。

「めんどくさい真似しやがって……嫌がらせかよ」

嫌がらせ？　案外、色気ある、と意味ありげに笑った弓の顔が浮かぶ。そして布団には二つの枕。麻衣はぞっと背筋を凍らせた。

禊ぎって――初夜なのか。

もしそうなら、弓の悪ふざけは度を超している。

一刻も早く、弓でないことを知ってもらおうと、麻衣は渾身の力を振り絞って右手を動かした。

しかし、薄暗い光を集めた指は捕らえられ、荒々しく引き寄せられた。麻衣は絶望的な気分で震え上がり、真実を告げることもできないまま、ただわずかにしゃくり上げた。

「……弓？」

違和感を覚えたのか、辰野は少し体を離した。驚いて見開かれた目がじっと麻衣の顔を見留める。

「あんた……誰だ」

麻衣はきれぎれに息を吐いた。ありがたいことにやっと麻痺が解け始めたのか、ほんの少しだけ声が出る。涙で辰野の顔が滲んだ。

「弓……禊ぎの……儀式。少しだけ代わりに……ここに」

「まさか、弓の友達の……くそっ」

やっと状況が摑めたのか、辰野もイライラしたように舌打ちした。

動けない麻衣を布団に横たえると、自分は壁に寄り掛かって座る。そして目を細め、麻衣を睨んだ。

「動けないのか……」

「……痺れ、て」

辰野は水差しを持って立ち上がった。麻衣の目に恐怖の色が浮かぶのを見ると、微かに苦笑する。

「いや……御神酒（おみき）ってくらいだから、毒じゃないだろうが、そのままも辛いだろ。水を飲んだ方が早く醒める。しかし……聞いちゃいたが、凄い効き目だな」

言われてみると、喉がからからだった。辰野は麻衣の上体を抱えて起き上がらせ、水差しのコップを口にあてた。薄い着物を隔てて温もりが直に伝わる。

「ありがと、ご……ざ、ます」

少しむせたが、こわばった体もいくぶん、楽になったようだ。

麻衣が落ち着くと辰野はまた壁際に戻り、不吉な物でも見るように目を細めて麻衣を眺めた。

「名前は？」

「く、久木田……麻衣」

空港で名乗ったはずだが、興味がない分、覚えていないのだろう。

「弓は……何をしてるんだ」

「ちょっとだけ用があって……」

言いながらも、砂を噛むような不快感があった。いくら鈍い麻衣にも弓の企みは明白だ。

辰野は極めて残酷に言った。

「だまされたんだよ……あんたを自分の代わりにあてがって、男のところにでも行ってるんだろ」

麻衣は口を引き結んだ。

「……顔を見ればすぐ、人違いだって分かるじゃないですか」

間違ってもせいぜい一、二秒だ。恐怖に震え上がる麻衣と、人違いに驚く辰野を笑い者にする——常識では考えられないが、弓にとっては軽い悪戯心。

麻衣はゆっくり背を起こす。自分の体でないように重く熱いが、飲んだ量が少なかったおかげで確実に麻痺が解け、少しずつ動けるようになっていた。

「水、もっと飲む？」

「あ、はい。もう少しだけ……すみません」

ぎこちない手で水を受け取り、自ら口に運んだ。コップを返そうとして、辰野がこちらを見ていることに気づく。つい先のなりゆきを思い出した麻衣は青ざめ、慌てて着物の襟を直した。

「……部屋に帰ります」

「もう少し休んだ方がいい。あの酒は……間違えると呼吸困難になるような、やばい薬草も入ってるらしいし。普通に歩けるまで時間がかかるはずだ……俺が帰るから」

「あの……」麻衣は思わず呼び止めた。直前の邪悪な侵入者を思うと、とても一人でいられそうもない。

「動けるようになるまで……もう少し、いてもらえませんか」

辰野が妙な顔をしたので、麻衣は慌てて言葉を継ぐ。

「さっき、外に誰かいたんです。部屋をのぞいていて。今にも入って来そうだったので」

――七十年前になにがあったのか。

しかし、渡に言われたことを思うと、さすがにその兄に事情を尋ねることはできなかった。ましてや異様に長い鼻のことなど、口にできそうもない。

「弓の男じゃないか。そういやあんたの婚約者。あれも弓に気があるみたいだったしな」

そう言って、麻衣が鼻白むと、

「いや。弓といて何の得にもならないことくらい、分かりそうだと思ってさ。人のもんでも何でも、すぐちょっかい出す女だろ」

口汚さにぞっとする。考えてみればランタンの下にいるにもかかわらず、辰野は一度も麻衣の顔を見なかった。抱きしめることも見つめ合うこともなく、ただ、欲望のまま抱こうとしたのだ。

眉をひそめる麻衣を見て、意外にも面白がるように、

「あんたには分からんだろうが、俺らはこれでうまくいってるんだ。お互い干渉なし。割り切ってるからな。都会だって、似たような夫婦、多いんじゃないのか」

そう言いながらも、しばらくは麻衣に付き合うつもりになったらしく、クリの茶櫃から急須を取り出し、大きな手で器用にお茶を入れる。

「いい匂い……」

「茶葉がいいんだ。弓がうるさいから」

確かに、弓はコーヒーもまずいと飲まないで捨ててしまう。

「あんたは茶の種類なんか関係ないんだろ」

辰野は自分も湯飲みを取り上げながら言った。

「どうして……」

「おっとりして、こだわらない感じだから。あんた、瑞絵さんに似てるよ。だから弓が懐いたんだな」断定的な口調で決めつける。

おっとり。昔はよく、そう言われた。弓にも指摘された通り、ここにきて、病的な潔癖さも影を潜めている。

なぜだろう。ありきたりだが「自然に癒された」のだろうか。

麻衣はぼんやり目を泳がせながら、温めのお茶をこくりと飲んだ。

ミズチの嫁取り

あれだけ強烈だった御神酒の効き目もすっかり消え、麻衣は朝早く目を覚ました。体も普通に動くし、むしろ爽快な気分だ。

一夜明けると、酔いとともに恐怖も醒めた。天狗の影も、母屋に泊まった親戚が、酔っぱらって離れをのぞいたのでは、と思うようになっていた。

「おはようございます」

瑞絵は振り返るなり、ばたばたと駆け寄って麻衣の手を取った。「麻衣ちゃん。弓を見なかった？」

「弓、帰……いないんですか」

昨夜、部屋に戻り、再度着物を持って訪れた時には、まだ離れに弓はいなかった。その後すぐ戻らなかったにしても、遅くても朝には着物に着替え、何事も無かったように控えている——そう、思っていたのだが。

幸い、式まで時間もある。瑞絵はとりあえず朝食を終え、家政婦の真木が揃えた一人膳を整えた。

「弓の？」麻衣の問いに、瑞絵は首を振った。

「次郎さんよ。私のおじさんに当たるのだけど」

「ご病気……ですか」

他に住人がいるとは思ってもいなかったので、麻衣は首を傾げて盆を見つめた。麻衣たちとまったく同じ和の朝膳は、病人の食事とは思えない品数だ。

「ええ……」瑞絵は曖昧にうなずくと盆を持って立ち去った。残された麻衣は所在なく、食べ終わった食器を厨房へと運ぶ。

広くて複雑な屋敷。厨房は廊下奥の狭い階段を、二、三段下りた所にある。斜面に建てられているため、半地下の造りになっている。

狭くはないが陽当たりが悪く、大小のコンクリートシンクは天気のよい朝というのに湿り気を帯びていた。食洗機など見当たらないので、麻衣は食器を洗って拭き、収納場所を探す。

食器棚は黒っぽい木製で実用的とはいえないが、漢字をデザインした細工も見事なものだ。同じ作りの蠅帳の方は使われていないのか、避けるように隅に置いてある。今どき珍しい竹や山椒細工のザルやスリコギも、清潔に洗って壁の釘に吊り下げてあった。

古い調度類を見回して、麻衣はふと目立たない場所にひっそり作られた木戸に目を留めた。なぜかその戸を見ただけで、理由もなくどきんと心臓が鳴った。

また、だ。この感じ。

立て付けの悪い戸を、かんぬきで引き上げるように止めた単純な造作。いつだったか——確かにこの木戸を開けたことがある。

鋭く、切り込むような感覚だった。

ついで、浮かんだのは景色ではなく、着飾った麻衣自身の姿。

髪をポンパドールに結い上げ、手には凝ったレースの手袋を持っている。風になびく後れ毛。かき上げる指。長い膨らんだ裾のドレス。コルセットで引き締めたウエスト。古めかしい真鍮のイヤリング。その細工の一つ一つまで。ひどく、明るく鮮明な記憶だった。

この先には何があるのだろう。

誘惑に勝てず、麻衣は土間に下りて、やおらその木戸に手を掛けた。使われるたび、指の摩擦で磨き上げられた、滑やかな木の感触。

「まあ、麻衣さん」

ふいに真木の驚いたような声がして、麻衣は我に返った。

「あ……私」

「食器を洗ってくれちゃったんですね。申し訳ないです」

「弓は……見つかったんですか」

手を後ろに組んだまま、そっとドアから離れる。

「いいえ。奥様が必死で捜しよってんですが……まだ」

麻衣は厨房を出た。木戸の向こうを見ることはできなかったが、かえってほっとする気持ちがあった。そこに異界が待っていて、踏み込むともう戻れない——甘美だが、恐ろしい幻想だった。

居間に戻ると、おろおろする瑞絵を威圧するように、大柄の女性が仁王立ちしていた。昨夜、食事時に紹介された親戚は五人。

確かその中で特に、目立って大きな声で話していた弓の伯母。亡くなった父親の姉だ。

「義姉さん、どうしよう……このことが、にしに知れたら」

「にしより先に見つけんと……ケイタイも切っとるんよね」

そう言って、初めて麻衣を見た。

「ああ……何か聞いてない？　弓は一人で出たんじゃろか」

「さあ、私は……」麻衣は苦しい思いで首を振った。

「ゆうべ、正さんは来たんかしら」瑞絵が小声で義姉に言った。

「聞いてみるわけにもいかんし……東京から来てもらっとるのは、このお嬢さんだけ？」

伯母が尋ねる。

「それが……麻衣ちゃんの婚約者の蓑下さんが……」

瑞絵は少し言いよどみ、

「昨夜出掛けたまま、帰らんって……さっき、旅館から電話が」

どんよりした空気が流れた。

弓の気性を知る二人が、最悪の想像に囚われている事は明白だった。面倒を持ち込んだと言わんばかりの伯母の視線と、おどおどするばかりの瑞絵。麻衣はその場にいたたまれなくなった。

やはり、弓は蓑下と一緒なのだ。

蓑下に連絡がつけば、皆が心配している事を間接的にでも伝えられる。ケイタイ番号くらい聞いておくべきだった、と麻衣は心から後悔した。

その時、慌てて駆け込んで来た真木によって、沈黙が破られた。

「奥様、弓さんが……」

「弓?」二人は転がるように、真木の指し示す玄関へと走った。

麻衣も急いで後を追う。そこには昨日神社で会った、神主で塾の先生だという一ノ瀬が困ったような微笑を浮かべており、隣でふてくされた弓が横を向いて立っていた。

「弓……純さん」

瑞絵は一ノ瀬をそう呼んで、安堵の余りその場に座り込んだ。

「今朝、天縛神社で会ったのです……マリッジブルーでしょう。不安定な時ですし、叱らないであげて下さい」

一ノ瀬の言葉に反して、弓にはまるで反省の色も見られなかった。麻衣の服の上から、男物のダッフルコートを羽織っている。

「どんなに心配したか……この子は」瑞絵は涙ぐんだ。

麻衣は焦って白状しなくてよかったと胸をなで下ろす。

弓は靴を蹴散らし、母親と伯母に追い立てられるように、家の中へ入っていく。脱ぎ捨てられたコートを見つけた麻衣は、慌ててそれを拾い、一ノ瀬の後を追った。

彼は庭で立ち止まり、桜の木を見上げていた。麻衣の姿を認めると、目元だけで微笑する。

「おはようございます、麻衣さん……でしたね」

一ノ瀬はコートを受け取ると、今度は本当に笑みを浮かべた。

「どうもありがとう……彼女にあなたのようなお友達がいてよかった。繊細で誤解されやすい子ですから」

「はい……あの、何をごらんになっていたのですか」

「ああ、咲く前の蕾をね。茶色の枝全体に、ほんのり桜色が染みて、綺麗でしょう？」

言われて、麻衣も木を見上げる。離れの前にある早咲きのしだれ桜は、すでに薄い花びらを広げてはかなげに咲いていたが、一ノ瀬が見上げていたのはその手前、未だ咲かぬソメイヨシノ。

言われたとおり、一つ一つ握りしめた蕾の枝は、春色の綻びを慈しみ守っている。枝全体を眺めると、晒したような緋色が、空にぼんやり流れて溶けた。

ほら、そうでしょう？　と、一ノ瀬はうなずく。

多くの宗教家たちと同じく、彼も人の気持ちを安らかにする術を身につけているようだ。が、次の瞬間、一ノ瀬の視線が麻衣の顔に止まり、表情に心配そうな色が浮かんだ。

「麻衣さん」

「……はい？」

「薬か何か……常用していますか」

「え？　いえ」言われても、すぐには思い当たらなかった。

「そうですか。目が……特別なナス科の作用で、そういう瞳になることがあるものだから……体調は大丈夫ですか」

御神酒だ。麻衣は息を呑む。昨夜のことが思い出され、知らず知らず顔が熱くなる。

「は、はい……」

「ならばよいのです。思い過ごしでしょう」

一ノ瀬はそういうと、ポケットから銀の懐中時計を取り出した。「そろそろ準備を始めなくては。後ほど、神社でお会いしましょう」

「あ……あの、先生」

麻衣は立ち去ろうとする一ノ瀬の袖を思わず摑んでしまい、慌てて手を離す。「……すみません」

「いいえ。何ですか？」一ノ瀬は穏やかに首を傾げた。

「弓は……幸せになれるのでしょうか」

言ってすぐ後悔する。式の朝というのに、なんて常識外れな質問だろう。一ノ瀬も驚いて麻衣を見たが、やがて静かに口を開いた。

「先のことは、私にも分かりません。幸せの定義は人それぞれ。内と外で、様相が違う場合もまま、ありますからね」

「はい……」麻衣は唇を嚙んだ。

自分は本当に弓の幸せを望んでいるのだろうか。束縛という名の平穏――優しい母や、守ってくれる親戚、村の繫がり――自分にないものを持っている弓をどこかで羨んでいるのではないか。

もしかしたら辰野のことも？　どす黒い自己嫌悪が胸に広がっていく。気がつくと、汗をかいた手のひらを、皮がむけるほどスカートに擦りつけていた。

「誰もが、幸せになるため努力しています。特に弓さんは何者にも負けないパワーがあります。しかし望むらくは……もっと自然に、楽でいてもよいのです。無理をせず、目の前のことに無為であれば、きっとすべてに至難の道が開けるはず。私はそう思いますよ」

一ノ瀬は微かに笑った。

「あなたもね……麻衣さん」


一ノ瀬と別れた麻衣は、急いで部屋に戻り、鏡を見た。

言われるまでわからなかったが、普段より目の白い部分が青く、瞳が開いて黒目がちに見える。麻衣は一ノ瀬の観察眼の鋭さにつくづく驚かされた。

その時やっと、お小言から解放された弓が、乱暴な足音を立て、部屋に戻る気配がした。麻衣も怖々、後を追って階段を上る。

外から見れば平屋建てだが、天井の高い部分に屋根裏のような狭いスペースがある。そこは物置と布団部屋になっており、弓は広い屋敷に住みながら、わざわざ物置の一つを自分の部屋に当てていたのだった。

襖をノックし、不機嫌な返事を聞いて部屋に入る。弓はマットだけの寝台に体を投げ出し、怒ったようにじっと低い天井を睨みつけていた。

「酷いじゃない……どこ行ってたの」

麻衣は周りに聞こえないよう、小声でそう咎めた。

「……それにあのお酒、いったい何？」

横の壁は一メートル足らずだが、三角屋根そのものの形をした中央部分はそれでも十分な高さがある。正方形にくり抜いたガラス窓が、木枠ごと外側に開いてつっかい棒で止めてあった。

床には本や脱いだ靴下まで乱雑に散らかって、座る場所もない有様だ。ここまで酷いとさすがに放っておけず、一つ一つ拾って揃え始める。が、次の瞬間、弓の口から出た言葉に、麻衣は一瞬で凍り付いてしまった。

「え、飲んだの？　信じらんない……で、どう？　タダシと盛り上がった？」

「止めて、そういうの。最低」

麻衣もつい、厳しい口調で言い放つ。弓の勝手気ままは知っていても、さすがに今朝は許せなかった。

驚いたことに、弓は一瞬、泣き顔になった。

「そんな……怒んないでよ。あれは最悪の媚薬。女を人形みたいに弄ぶために造られたの。伝統だか何だか、この村独特の汚らしい風習なんだ。製法（フォーミュラ）は神社にあるけど、色んな意味で法律すれすれらしいし。今じゃ、寝床に飾るだけで誰も飲まない。一ノ瀬先生だって、ほとんど造らないって言ってた……」

一ノ瀬が造るのか。麻衣は複雑な気持ちだった。

それで瞳を見ただけで、異常に気付いたのかもしれない。間違えると呼吸困難になると辰野も言っていたが、一ノ瀬もまさか、麻衣が御神酒を飲んだ経緯など想像だにしないだろう。

麻衣の怒りが解けたのを見て、弓はまた性こりもなくふざけた口調に戻る。

「で、どうなん？　エロい気分になった？」

麻衣は思わず失笑した。いい気なものだ。こっちは恐怖で、それどころではなかったのに。いや、今はそんなことより、

「昨夜、蓑下くんと一緒だったの？　蓑下くん、旅館に帰ってないって聞いたけど」

言ったとたん、弓は急に不機嫌になった。眉間に皺をよせ、目つきまできつくなる。

「どうだっていいじゃん。だいたいあんた、お節介だし」

「でも……」

「忘れてんの？　これからあたし、結婚式だよ。準備、あるの。ほら、早く出てってよ」

本を取り上げると、逆ギレしたようにベッドに放り投げ、麻衣を乱暴に部屋の外へと押し出した。

式は午前十時から、三槌神社の拝殿で行われる。

人数が少ない弓の親族に加わって、麻衣も宴だけでなく、神社での式に参列することに

なっていた。朝の晴れ間が嘘のように曇り、山肌も訪れた時と同じ不気味さを取り戻している。列席者は皆口数が少なく、慶事というのに陰鬱な空気すら漂っていた。

麻衣の気掛かりは、あれから蓑下を一度も見かけないことだった。変な気を起こして欲しくなかったし、式の前に、様子を知りたいと思っていたのだ。

やがて、冷たい霧雨が降り始めた。多くの人たちが花嫁を見るため桟橋に集まっている。大半は老人だが、中には子連れの若い主婦や、藍染めの前掛けをした酒店の主、ハイヤーの運転手らしき人もいる。誰もが一様に重苦しい表情でぼそぼそ話し、まるで火事場か事件現場を遠巻きに眺めているようだった。

これが渡の言う「村の因習」なのか。七十年前、いったい何があったのだろう。

麻衣は人混みのなかに蓑下を捜すが、やはり、姿を見ることはなかった。代わりに老人たちに紛れるように、じっと花嫁を睨み付けている山姥が目に入った。彼女は麻衣に気づくと顔を背け、逃げるように立ち去ってしまった。

やがて、時間になり、麻衣も列席者の後ろについて、小ぎれいなチャーター船で三槌島へと渡る。天縛神社から見た通り、神社だけの小さな島はごく近く、岸を離れたかと思うとあっという間に桟橋に着いた。

しかし、船を降り、ごく間近で山王鳥居を見上げた麻衣はまた、複雑な気持ちに囚われた。

敵対する神が祀られているというのに、天縛神社とよく似た造り。

しかしこちらは雨よけもあり、紋が入った真新しい灯籠や立派な御影石の手水鉢が、辰野家の経済力を誇示していた。鳥居もオレンジ掛かった朱で、派手に塗り直してある。

式には――弓がくたばりそうだ、と言っていた――辰野の祖父も出席していた。紋付き袴姿で車いすに乗り、眉間に深い皺が刻まれている。年の割にがっしりとした体つきの当主は、まだ周囲に睨みを利かすだけの十分な迫力を備えていた。

新郎の母らしい人物は見当たらなかったが、代わりに黒留め袖を着た辰野の叔母が、豪華な車いすを押している。

麻衣の傍を車いすが通る寸前、弾みでカシミアの膝掛けが滑り落ちた。麻衣が拾って埃を払うと、老人は麻衣を見上げ、その顔をいきなり驚愕に歪ませた。

「あんたは……誰じゃ」

「弓さんのお友達ですよ」

辰野の叔母が他人行儀に答え、麻衣は慌てて頭を下げる。

老人は麻衣の顔を食い入るように見つめていたが、やがてぐったりした様子で背もたれに寄り掛かり、手を振って場を離れるよう娘に合図した。

拝殿に入ると、宮司姿の一ノ瀬はすでに準備を終えて待っていた。

長身を白衣と紫の袴に包み、眼鏡も外して厳粛な表情だが、漂う空気は温和な一ノ瀬そのものだ。

綿帽子に隠れた弓の顔は、いつもの豊かな表情も影を潜め、白く塗られて能面のように固まっていた。三三九度の杯を交わす間も、新郎新婦が視線を合わせることはない。列席した誰もが、ただ、窮屈な式の終わりを待ち望んでいるように見えた。

そして、やはり、蓑下も現れなかった。

日に二往復、K市との間を小型バスが走っていると聞く。それに乗って、とっくに、東京に戻ってくれていればいいのだけど。

それが、麻衣の正直な気持ちだった。


宴の行われる広間とは、床の間がある十畳の一の間と襖を外して繫がる十二畳ほどの二の間、二つを合わせた総称だった。

一の間は典型的な座敷の作りで書院や棚、欄間もあり、仏壇の長押の上に白黒写真の額が並び飾られている。

三枚はそれぞれ年を取った男女の写真だったが、奥の二枚はどちらも二十歳前後の眉目秀麗な若者だった。一回り大きな額には、靖国神社の全景に、白い軍服を着た青年の顔写真が添えられている。

それに対し二の間は、中国風の部屋を和室に仕立て直した不自然な間取りで、下座の畳は歪に切られ、パズルのように填め込まれていた。庭が見える透かしの窓が、障子の代わりに丸、四角と交互に並んでいる。

宴が始まるまで時間もあったので、麻衣は慌ただしい広間を離れ、あてがわれている客間に戻る。ちゃぶ台の上に、山姥にもらった甘夏が置きっぱなしになっていた。

麻衣は桟橋での村人たちと、逃げるように去った山姥を思い出す。

彼女は、なぜ、睨むように弓を見ていたのだろう。

この結婚にはたぶん、麻衣には想像もつかない過去が隠されている。『七十年前』、にしとひがしの婚姻によって、『なにか』が起こってしまったのだ。そして山姥はもちろん、村人すべてが、今回も、その『なにか』が起こることを懸念しているのだ。

その時、隣の空き部屋に乱暴な足音が響いて、男女の険悪な話し声が聞こえて来た。

「あんた、媚薬でエロエロの麻衣に、手も出さなかったんだって？　紳士的じゃん、熱でもあるんじゃね？」

弓だ。麻衣は反射的に息を潜めた。ぞっとするくらい冷たい声で辰野がそれに答える。

「お前、犯罪者か。動けん女をどうこうする趣味はないから、よく、覚えとけ」

「ふん……今さらカッコつけんな。あんたが、ずっと麻衣ばっか見てんの、知ってんだからね」

自己嫌悪に陥りながら、麻衣はますます、二人の会話に耳をそばだてていた。

「関係ないだろ。お前が中森や渡と寝たって、俺がとやかく言ったことがあるか」

「サイテーッ、あんた」弓が息を荒らげた。

「そんならいいよ。結婚したら、村じゅうがにしを笑い者にするくらい、思いっきり遊びほうけてやるから。あんたが税込み四五〇円のケーキ、けちけち売って儲ける片っ端から、シャネル買って、金、使いまくってやる」

弓……シャネル、好きじゃないじゃん。

麻衣は痛々しい気持ちで、二人の言葉を聞いていた。

「あんた、あたしが天狗に拐かされるか、いっそ死んじゃえばいいと思ってるんでしょ……あっは、残念でした。あたしはどんな占いでも、百歳まで生きる、って言われてんの。あんたにはとっとと死んでもらって、せいぜい、贅沢させてもらうから」

辰野が、荒々しく障子を開けて出ていく気配がした。弓も怒りに任せて壁や襖を蹴飛ばした後、気配を消す。

麻衣はしばらく気持ちを落ち着けてから、広間に戻ったが、午前中よりもっと、気分が鬱(ふさ)いでいた。

その後も新郎新婦は休む間もなく、親戚や近所に挨拶回りをしなければならなかった。弓は窮屈な花嫁姿で、さっきの喧嘩など嘘のように夫に寄り添い、淡々と役目をこなしている。

宴まであと二時間になって、やっと花嫁も自室に戻る。

真木からおにぎりを預かった麻衣は、階段を上がり、屋根裏部屋に声を掛けたが返事はなかった。

疲れて寝てるのかな——離れようとしたとたん、隣の布団部屋から、ぼそぼそと話し声が聞こえた気がした。

誰かいる？

麻衣は引き戸の金具に手を掛け、様子を窺った。

声の主は弓。しかも甘ったるい喘ぎ声だ。くすくす笑い、時折、淫らなため息を吐く。

新郎は招待客に捕まり、広間で話し込んでいたはずだ。

——蓑下だ。

麻衣は青ざめ、気づくとおにぎりを持ったまま階段を駆け下りていた。慌てたせいで、人にぶつかり、派手に跳ね飛ばされそうになる。

相手は、麻衣の手首と盆を同時につかんだ。お茶のペットボトルが床に落ちて転がる。

息を止めて見上げると、袴姿の辰野が、驚いたように麻衣を見下ろしていた。

「あ……」濃い眉をひそめ、何か言いたげに口を開く。

弓の声が耳に残り、まともに顔を見ることなどできなかった。

「すみません……」

手を振り切った麻衣は、取り繕うことも忘れてその場から走り去った。

駐在所・森田公多郎

ふいに固定の電話が鳴った。ドアに「パトロール中」の札をかけた森田は、慌ててまた、駐在所にとって返す。

「森田サン？　うちのおジイちゃんがまた、そっちへ行ったようなんヨ……」

今井の奥さんだ。なまりのある日本語で、まるで電話口で頭を下げてでもいるように、

「忙しいのに、ゴメンナサイねえ。すぐ行くから、ちょっとだけ、ソコ、おいてもらえンですか」

「ああ、了解です。慌てんでもええですけん」

今井の爺さんは元警察官だ。妻をなくして、認知症の症状が進み、時々、こうして村を徘徊する。中でも長年、妻と二人三脚で守ってきた駐在所が懐かしいのか、三日にあげずここを訪れるのだ。

五分もたたないうちに、息を切らして奥さんがやってきた。

フィリピン生まれの奥さんは小柄でパワフル。当初、息子の結婚に大反対した爺さんも、じき、この陽気な嫁を、実の娘のように可愛がるようになったという。長男はテレビ局勤め、次男はイタリア料理店のオーナーシェフ、K市にいる二人の息子たちが、奥さん自慢の種なのだ。

「まだ、今井さんは到着してませんよ」森田は苦笑して、

「奥さんも毎回、大変ですね」

「パトロールだから、しょうがナイよ」奥さんは笑う。

「自分のコトは自分でできるでショ。家を出ても、スーパーかここだから、ダイジョウブ」

と、そこにちょうど、パトロールを終えた今井の爺さんが現れた。来る途中に買ったほかほかの焼きいもを森田に手渡しながら、

「アンジェリカ、来てたのか。ああ、森田さん。交代しますわ。お疲れさんです」

謙虚でいい人だなあ、森田はいつもそう思う。

前任の山添も腰は低かったが「辰野の腰巾着」という不名誉なあだ名がついていた。もちろん、この村で「にし」の当主に睨まれてはやっていけない。小火騒ぎで勝手に倉庫を検分した駐在所員は、エリートでもないのに機動隊に飛ばされ、胃を壊して退

職したらしい。中央の政治、経済にまで太いラインを持つ「にし」はこの村の帝王、誰も逆らうことができない独裁者なのだ。

「おジイちゃん、帰ろう……」

気を遣う奥さんに首を振ってみせ、森田は笑顔で敬礼した。

「ありがとうございます。じゃあ、わたしはひがしの宴会に行かしてもらいますが、すぐ帰って来ますすけえ」

「……ひがしの宴会？　祝言の祝いかいね」

にこにこしていた爺さんの様子がふいに変わった。

手を震わせ、どこを見ているのか視点が定まらない。

「にしとひがしの婚姻かいね。は、花嫁は……拐かされた花嫁は……戻ってきたんかいね」

そういえば、七十年程前の宮司殺し。

犯罪とは無縁なこの村で、唯一、犯人も見つからないまま、迷宮入りしてしまった陰惨な事件。あの時分、駐在所にいたのは、ほかでもないこの今井さんだったか。

「いかん、いかんわ。辰野の若旦那、ひがしのお嬢さんが危ない」

「おジイちゃんっ」

騒ぎ立てる爺さんをなだめようと、奥さんは慌ててその背を撫でる。が、今井の爺さんは、別人のような形相で地団駄を踏み、一切、耳をかそうとはしなかった。

朧月の夢

日が沈み、宴が始まってからも麻衣の隣は空いたまま。蓑下は現れようとはしなかった。布団部屋に忍び込んでおきながら、なぜ、姿を現さないのだろう。

弓は金屏風を背に、何もなかったかのようにすまして座っている。式とは違い、楽しそうにしているのがどうにも奇妙だった。

一人ずつの膳が畳に並べられ、上座はかなり遠い。勧められるまま杯を重ねている辰野とも何度か目が合ったが、その度に麻衣は、視線をそらしうつむいてしまった。

「魚はお嫌いですか……」

顔を上げると一ノ瀬が、午前中の神主姿から黒いスーツに着替え、ジュースの瓶を持って心配そうに見下ろしている。

「いいえ」一ノ瀬に言われて、麻衣もやっと箸を取り上げた。そこにカメラを手に走りまわっていた渡が現れ、立て続けに何枚も写真を撮る。

「……あれえ、彼氏は？」

麻衣は曖昧に笑いながらも、昼間、辰野が言った、渡と弓の関係を思い出した。当人たちを見る限り信じられないが、意識すると、つい全身で身構えてしまう。

しかし渡はいたって明るい口調で、

「春休み中に東京、行こうかなあ。麻衣さん、案内してくれる？」

「私が案内しましょう。近々、仕事の打ち合わせもありますし、一緒に行きましょうか」

一ノ瀬が代わりに答えた。

「ちぇ。親切で言ってる所が怖いんだよ」渡は舌打ちする。

そこに乾杯の音頭を取った男が、怪しい足取りで近づいてきて、会話が途切れた。辰野の親戚で村長だったはずだが、酔っているのか呂律の回らない舌で、くどくど泣き言を並べ始める。

渡は冷たい目で村長を一瞥すると、カメラを持って下座に戻って行く。一ノ瀬がとことん村長の愚痴に付き合う様子だったので、ぽつんと一人浮いた麻衣は、目立たないよう座敷を抜け出した。

廊下はひんやり静まりかえっている。慣れない酒で喉が渇き、ジュースより冷たい水が欲しかった。

部屋に灯りが点っている他は、天井の真ん中に赤い刺繍の笠が一つぶら下がっているだけだ。黒い床板は念入りに磨いてあるが、時々、小さなササクレがナイロンのつま先をひっぱって、つまずきそうになる。

料理を出し終えたのか、無人の厨房は片づいていた。洗った食器が積まれ、炒った小魚の匂いがする。夜ともなると一段と陰気で、黄色い灯りが床に薄い輪を描き出していた。

水道水を汲んで飲み、その美味しさに驚いた時、すぐ後ろで、小さく何か打ち付けるような音がした。

振り返ると、朝、既視感を引き起こした古いドアが、細く開いて風に揺れている。あと少しの所で開けることのできなかった木戸が、微かな音とともに誘いながらゆっくりと前後していた。

周りには誰もいない。

麻衣は木戸に近づくと、おもむろに取っ手を握りしめた。一瞬迷った後、思い切って指に力を込める。

緩い外気。

あっ、と息を呑み、麻衣はしばらく立ちつくした。

静寂の向こうにあったのは、一面の菜の花畑。

柱には裸電球が括り付けられ、辺りを丸く照らしている。小さな蛾がアルミの笠の周りを飛び、電球にぶつかって、カツンカツンと音を立てていた。

一瞬、脳裏にまたセピア色のドレスを着た自分が現れ、そのまま風景に溶け込んでゆく。既視感というのは、幾つかの要素の一致を、すべて同じと錯覚する事象だ。そう思っても、湧き上がる懐かしさを抑えることができない。

とうとう麻衣は、勝手用の下駄を履いて庭へと踏み出した。

外に出たとたん、何もかもが消え去り、足場を無くして暗闇を落ちていくのではないか――しかし菜の花畑も、厨房と外界を結ぶ木戸も、沈黙したまま、一切、形を変えようとはしなかった。

立ち上る土の匂い。同時に、潮風に混ざった木芽の香りが鼻をくすぐる。

と、ひときわ、背の高い菜花の中に人影が見えた。

誰か――消え入りそうな薄い影を作って立ち、まだ低い場所で霞む三日月を見上げている。麻衣の慣れない下駄がからんと鳴って、人影はおもむろにこちらを振り返った。

白い開襟シャツを着た少年だ。

麻衣より二、三歳下くらい。少女のように華奢な体つきと、病的なほど透き通った肌。斜めに額を隠す真っ黒い髪。

麻衣は一枚の絵を見るように、菜の花に見え隠れする少年をみつめた。少年はよく通る澄んだ声で言った。

「みさ、おかえり」

「あ、違うんです。ごめんなさい。私、誰もいないと思って……」

みさというのは誰だろう。そう思いながらも、つい素直に謝る。

「違うの？　誰？」

「まいです。久木田麻衣。弓の友達なの……あなたは？」

「僕はジロウ……」

あ。麻衣は声を上げた。

聞き覚えがあるその名は、病気だという瑞絵のおじだ。老人だとばかり思っていたので、意外な若さに驚く。

「ここなら、菜の花が隠してくれる……誰も来ない。だからね、みさ、ここにいれば会えるって、僕、信じていたんだよ」

「……あ」

少年はまた『みさ』と呼んだ。

病気か薬か——ジロウの認識に、何か作用を及ぼしているのかもしれない。そう思い、麻衣はもう、否定するのをやめる。

ジロウは急にしゃがみ込み、細い指で蕾の下を指さした。

「ほら、みさ。ここに来て。見てごらんよ」

近寄った麻衣が指の近くをのぞき込むと、薄緑色の蛹（さなぎ）が二本の糸を引き、仰け反るようにぶら下がっていた。

「……さなぎ？」

「うん。モンシロチョウの蛹だよ」ジロウはうなずいた。

「もう、二週間もこのまんまなんだ」

「そう。じゃあ、もうすぐ蝶々が生まれるんだ」

都会育ちの麻衣は、久々に触れた生命の神秘に感動する。すると、無邪気に蛹を見つめるジロウの赤い唇が、間近でゆっくり形を変えた。

「ううん。これはもう蝶にはならないよ。代わりに蜂が生まれるんだもの」

「蜂？　でもモンシロチョウって、今……」

「うん。蜂がね、蛹に卵を産み付けちゃったんだ。卵がこの中で孵ると、生きてる蛹の内臓をむしゃむしゃ食べながら、ゆっくりゆっくり大きくなるんだよ。そしてある日、皮を食いちぎって、真っ黒い蜂が生まれて来るんだ。ふふふ」

「ひっ……」

麻衣は思わず飛び退いた。目の前の丸くユーモラスな蛹が、非情な食物連鎖の棺と知って背中を震わせる。ジロウの美しい笑みまで残酷に見えて、麻衣はさらに数歩、後ずさった。

「ふふ。みさ、こんなところに桜の花びら……」

ジロウは笑いながら、唐突に麻衣の肩に手を伸ばした。瞬間、頬をかすった指は、冷たく氷のようだった。

ぷん、と、消毒液（リゾール）の匂いがした。同じくらいの上背なので、伏し目がちの長い睫毛が目の前にある。ジロウはつまんだ花びらを赤い舌でからめとって口に入れた。

妖しい美しさにぞっとする。そしてなぜか、その場から一刻も早く立ち去り、広間に逃げ帰りたい、とそう思った。

「帰れないよ。みさはどこにも戻れない」

ジロウは、気持ちを読んだかのように言い、菜の花を一輪、麻衣に差し出した。

「菜の花。アブラナ科二年草。東アジア原産、双子葉植物。春の季語」小声でそう唱える。

「……物知りなんだね」

「うん。僕、いつも、いつも、辞書を読んでるんだ。毎日、毎日、繰り返し、繰り返し、繰り返し……だから、何でも知ってる。まいが誰も知らないと思ってることだって、ちゃんと知ってるんだ」

ジロウは初めて『まい』と呼んだが、どこか変な言い方だった。

「……それって、どういう?」

「まいはゆみを嫌い……死んじゃえばいいと思ってる」

際立って、明瞭な口調と瞳の輝き。

なに、それ？

麻衣は青ざめた。何という恐ろしい妄想だろう。考えもしなかったことだが、この美しい少年が言うと、あたかも真実のようで身が凍った。「どうして、そんな怖いこと……」

「さあ……」ジロウの瞳にまた、ぼんやりと膜が掛かった。

「僕、なんか言った？ 時々、自分でも知らないうちに、変なことを言ったり、したりしちゃうんだ。僕の内臓も脳みそも、どんどん蜂に食い荒らされてるから。そしてね。蜂がいなくなって体が空っぽになっても、僕だけは腐っていく体の中にずっとずっとずうっと、残ってなきゃいけないんだよ……ふふふ」

「……やめて」麻衣は思わず耳を塞いだ。

からかっているのだ。怖がらせようとして。

病気の少年。毎日ひとりぼっちで、辞書を読み返す毎日。ジロウは依然遠くを見つめ、無表情のままうわごとのようにささやき続ける。

「みさ、僕を助けて……僕を繋ぎ止めないで、もう自由にして」

「……なにを、言ってるの？」

尋ねても答えず、ジロウは畑の奥へゆっくりと歩を進める。すでに何も目に入らないように、花だけを見つめ、一本一本慎重に選んで摘み始める――可憐な小花。黄色い花びら。もらった花を手に麻衣がもう一度顔を上げると、不思議なことにもう、どこにも少年の姿はなかった。

割り切れない思いを残したまま、麻衣は菜の花畑を後にする。

長い廊下を抜けて広間に戻ると、会場は人もまばらで、弓の姿は見えなかった。辰野はまだ初老の男と酒を酌み交わしていたが、一ノ瀬や渡はすでに帰ってしまったようだ。

酒が回った人間だけが残り、座がかなり乱れた感じがする。

麻衣も席に着くのはやめ、部屋に戻ることにした。とうとうその夜、蓑下は一度も現れなかった。


「麻衣……麻衣ってば」

揺り起こされて麻衣は目を開けた。

……ブウ──────ンンン──────ンンンン…………。

組木細工の電灯がゆっくり揺れ、微かな音がする。天井に描かれた桐葉と朱雀がぼんやり浮かび上がった。

「え、弓？」

枕元に座っているのは弓。ピンクのスエットに着替えて髪を下ろしていたが、昨夜と同じように、花嫁の白い化粧のままだ。麻衣は驚いて、一瞬で意識が戻る。

「……披露宴は？」時計を見ると十二時前だ。

「乱れっぱなし。この辺で抜けなきゃ……後は寝るだけね」

赤くなった麻衣を見て、弓はぷっと吹き出し、

「変な気、回してるんだ。タダシは朝まで酒付き合いよ。ね、一緒にお風呂に入ろうよ。酔っぱらいが来たら、気晴らしにふたりでぼこぼこにしよう」

言われてみれば、汗ばんで気持ちが悪い。髪にも煙草の匂いが染み込んでいる気がした。

屋敷の風呂は古いが、三、四人は入れる広い造りである。

脱衣場には裸電球が吊るされ、まともに見ると目眩を起こしそうだ。ペンキが剝げた白いガラス戸には鍵もなかった。

お湯の中で手足を伸ばすとため息が漏れた。薬草入りの木箱がゆったり漂ってくる。それを抱えて香りを吸い込みながら、麻衣は、髪を洗っている弓に目をやった。

「夕方、布団部屋にいたでしょ。蓑下くん、あれからどこに行ったの？　帰ったの？」

意外にも弓はにやりと笑ってシャワーの湯を止めた。

「のぞいたんだ」

「声を聞いただけ。あんな……どうかしてるよ」

階段下でぶつかった辰野を思い出し、また、きつい口調になる。さすがに弓も顔色を変えた。

「ほっといてよ。あんた見てると、ホントむかつく。本気で男を好きになったこともない

くせに、『私は真面目なよい子です』みたいに気取っちゃってさ」

「そんな……」

言い返すこともできず、麻衣はしゅんとなった。説明のつかない後ろめたさに、ジロウの言葉がじわりと毒のように効いていく。

『まいはゆみを嫌い……死んじゃえばいいと思ってる』

円形の浴槽は底が鉄の窯になっており、コンクリートで固めた足板を沈めて入る。上部には細かなラベンダーと飴色のタイルが、交互にぐるりと埋め込んであった。麻衣はそのタイルを一つ一つ指で撫で、なんとか話を変えた。

「さっき、ジロウさんって人に会ったけど」

「ジロウ?」ヘアパックをなじませる手が止まったので、麻衣はまた、何か言われるのかと体を引く。

しかし弓は無言でお湯をかぶり、髪を縛ると麻衣の隣に飛び込んだ。湯が勢いよく跳ねて、麻衣の顔がびしょ濡れになった。

「あんた……馬鹿にしてんの?」

「……どういうこと?」顔をぬぐいながら尋ねると、

「どこで、会ったって?」

「厨房の勝手口。菜の花畑よ。お母さんのおじさんって言ってたけど、ずいぶん若いんだね……綺麗だけど、ちょっと変わった子で……驚いちゃった」

弓がまた黙ったので、麻衣は不安になって言葉を継ぐ。

「ごめん……病気なんだよね」

弓はすぐには答えず、ゆっくりとお湯に体を沈めた。ぶくぶくと空気の泡を吐きながら目の下まで隠し、じっと何かを考えている。じき、勢いよく顔を出したので、また麻衣にしぶきが掛かった。

「あー。もう。訳、分かんない。やっぱあんた、変だよ。まさか、御神酒のせいで頭おかしくなったんじゃないよね」

弓は叫び、体も拭かずにぷいと風呂場から出て行ってしまった。麻衣も慌てて後を追う。早く服を着るよう急き立てると、髪から水を滴らせながら、麻衣の手を摑んで浴室を出た。そのまま暗い廊下を、奥へと引っ張って行く。

「痛いじゃない。ちょっと待ってよ」

「う、る、さ、い。黙ってついて来いっつうの」

たどり着いたのは例の厨房だった。

調理台の上はもうすっかり片づいており、使わなかったお膳や食器が分類され、きれいに並べられている。

「いい？」

弓はそう言うと例の木戸を乱暴に開け放ち、麻衣の両肩を掴んでぐいと前に押し出した。

「菜の花畑ってどこよ」

びゅっと冷たい風が流れ込んで、湯上がりの麻衣は体を震わせる。

「……あ」

そこはコンクリートで舗装された駐車場だった。斜めの敷地に車が二台止まっている。菜の花どころか、雑草すら生えていなかった。

「あんた、どうかしてるよ」

麻衣はふらふらと外に出た。さっきと同じおぼろな春の月が、今は少し位置を高くしている。

「それに……次郎って人。九十近い爺さんだよ。寝たきりで、最近は意識だって無いんだから。何なら、今すぐ会わせてあげようか」

麻衣はふるふると首を振った。夢で見た鳥居、強烈な既視感。それだけでもうじゅうぶんなのに、これ以上の衝撃にはとても耐えられそうもない。

夢を見たのだ。しかし夢と現実の区別が付かないなんて——やはり、弓の言うとおり、御神酒でどうかしてしまったのだろうか。

「麻衣、平気？」

部屋まで送って来た弓は鼻の上に皺を寄せて、

「一緒に寝てあげよっか」

「ううん、大丈夫」麻衣は何とか笑顔を作った。

——いいかい、お嬢さん……あんたの友だちは相当の性悪だが、嫁入り前に拐かされるのもかわいそうだろ……式が終わるまで、なるべくそばについていてやりな。

山姥の言葉を思い出す。一度は消えた天狗の影への不安もまた、ぶり返した。

が、弓は苦笑し、薄明かりの中で小さく手を振って姿を消した。

が、この時、弓を引き留めなかったことを、麻衣は後々、何度も後悔することになるのだった。

花嫁の失踪

また、あの、洞窟の夢を見ていた。

はっきり夢と分かっているのに、恐怖は消えない。それどころかますます強くなるばかりだ。

麻衣は左手に紫色の包みを抱え、怯えながらもひたすら走り続けていた。妙に光が多く、頭上から生命を育むように、柔らかい太陽が差し込んでいる。

「ミズチの……下……の」

まじないのように、何か繰り返し呟いている。

出し抜けに、ぽっかりと出口が現れた。朝焼けに赤く染まって、今にも焼け落ちそうだ。

洞窟の外に飛び出し、さらに前に進もうとして、麻衣は勢いづいた足を止めた。

目の前には海。荒い波。

そして見覚えのある人型の岩。

ぞっとして後ろを振り返ると、そこには毒々しい山王鳥居が覆い被さるように斜めに傾いている。

尖った山形の先端に、緑掛かった大きなカラスが一羽、赤い口を開けて、嘲るように見下ろしていた。そして次の瞬間、けたたましい羽音を立て、麻衣めがけて飛び掛かって来た。

きゃあああ、麻衣はしゃがみ込んで頭を抱えた。

目を覚ましてもしばらくは、こめかみがどきどき脈打っていた。

時計を見ると、一時を少し回ったばかり。布団に入って、まださほど時間は経っていない。

どうして、急に目が覚めたのだろう。大きなカラスが飛び立つ音がしたような。いや、まさかこんな真夜中、人家に鳥の羽音など響くはずはない。

気持ちを落ち着かせようとしても無駄だった。おまけに今夜は、妙に喉が渇く。気がつけば、水差しも空っぽになっている。

水差しには、ジロウにもらった花を挿しておいた。もちろん、今、そこに黄色い菜花などない。木戸の外に広がる菜の花畑もジロウとの遭遇も、混乱した麻衣が見た幻覚だったのだ。

依然、宴会は続いているらしく、調子外れの濁声が響く。起き上がった麻衣は水差しを抱え、そっと障子を開けて外に出た。

透かし窓から月光が差し込み、昨夜と同じように薄い影を浮き上がらせた。降り込んだ桜が廊下の模様を煩雑にし、一足歩くたびに花びらが舞い上った。

角を曲がると、廊下の壁がとぎれて、低い欄干になる。暗い庭の向こうには、禊ぎの行われた離れがあるが、ここまで来ると、さすがにもう人影はない。

鈍い灯りが、目眩を誘った。ふと、離れに近いしだれ桜の根元で、何か白い物がゆっくり揺れているのが見えた。

細く下がった枝から、薄色の花弁が揺らぎに同調して散り、それ自身が巨大な花のように見える。

——何だろう。

麻衣はじっと目を凝らした。折しも遠目を助けるように朧月から雲が離れ、漏れる光が白い何かを照らし出した。

弓？

それは白無垢の裾を地面に広げ、桜の幹に寄り掛かって座る弓の姿だった。

つい一時間前まで一緒に笑っていた弓が、童女のように足を投げ出し、降り注ぐ花びらを掌で拾い受けている。

虚ろな瞳には何も映っていない。濡れたまま結い上げた髪がほつれて素顔に掛かり、青白く光る白無垢には、薄桜色の蝶が鮮やかに羽を休めている。

「弓……」

麻衣は絶句した。弓は頼りなげにぼんやりと空を見つめ、薄い笑みを浮かべている。白無垢の前はしどけなくはだけて、片方の乳房と白い太腿があらわになっていた。

「ゆみ……」

麻衣は素足のまま欄干を乗り越え、弓の傍に駆け寄ろうとした。しかしすぐ、ただならぬ空気に足を止めた。

また、羽音。

桜の木陰からふいに、修験者姿の影が現れた。

男は迷うことなく弓を軽々と肩に抱え上げる。背中で弓の頭が下がり、ほどけた髪が白いうなじを見せながらゆらゆらと揺れた。

布を被った男の後頭部に、きつく結わえられた赤い組み紐。

お面だ。麻衣は両手で口を覆って立ちすくむ。叫ぶことも目をそらすこともできず、ただ、じっと二人を見つめるだけだ。

と、滑り落ちた水差しが床で、鈍い音を立てた。面の男はやおら振り返って麻衣を見た。

天狗。天狗の面。禊ぎの夜、離れに現れたのは——この男。

弓の顔が方向を変えた。

見開いた左目から、ゆるりと赤い糸が地面へと伝う。

血？

『まいはゆみを嫌い……死んじゃえばいいと思ってる』

意識が途絶え、麻衣はその場にくずおれた。


目を覚ますと、麻衣は客間で寝ていた。

また夢？　夢の中で夢を見、何度もうなされた気がする。

疲れと緊張が極まり、頭を動かすと、細波のように鋭い痛みが走る。

朝日に照らされた天井の花々。仰向けのまま、しばらくぼんやりそれを眺めていたが、ふいに、天狗の背中でゆらゆら揺れる弓の姿が目に浮かび、麻衣は慌てて体を起こした。

白無垢、桜色の蝶。そして修験者姿の天狗。

弓は無事だろうか。あのまま連れ去られたのではないだろうか。

いや、そもそもあれは現実だったのか。ジロウと同じ、夢の産物としか思えないのだが。

辺りはしんと静まりかえっていた。

枕元に目を向けると、たっぷりと水の入った水差しが、すぐ手の届く場所にある。

コップをはずし、震える手で水を飲む。そしてもう一杯、注ごうとしてふと、底に張り付いた花びらに気づいた。

黄色の花びら、菜の花だ。

ジロウから手渡された、あの菜花。

夢と現実が合わせ鏡のように向かい合い、二つの世界を永遠にさまよっている気がした。もしそうなら、今、麻衣は菜の花とともに夢の世界にいる。ジロウは美しい少年。弓はあられもない白無垢姿で天狗に連れ去られたのだ。

布団から這い出し、鴨居に吊り下げてあるチュニックを身につけた。鏡を見ると、目のまわりが青ざめて陰影が深い。編んだ髪はそのままに、麻衣は素足でそっと廊下に出た。

居間には小さな灯りが点り、二つの人影が見える。

「弓？……弓なの？」中から急き込んだ瑞絵の声がした。

「いいえ。私……」

「麻衣ちゃん、気がついたのね。大丈夫？」

「え、私……」

ずっと眠っていたのではなかったのか。ためらう麻衣の目の前で、荒々しくガラス戸が開いた。

中から顔を出したのは辰野で、既に紋付きを脱いで普段のデニムに着替えている。

瑞絵は疲れた様子で肩を落としていた。客や親戚たちは引き上げたのか、他には誰の姿もない。青磁の火鉢に寄りかかるように座っていた瑞絵は、力なく手を伸ばして、麻衣の腕を摑んだ。

「麻衣ちゃん、弓を……弓を知らない？」

「弓は……」答えを聞くのが怖くて、麻衣は一呼吸置いた。

「弓……いないいんですか」

昨日の朝とよく似た会話。しかしまったく状況は違っていた。天狗に抱きかかえられた弓の姿を思いだし、麻衣の体を戦慄が襲う。

だが、何をどう、話せばよいのだろう。

菜の花畑のジロウ。白無垢姿でさらわれた弓。

どちらも現実というには頼りなく、夢というには細緻が過ぎる。麻衣自身、夢なのか、現実なのか、まったく区別がつかないのだ。

「昨夜……一緒にお風呂に入って、部屋に戻って……」

「まさか、またどこかへ……」

ついそう口走ってから、瑞絵は握った手の甲を歯に押し付けた。

「瑞、お義母さん。もう休んで下さい。もう少ししたらまた電話を入れてみます。連絡が取れたら、すぐ起こしますから」

それまで黙っていた辰野が初めて口を開く。突っぱねると思いきや、瑞絵は意外にも素直にうなずいた。腕を抱えようとした辰野に首を振ってみせ、何とか自力で足を踏み出す。が、急に思い出したように立ち止まると、すがりつくような視線を辰野に向けた。

「正さん。このことはどうか、まだにしには」

「言いません」

瑞絵はほっとしたようにうなずき、のろのろと居間から出て行った。足音が遠ざかるとすぐ、辰野は険しい顔で麻衣を振り返った。

「本当に弓は、何も言ってなかったんだな」

黙ってうなずくと、辰野は疑わしげに、

「このことを知ってるのは、真木さんと俺だけだ。あんたが倒れたお陰で、宴がお開きになったからな」

麻衣は慌てた。入り乱れる思考の中で、必死に状況を把握しようとする。

「私……どこに倒れていたんですか」

「中庭の廊下だ。水を取りに行こうとしてたんだろ。水差しが転がってたから」

麻衣は思わず口を押さえた。目を覚まし、水をもらおうと廊下に出たことは現実。枕元に水差しがあったのは、誰かが水を入れて置いてくれたのだろう。じゃあ、あの黄色い花びらは？　桜しかないこの庭でいつ、それが付いたのだろう。

「弓はスマホを持ってるんですか」

当然だろう、と辰野は眉をひそめた。

「じゃあ……白無垢の打ち掛けは？　ありますか」

もし、弓が打ち掛けを残していれば、白無垢姿で天狗に連れ去られたという可能性は消える。祈るような気持ちで、麻衣は尋ねた。

「何でそんなことを訊くんだ？　あんた、何か知ってるのか」

辰野は目をつり上げ、脅すように距離を縮めた。麻衣は無意識に後ずさり、火鉢の滑らかな縁を摑んだ。

「い、いえ……」

「弓には家出癖がある。だから瑞絵さんも、うちへの申し訳が立たないとは思っているが……本気で心配している訳じゃない。ただ妙なのは、荷物もろくに持ち出してないのに、白無垢の打ち掛けだけ、どこにも見当たらないんだ。それを着たまま、ふらっと出ていったみたいに……」

それでも麻衣は、自分に言い聞かせた。弓はスマホを持って行ったのだ。あんな状況で、それはあり得ない。

「……知りません」

辰野はわざとらしいため息を吐いた。そして少しためらったあげく、目をそらして言い捨てた。

「瑞絵さんは……俺も、弓は蓑下と逃げたんじゃないかと考えている。怪しいとは思ったが、まさかこんな馬鹿なことをしでかすとはな……さすがに今回は、弓も腹を据えたように見えたし」

「蓑下くんもやっぱり、まだ……」

麻衣はうっかり呟いてから、あっ、と唇を噛む。

「どうでもいいような言い方だな」

案の定、辰野は苛立たしげに舌打ちして、

「式の前の夜、一人で旅館を出たきり誰も見てない。荷物もそのまま残ってるらしいぞ」

やはり禊ぎの夜だ。翌朝、弓は一ノ瀬に連れられて屋敷に戻り、蓑下は帰らなかった。その後、布団部屋に潜んでいたにもかかわらず、一度も人前に姿を見せていない。旅館に荷物が残っているのも、何だか嫌な感じだ。

考えるのも恐ろしいが、弓がもし、山姥の言うとおり連れ去られ、どこかに閉じこめられているなら——その略奪者が天狗であれ、蓑下であれ、手がかりを隠すことで、もっと危険な状態に追いやることにはならないだろうか。

身震いする麻衣を、辰野はさらに追い立てるように、

「俺らは狭い村で育って、お互い知り過ぎるほど知ってる。この先、弓が何十回逃げたとしても、面倒くさい感情もないからシコリも残らんし、戻れば、普通に婚姻を継続する

「……だから自業自得とはいえ……もし、あいつが厄介な事件に巻き込まれているなら、瑞絵さんのためにも助けてやりたい」

真剣な口調に、なぜか麻衣の胸が痛んだ。

「あれは、最初から弓の男だったんだろ」

辰野は苦々しい表情を浮かべて尋ねた。

「いえ……そういうんじゃなくて」麻衣は首を振り、「どちらかというと、蓑下くんの一方的な……蓑下くんも友人として出席するだけで、大丈夫だと言ってました。礼服も持ってたし、本気でそう言ってるように見えたんです……」

「そうか……」

辰野はうなずき、こめかみを押さえてそのまま黙りこんだ。

あと数日、村に残ることになった麻衣は、部屋に戻り、また荷物を解いた。本当は午後にも東京に戻り、弓を捜したかったが、心細げな瑞絵に引き止められると、無下に振り切ることができなかったのだ。

スマホを開くと、接続はむしろよいくらいで、なにも問題はない。普段、ひっきりなしに眺めているのに、ここにきて、あまり画面を開いていないのが不思議な気もした。

改めてアドレス帳を見ると、弓とは学科も違い、共通の友達も少ない。学校と、なぎなた教室のグループにラインを入れるが、皆、弓が学校を辞めたことさえ知らず、単なる春休みの帰省と思っているようだった。そして口を揃えたように、それほど親しくないので、プライベートは知らないと言う。

合コン仲間を通じて蓑下の連絡先は分かったものの、メッセージを入れても電話しても、やはり弓と同じ状態で繋がらない。

さんざん迷ったあげく、勇気を振り絞って自宅に電話を入れたが、母親らしい人物から質問攻めにあい、個人的なことまで問いただされて、憂鬱な気持ちで電話を切った。

簡単にはいかないとは思ったが、ここまで収穫なしだとさすがに気持ちが折れる。

『みんな心配してる。しばらく弓の家にいるから、連絡ちょうだい』

そう、弓にラインとショートメールを送って、スマホを置く。

せめて午後から、もう一度、神社に出かけてみよう。あそこに行けば、一ノ瀬に会えるかもしれない、と麻衣は思った。

ここに来るなりずっと、まとわりついて離れない天狗。

その、天狗を祀る神社と山王鳥居。

麻衣は得体の知れない戦慄を覚えながら、何が弓の居場所を突き止めるヒントになるか、ぼんやりと考え続けた。

天縛神社の天狗

　コートを羽織って玄関を出ると、ちょうど壺型にくり抜かれた門道をくぐって庭に入る辰野と出くわした。

「弓は？」

「……まだ。何も」麻衣が首を振ると、辰野は黙って口をへの字に折り曲げた。「瑞絵さん……いるのか？」

「……はい」

　辰野はちょっと迷ったが、結局、入るのをやめて麻衣と一緒に外に出る。年配の主婦が頭を下げながら、物見高そうに二人を見た。

「ちっ」辰野は通り過ぎて小さく舌打ちした。

「弓のことが噂になるのも時間の問題だな」

「……何か、分かったんですか」

「人を雇って調べさせている。足取りがまるでない。蓑下もだ」

麻衣はうつむく。最悪の想像が気分を暗くした。

一緒に来いと顎で指し示し、辰野は真っ直ぐ坂を下っていく。麻衣もとぼとぼ、その後を追った。

やがて三叉路に跨って、こぢんまりと収まる洋館に出る。

畑だらけの村には珍しく、牡丹や芍薬の蕾が庭先に並ぶ。芝桜の上にはバラのアーチが、初夏を待つごとく、しなやかに蔓を伸ばしていた。

「……ここは？」

「一ノ瀬塾だ」

慣れた様子で鉄門を押し、辰野は玄関のベルを鳴らした。

「はい。どなたですか」穏やかな声が聞こえた。相手が押し売りでも総理大臣でも、きっと同じ調子なのだろうと麻衣は思った。

「正くん？」

麻衣は辰野を「くん」付けで呼ぶ一ノ瀬に目を見張るが、竜から一変、小さな蛇のように神妙な辰野にも驚いた。口の悪い弓でさえ手放しで誉めていたし、一ノ瀬が村で特別な存在であることは確からしい。

一ノ瀬は麻衣を見て首を傾げたが、すぐ普段の様子に戻って二人を招き入れた。本来なら、新妻の弓を伴っているはずなのに、妙な雰囲気を感じ取ったのか、何も聞かず、スリッパを取り出す。

入ってすぐの部屋は広間で、掃除中だったのか移動用のコロがついたホワイトボードや、長細い机が脇に退けてあった。

麻衣たちが通されたのは、ウィリアム・モリス風の古い洋間だ。生成りのセーターを着た一ノ瀬は穏やかな笑みを浮かべて座り、開いた膝の上で両手を組んで、二人を見比べた。

「意外な取り合わせですね……花嫁はお元気なのでしょう?」

辰野は一瞬苦虫を噛み潰したような顔をしたが、すぐ諦めてため息を吐いた。

「先生も奥さんも、ご存知ないんですね。例によってまた、弓が消えたんです」

奥さんというのは一ノ瀬の母らしい。白髪の上品な刀自で、お茶を運んできた手を驚いたように止め、つくづくと麻衣を見つめる。

「まあ、うっかりして。ひがしのお嬢さまだとばかり。目が薄くなって、失礼致しましたわね」

「いえ……学校でもたまに間違えられますから」麻衣は首を振った。

「消えた……いつのことです?」

さすがの一ノ瀬も眉をひそめる。

「披露宴の終わりがけだから、たぶん一時から二時辺りだと」

「ふむ……人が少なくなってからですね」

一ノ瀬はこめかみを押さえて考え込んだ。が、居間の隅から小さな鳴き声が聞こえ、おもむろにそちらを振り返る。

「猫……ですか」

辰野も驚いて立ち上がり、気味の悪いものでも見るように遠くから箱をのぞき込む。一ノ瀬はうなずいて、

「ノラ猫です……かわいそうに。悪い物を食べたらしくて。点滴と胃洗浄をしたのですが、今朝から何とか、仔猫用の缶詰なども食べられるようになったのです」

「胃洗浄……先生が？」

麻衣も後ろから箱の中を見る。毛の長いタオルを敷いた上に、小さな三毛猫がぐったりと横になっていた。

「まさか、無理ですよ。中森医院の雅史くんに頼んだんです。村に獣医はいませんし、一刻を争う容態でしたからね。おかげで何とか命拾いをしました」

「中森が？　ノラ猫に胃洗浄……」

辰野は呆れたように言ったが、やがてまたソファに戻り、腰を下ろしてお茶を手に取った。麻衣は久々に温かい気分になって、離れた場所から、幸運なその猫を眺めやった。

一ノ瀬は真面目な表情のままで言う。

「ただ、仮にも命を救ったわけですし、私はこれから彼女がうちに来る限り、食餌を提供し続け、一生の責任を負わねばなりません。ノラ猫に一度でも情けをかけるというのはそういうことです」

「んな大げさな……」

辰野が呆れている間に、一ノ瀬はもう弓の事を考えていたらしく刀自を振り返った。

「何日か前、確か、弓さんから一度電話が来ましたね。どんな様子でしたか」自分の母に対しても、変わらない丁寧な口調だった。

「そうねえ」刀自は首を傾げた。「普段通りでしたよ。『花粉症かしら、肌がかさついて困るの。化粧水、まだあります？』って。一時間後くらいに、真木さんが取りに来られて」

「化粧水は、その前にはいつ？」

「確か……二週間くらい前でしょうかねえ」

「無くなる頃なんですか」

「いいえ、二ヶ月分はたっぷりありますねえ。あなたにこの間、頂いて来るようお願いしたでしょう。その時半分差し上げたから。でも、もしかしたら瑞絵さんも使ってらっしゃるのかもしれないわ」

「それでも一ヶ月はあるはずですね。あれは他では手に入りませんし。それを早く欲しがったとなると……」

一ノ瀬は考え考えしながらも、辰野に気を遣って口をつぐんだ。

「披露宴の後、誰も弓さんを見ていないの？」刀自が尋ねた。

麻衣は天狗を思い出してまたぞっと震えたが、辰野はうなずいて、「はい。しかし、この人の婚約者だと言って披露宴に呼んだのが、どうも弓の男だったらしくて……」

一ノ瀬と刀自が驚いたように自分を見たので、麻衣は思わず顔を伏せた。

「宴では、見かけませんでしたが」一ノ瀬は眉をひそめる。

「ああ、ここに着いた夜から行方不明なんです」

その場が冷え冷えと凍り付いたのが、うつむいた麻衣にも痛いほど分かった。一ノ瀬はうなずくと、顔を曇らせてお茶を取り上げる。

「警察……には？」

「知らせてないですよ。うちの家族が知ると色々面倒なんで……」

辰野はどうやら、瑞絵との約束を気にしているようだった。

「分かりました。私もできるだけ捜してみますが……麻衣さんはしばらくこちらに？」

「はい……」

「それはよかった……瑞絵さんを気遣ってあげて下さい」

一ノ瀬に言われると、なぜかすんなりうなずいてしまう。

と、その時、庭から子どもの声が響いてきた。

「今日は学校の創立記念日なんですよ……正さんや渡さんがいらしていたのも、つい、この間みたいですのにね」

刀自に言われて辰野も苦笑する。

「宿題してないやつは、必ず当てられるんです」

「それぞれ、態度で雄弁に語ってくれますからね。それでも正くんの場合は人と逆で、本当のことを言う時相手の目を見ないので、最初は騙されていましたよ……」

麻衣と辰野は授業の邪魔にならないよう、急いで外に出た。

一年生の日らしく、ついこの前まで小学生だった子どもたちが、行儀よく靴を揃えて入っていく。

「人目につくから、あんた、先に行ってくれ」

玄関を出るなり、辰野は言った。

「行くってどこへ？」

「知るかよ。俺は仕事に戻る。あんたも、早いとこ、東京に帰るんだな」

しばらくいると決めたばかりなのに、追い立てられている気がして麻衣は顔をしかめた。

「春休みだし、弓が帰って来るまでって、瑞絵さんが……」

「家族が心配するだろう」

「いないから。誰も」

「あ……」

一人にも慣れ、さほど寂しいという自覚がなかったせいか、辰野がきまり悪そうに表情を緩めたのが、麻衣には妙に可笑しかった。

麻衣は少し考えて、最初の予定通り、神社に立ち寄ることにした。

辰野が専門家に依頼して行方を捜しているなら、自分はもっと精神的な部分で、弓が何を思い、行動したのかを知りたい。もちろん、例の山王鳥居に、個人的な興味もあった。式の朝、弓がいた天縛神社には、姫をミズチから助けた天狗が祀られている。伝承は古くさく滑稽だったが、意識していたからこそ、弓は山姥の言葉に過剰なほど反応したのではないか。

禊ぎの夜、離れに現れた鼻の長い影——花嫁を奪いに来た天狗は、とうとう祝言の夜、しだれ桜の魔力を借りて思いを遂げた。

おとぎ話のような妄想が、何より明快な解決編に思えて、何とも恨めしい。が、あの一幕が麻衣の夢なら、なぜ略奪者は天狗そのものでなく、面を被った人間なのだろう。麻衣が本物の天狗を見たこともなく、修験者姿しかイメージできなかったせいだろうか。

いや、桜の木に寄りかかった弓や、白無垢に留まった桜色の蝶。それこそ、麻衣の想像をはるかに超えた情景ではないだろうか。

坂を下りながら、麻衣はふと、足を止める。

田之倉家を目印に歩いていたはずが、いつしか田之倉家も鳥居も重なる屋根に埋もれて消えていた。とりあえずさっきの角まで戻ろうと振り返ったとたん、いきなり大きな犬と鉢合わせする。

見上げるとリードを引いているのは渡で、耳から小さいイヤホンをはずしながら、驚いたように声を上げた。

「あれえ。麻衣さん。一人？　どこ行くの？」

「神社に行ってみようと思って」

麻衣は正直に答えながら、茶色の洋犬に目を奪われた。顔が三角に尖って細い体は弓なりの、見たこともないオシャレな犬だった。よく躾けられ、渡が止まるとおとなしくその場で待っている。

「神社？　ああ、天伯の？」

「てんぱく？」

「うん。丘の上のでしょ。方向逆だよ」

渡は人懐っこく笑い、ついてくるよう手招きした。

「名前はなんて？」

麻衣は渡に断って、体に似合わない小さな頭を撫でた。動物に触れたのは数年ぶりだ。

「種類？　ボルゾイってロシアの狩猟犬。名前はチビ」

「チビ？　冗談でしょ」

麻衣はふさふさとした毛並みと、長い手足を見て笑った。

「本当さあ、家に来た時は、ほんとにチビ犬だったんだ。うちは男ばっかで、大ざっぱだからさ。チビ犬って呼んでるうちに定着して、病院の診察券に、そう書かれちゃったんだよ」

渡は笑って歩き出しながら、

「あ、兄貴見なかった？　電話もかけてこないし、オヤジが困ってるんだよね。弓は弓で、顔も見せないしさ。いくら二人が田之倉に住むっていっても、ちょっとあれは非常識だよ」

「田之倉に住むの？」麻衣はチビの長い足に引っかかったリードを直してやりながら尋ねた。

「うん。マスオさんってやつ？　瑞絵さん一人じゃかわいそうだし、どうせ兄貴もK市にいること、多いからってさ。しかし兄貴、どこ行ってるんだろ。新婚っても今さら浮かれるモンでもあるまいし」

お兄さんなら、と言いかけて、思いとどまる。

弓のことを秘密にしている以上、余計なことは言わないほうがいいだろう。仕事に戻ると言っていたし、たぶんそちらで連絡が取れているはずだ。

「兄貴。たいていケイタイに出ないんだ。意味無いんだよ……それより、麻衣さん。彼氏と喧嘩でもしたの？　あれから全然見ないじゃん。何かあれ？　麻衣さんたちも結婚とかそういう話が出て、意見の相違で揉めて、とか？」

「ううん、そういうんじゃ……」

想像力の逞しさに驚かされながらも、首を振る。

渡もどうでもよさそうに手を振って、

「ま、いいや。まだしばらくいるんでしょ。帰る時は言ってね。車出すからさ」

と、最新機種らしいスマホを取り出して、ラインを送信した。

〈これ、ワタルくんの電話番号。がっつり声が聞きたい時はこっち〉犬のスタンプで、アイミスユーとある。麻衣が苦笑している間に狭い路地を抜け、二人と一匹はじき、神社の下に出た。

「……一緒に行きたいけど、ここ俺、苦手だから」

「苦手って……何かあるの？」

「うん。ミズチだからさ。ここにくると具合、悪くなるんだよね」

驚く麻衣を見て、おかしそうに笑う。

「冗談。でも、登ってもほんとここ、何もないよ」

渡はそう言いながら、麻衣の視線を追って石段を見上げた。

「ああ、鳥居？　変わってるでしょ。でも村の神社って全部こんなだし。俺ら、これ見て育ってるから、京都なんかの方がどこかてっぺん物足りなくてさ」

そういうものなのか、と意外な気がした。

「一ノ瀬先生が、ここの神主さんなんだよね」

「うん。一ノ瀬の家は昔から、村の宮司って決まってるからね。先生も本当は大学に残りたかったらしいよ。今でも時々、きのこやら苔の本、書いて発表してるけど」

あの時、採集と言っていたのはそういうことか。確かに実直で穏やか、学者肌という言葉がぴったりくる人柄だ。

「いい人だけどさ。なんか、調子狂っちゃって。俺、ちょっと苦手なんだよね。でもすげえ頭いいし、こんな訳分かんない村に一生縛られるのは気の毒かも……まあ兄貴も弓もある意味、同じかな」

「渡くんは違うんだ」つい気安い口調で尋ねると渡は笑って、

「当然さあ。うちは財産分けで潰さないようにって、代々、長男が根こそぎ相続って決まってるし、自由ぐらいないと不公平でしょ。だからせめて学費、出してもらって、必死に手に職つけてんのよ」

「お武家みたい」麻衣は感心して、

「ここって、お寺はないの？」

「あるよ、なかったら、葬式できないじゃん」

安直だが、的を射た答えだ。「禅宗でさ、うちの親戚だけど呑む、打つ、買う、のスケベ爺さんだよ。独占企業だから食いっぱぐれないしさ。一ノ瀬先生の方が、揉めごとの仲裁から何から、雑用しょっちゃってるのにさ。清貧っつうの？　神社って、正月と祭りくらいしかお金入んない。世の中、不公平だよね」

そうかもしれないと麻衣は思った。

「じゃ、気をつけて」

渡はそう言うと、手を振ってあっさり行ってしまった。チビも尻尾を振りながら、うれしそうに付いて行く。

一人になり、麻衣は改めて長い階段を見上げた。鳥居は辛うじて朱塗りであることが判る程度だ。しかし笠木の上に、わざわざ山形の合掌が渡してあるのが、やはり不自然だった。一ノ瀬はごく普通にある鳥居の一種と言うが、悪夢に繋がるせいか、どうしても異様な造形物に見える。

石段にはイチイの枝が張り出していた。尖った先端を避けながら段を上ろうとして、両側にある狛犬のような石の固まりに目を留めた。かなり風化していて、元の姿を想像するのも難しい。ただ、犬にしては平坦な顔に大きな目が奇妙である。

猿だろうか、抱え込む足形を見て麻衣は思った。

階段を上る間も、崩れた岩に足を取られそうになるが、泥濘んだ感触はなく、さほど息も上がらなかった。こうしてじっくり見渡せば、夢とは異なる部分の方が多い。

麻衣はほっとしながら、手水舎で手だけを清め、拝殿に臨んだ。

前に弓と来た時は、一ノ瀬がいたが、今日は誰もいない。

木々の間から漏れた陽が差し込んではいるものの、地衣類の宝庫というだけあって全体的に暗かった。「竜」色の濃い三槌神社とは違い、天狗を連想させる物はない。縁起を記した札など捜してみたが、それも見当らなかった。

社の奥には壊れかけた階段が見え、そこから入れないよう頑丈な柵が渡してある。紙垂のついた柵の向こうは岩場のようで、這うように広がった深緑の葉が、可憐な白い花を付けているのが見えた。

小銭を投げ、色褪せた紐を振って、思わぬ大きな鈴音にびくりと震えた。母の口癖『驚くのはやましい証拠』。やましいのは――記憶に自信が持てないのを言い訳にして、誰にも、何も話さないでいることか。それとも、山姥の忠告を真に受けず、弓をひとりで放っておいたことだろうか。

と、木の格子でさえぎられた狭い拝殿で、微かに木戸を引きずる音がした。

何だろう。目を凝らすが、暗くて中の様子は分からない。殿の裏に回って初めて人の気配を感じた瞬間、麻衣は経験のない衝撃に打ちのめされ、前のめりに倒れ込んだ。

「あっ……」

チカチカと光と熱を同時に感じ、首が痛い。ショックでしばらく動けないほどだった。

しかし、何とか起き上がり、振り返った麻衣は、その正体に震え上がった。

天狗だ。

天狗の面がすぐ近くにある。全貌を見る間もなく、またすぐ赤い顔が間近に迫った。ジジジと不気味な音がして、麻衣は両手で頭をかばった。後ずさりながら、必死でその攻撃から逃れる。

何とか振り切れる。

そう思った瞬間、いきなり足元が崩れて体が浮いた。

壁面の草木をずるずる擦り落としながら、麻衣は崖を滑り落ちていった。

辰野正

そろそろ、事務所に戻らないと。

式の後、しばらくこっちにいるからと、先延ばしにしていた仕事がぞっとするほど溜まっている。

辰野は重い足取りで坂を下った。

ここはいつも空気が重い。外海沿いというのに雪が少なく、生暖かいのもうっとうしいだけだ。

学生時代、ひと月かけて旅した、南米の乾いた空気を思い出す。

物騒で猥雑な田舎町には、そのまま紛れ込んでしまえる安らぎがあった。国境を越えカリフォルニアに入ってからも、あちこちで聞くスペイン語とそれらしい地名に、粘り強いヒスパニックのエネルギーを感じたものだ。

K市の仕事がなければとっくに糸が切れ、弓のように家出しているだろうと辰野は思う。しかし弓とは違い、行ったきり二度と戻っては来ないだろうが。

サバ猫がきどって、我がもの顔に前を歩く。猫の視線の先には、家を隔てて道が延びていた。角を曲がり視界が開けると、紙袋を下げ、急ぎ足で坂を上る一ノ瀬が見えた。珍しく慌てた様子で、息まで切らしている。本来なら、まだ塾で授業をしているはずだ。

「先生、一ノ瀬先生……」

「あ、正くん」一ノ瀬は足を止め、辰野を見た。

「どうしたんですか。授業は？」

「ああ。母に後を頼んで来たのですよ。麻衣さんがケガをしたというので」

「えっ？」辰野は思わず大きな声を上げた。

「いや、幸い大事には至らなかったようですが、天縛神社の崖から落ちたらしい、と連絡をもらったのです。これから里香(りか)さんの家に迎えに行くのですよ」

「リカさん？」

一ノ瀬は苦笑して、「君たちの言う、山姥のことです」

「ああ……」辰野は納得した。村で山姥と付き合いがあるのは一ノ瀬とその母だけである。

「一緒に行きますか」一ノ瀬はあっさり言った。

「弓さんの大事なお友達ですからね。東京からわざわざ来ていただいてケガをさせたのでは、心苦しいでしょう」

「は、はあ」辰野は紙袋を引き受け、一ノ瀬と一緒に歩き出しながら中を見た。焼酎の空瓶である。

「化粧水用の瓶です……弓さんにもおわけしている。里香さんの手作りでしてね。彼女は、母が作っていると思っているようですが」

弓らしい話だと辰野は思った。

「でも、何で崖から落ちたりなんか……」

「さあ……」一ノ瀬は眉を曇らせて、「彼女はおっとりして見えますが、なぎなたをやっているだけあって、足さばきがしっかりしています。原因については、話を聞いてみないと……」

なぎなた？　えらく古風だな。辰野には、それがどんなものかさえ、思い浮かばない。

一ノ瀬は前を向いて歩きながら、唐突に言った。

「麻衣さんは、不思議な人ですね」

「……え？」

「あの人は無垢で善良です。しかしどこかに魔が宿っていますね。瑞絵さんと同じように……」

瑞絵。辰野は、呼吸が乱れるのを感じた。何か言わなければと焦りながらも、言葉が出てこない。

「断崖絶壁に咲いた百合と同じなのです。本人は極めて純真で思いやりがあるのに、知らないうちに周囲を惑わせ、危険に晒す。絶壁から転落して命を落としたとしても、それは手折ろうとした人間が悪いのであって、山百合には何の罪もありません」

辰野は顔を背けた。瑞絵に対する秘めた思い、母親への憧れとも微妙に異なる。この人に、隠しごとはできない。ガキの頃から散々思い知らされてきたことだ。

「里香さんの家は初めてでしたか。きっと驚きますよ」

森に巣があるのか、愛をかわす鶯（うぐいす）の声が響いた。一ノ瀬はそちらに目を向けて、柔和な微みを浮かべた。

山姥の家

目を覚ますと、麻衣はベッドに寝かされていた。

調度は古いが、日差しが明るく差し込み、どこもきちんと片づいている。まだ日は高く、さして時間も経っていないようだった。

古い病院にあるようなガラス戸棚には、乾燥させた植物入り容器や保存用に漬けられた野菜、木の実、香辛料の瓶が並び、天井からは、ドライフラワーが幾つも下がっている。

麻衣は、自分が着ているワンピースと、首筋の包帯を手で確かめ、少しだけ安堵した。ワンピースのコットンは柔らかく晒され、湿布から微かにミントの香りがする。木の床はしっかり磨かれて光り、壁はログハウス風に丸太を重ねた作りになっていた。

ここはどこだろう。

そうだ――神社の拝殿で、天狗に襲われたんだ。

音を立てないよう、そっとベッドから下り、素足のまま、隣の部屋をのぞき込む。

そこには、山のようなドライフラワーを仕分けする小柄な背中があった。

毛糸のショールに、短く赤い髪。微かに流れているシューマンのピアノ曲。不思議な光景にぎょっとした麻衣は、ショールのモチーフ柄を見て、じき、それが山姥と呼ばれていた老女であることに思い当たった。

山姥が振り返った瞬間、麻衣は声にならない悲鳴を上げ、反射的にドアを閉めた。

「何をしてるんだい」山姥はどんどんとドアを叩いた。

「あんた、何か勘違いしてるんじゃないかい。崖から落ちたあんたを拾って、ここに連れて来てやったのは、あたしなんだよ」

「……崖から落ちた？」

麻衣はノブから手を離した。山姥がドアを開けて姿を現し、呆然としている麻衣の肩をゆっくりと撫でる。そして、ストーブの上で音を立てている鉄瓶から、黒っぽい液体をマグカップに注いだ。

「打ち身の煎じ薬だよ。即効性はないが、じんわり効く。あんたはマイナス証のようだが、こういう時はしょうがないさ。桂皮（けいひ）、茯苓（ぶくりょう）、牡丹皮（ぼたんぴ）、桃仁（とうにん）、芍薬……気味が悪いかね」

ちらと御神酒のことが頭を掠めた。が、母が常備していた風邪薬と同じ匂いがしたので、怖々、口に運ぶ。

「お嬢さん、わがまま娘の友達だったね。式は終わったんだろ」

「すみません。久木田麻衣といいます。あの、あなたは」

「わがまま娘に聞いただろう。山姥だよ」

折しも黒猫が、勝手にドアを開けて入ってきた。ストーブの前には白い猫が眠っている。どちらかといえば森の魔女。使い魔のような黒猫が弾みを付けて飛び上がり、麻衣の膝を前足で抱え込んだ。

「そいつはダフニス、その、寝てばっかりの白いのがクロエ。私は渡部里香……今、どれも似合わない名前だと思ったろ」

「いえ……」図星だったが、辰野家のチビに比べれば、まだましだ。

「この人は?」目を走らせた先にはプラチナの写真立てがあり、活気に満ちた二十代後半の女性が白衣姿で微笑んでいる。

「娘さ、十五年前、地震で死んだ……」

麻衣は口を引き結んだが、何も言えなかった。突然、肉親を亡くした者に掛ける言葉の空しさを、麻衣は誰よりも知っている。

つと、膝の上で毛繕いをしていた黒猫がいきなり、黒い肉球を湿布に伸ばした。

「クロエってば……」

「そいつはダフニス。湿布に猫の好きなハーブが入っているんだ……あんた足を滑らせたんじゃないだろう。誰かに襲われたね」

どきりとそらした目に、再度、写真の女性が映る。麻衣は彼女の笑顔にうながされたようにうなずいた。

「はい……お社をのぞいていたら、急にぱちぱちって火花が散って。顔もよく分からなかったんです。お面を被っていて……」

「面……まさか。天狗の？」里香は、眉を上げる。

「どうしてそれを」

「そうなのかい……」里香は少し考えていたが、

「でも、どうしてあんたが狙われるんだ。ひがしのわがまま娘は、どうしてる？　無事なのかい」

麻衣は体を震わせた。もうこれ以上、一人で抱えてはいられないと思った。

「そばにいてやれ……というのはどういう意味だったんでしょう。弓は……式の夜、いなくなったんです」

「いなくなった？　わがまま娘が？」

里香の表情が硬くなった。

「私……怖いんです。弓が家出したのか、誰かにさらわれたのかも分からないし……夢はまるで本物のように鮮やかなのに、現実がおぼろげで。ついさっき、自分が天狗面に襲われたことさえ、現実かどうか……自信がないんです。夢と区別がつかないんです……」

里香は小さいが、濃い色の瞳でじっと麻衣を見つめた。

「参ってるんだね……かわいそうに。でも安心しな。ちゃんと筋は通ってるから……首の火傷、それはスタンガンだ。あんたは記憶通り、怪しい輩にスタンガンで襲われ、崖から落ちたんだよ。そいつが顔を隠すために天狗面を使うことだって、じゅうぶんあり得ることなんだ」

「す、スタンガン？」

これまでの昔話や村の因習と、あまりにかけ離れた武器に驚き、麻衣は、きょとんとした表情で聞き返した。

「ああ……スタンガンを首に当てるなんてどうかしてるよ。下手すりゃ危ない場所なのにさ」里香は顔をしかめた。

「あんた、何か見たり聞いたりしたんじゃないのかい……でないとよそから来た人間が狙われる道理が分からない」

「よそから来た人間」という言葉で、麻衣はまた、渡に釘を刺されたことを思いだした。

が、あの時、里香はタブーを自ら口にしたのだ。一見、村の因習の権化に見える山姥は、いわゆる村八分。村人との関わりは断ち切って、皆無に等しい。

——七十年前、なにか恐ろしいことが起こったんですよね？　それはにしとひがしの結婚に関係したことで、そのせいで弓が今、危険な目にあってるかもしれないんですよね？

そう、尋ねようとした矢先、ノッカーを打つ音がして、麻衣ははっと息を呑んだ。

「開いてるよ」

里香が叫ぶと、ドアが開いて背の高い男が入って来る。

「連絡ありがとうございます……麻衣さんは大丈夫ですか」

宮司の一ノ瀬だった。

一ノ瀬が現れたことで――大事なことを聞きそびれたにもかかわらず――麻衣はほっと胸をなで下ろした。一ノ瀬と会うたび気持ちが春の野のように平らかになる現象は、まるでパブロフの犬だ。

しかしその後すぐ、不機嫌そうな辰野が続いて現れると、せっかく和んだ気持ちがさっと硬くなった。

里香は二人を中に招き入れ、食器棚からお茶のセットを出した。

一ノ瀬はダッフルコートを脱いで、慣れた様子で椅子の背もたれに掛ける。一方、辰野は初めて中に入ったらしく、家中、無遠慮に見回していた。

一ノ瀬は心配そうに麻衣の湿布に目を留める。

「傷は……大丈夫ですか」

「痕は残らないだろう。打ち身もひどくはなさそうだよ」

里香は一ノ瀬にそう説明すると、誰に言うでもなく、

「あたしが送って行く訳にもいかないだろ。お嬢さん一人で返すのは心配だから、一ノ瀬の坊やを呼んだんだ。でもまさか、にしのボンまでお揃いでお迎えとはね」

むきになって顔を上げた辰野を、一ノ瀬はやんわりと押し留めた。「ここに来る途中で会ったので、一緒に来てもらったのです」

「で……花嫁は？　消えたんだろ」

里香が唐突に決めつけると、一ノ瀬と辰野は顔を見合わせた。

しかし辰野も、里香にならば話しても構わないと思ったのか、吐き捨てるように、

「男と逃げたんだ。あんたには悪いが、天狗は関係ない」

里香はちょっと動きを止めたが、黙ってターコイズ色のカップにお茶を注ぐ。紅茶からベルガモットの薫りがした。

「何か起こるとは思ってたが……違うね。あの娘はわがままだが、ばかじゃない。やっぱり七十年前と同じことが起こってる。いや、もっと質が悪いかもしれないね」

「七十年前？」

聞き返したのは麻衣だけで、一ノ瀬はため息を吐き、辰野は不快そうに無言で顔をしかめた。

「七十年前……何があったんですか」

思わず、そう尋ねてしまった麻衣を睨んで、辰野は歯噛みした。

「あんたには関係ない。大昔のことだ」

が、里香はカップを取り上げながら冷たく言い捨てる。

「お嬢さんには、知る権利があるよ。天狗に襲われて、崖から落ちたんだから」

「天狗に……襲われた？」辰野と一ノ瀬は驚いて麻衣を見た。

「エセ天狗だよ。本物の天伯さまが、スタンガンなんか使うもんか。が、天狗の面を被ってる、ってことは、どうみてもよからぬことを企んでいるに違いないだろ？」

「天狗、スタンガン。確かによくないですね。それは……」

一ノ瀬は呟いてしばらく何か考えていたが、じき、優しい瞳で麻衣を振り返った。

「しかし無事でよかった……何か、相手の特徴でも覚えていますか」

「いえ……逃げるのに夢中だったし。お面の印象が強烈で。体型や何を着ていたのかさえ、まったく見ていません」

麻衣は訴えるような口調になった。

「直前までまるで気配を消していて……気が付いたらすぐ、後ろにいたんです」

「だから早く帰れと言ったろ。考えなしに一人で神社に行ったりするから、痴漢野郎に襲われたりするんだ」辰野は舌打ちした。

「ちかん……？」里香は聞き咎めた。

「ボンはそういう、下種な見方しかできないのかい。お嬢さんは何かを見聞きしたから、狙われたんだ……そうだろう？」

麻衣はうなずいた。度重なる天狗面の出現。ついに襲われた、という衝撃が、麻衣の確信を強めている。麻衣はあの夜見た、天狗面と白無垢姿の弓、その一部始終を話すことにした。

「天狗が……花嫁を？」

里香は呆然と繰り返した。

「何で、黙ってたんだ」辰野も怒鳴るように言う。

「すみません……私、ここに来てからおかしくて。思い込みかもしれませんけど、何だか昔、来たことがあるような……夢で見た景色や、そこに自分がいたような記憶まであるんです。弓のことも、すぐに気を失ってしまったから……夢なのか現実なのか、自信がなかったし。いい加減なことを話して、瑞絵さんを心配させても……」

麻衣が声を詰まらせると、里香は咎めるように辰野を見た。

「ボン。お嬢さんを責めるんじゃないよ。一人で背負い込んで、ずっと悩んでたんだから」

里香が悩みを代弁し、かばってくれたことで、麻衣の目頭が熱くなった。

「それであの夜、倒れてたのか。それにしても……くそっ。なんで今頃、天狗なんだよ」

辰野が悔しそうに言う。

それまで黙っていた一ノ瀬が、やがて穏やかな口調で尋ねた。

「白無垢に、桜色の蝶が止まっていたと言いましたね。麻衣さんは祝宴で、弓さんの胸にそれを見た記憶はありますか」

「え、いいえ」麻衣は慎重に記憶をたどってから、首を振る。

「麻衣さんは、それが何だか分かりますか」

「いいえ？」麻衣はまた首を振った。「何……ですか？」

一ノ瀬は辰野を振り返る。

「正くんは、村長が紫蘇酒を持って来て、弓さんにお酌しようとしたのを覚えていますね」

「え？　はい。酔っぱらった村長が、赤い酒を弓の打ち掛けにぶちまけたんだ……」辰野は思い出したように言って、麻衣を見た。

「あの時、あんたはもういなかったな」

初めて聞く話だった。酔っぱらった村長と一ノ瀬の会話の途中、水を飲むために、席を離れた後のことだろう。

広間に戻った時、弓の姿がなかったのは、染みを始末するため中座していたのかもしれない。辰野がよく宴席を見、人の出入りまで覚えていることに麻衣は驚いた。

「桜色の蝶は、場所、色、形状とも、酒の染みとほぼ一致します。麻衣さんがそれ以前に、打ち掛けの染みを見ていないのなら、染みを蝶と見間違えた可能性……すなわち天狗と弓さんの一幕が現実である可能性も高まります」

風呂に入った時の弓は、もうピンクのスエットに着替えていた。が、打ち掛けの蝶が酒の染みだと言われれば、確かにそう思えてくる。

「神社に、天狗のお面はあるんですか。奉納されているとか」

麻衣が何気なく尋ねると、

「ありません。ご神体は面などではなく、天狗の髭ですから」

一ノ瀬はあっさり否定した。

「ひげ?」麻衣は目を丸くして、

「ご神体って、あの……木で造った大きな……」

村に来た日、神社で弓の言っていたことを思い出し、思わず顔を赤らめる。一ノ瀬は困ったように言った。

「あれは、弓さん流の冗談ですよ。髭の話は、村の人間なら子どもだって知っています」

成り行きとはいえ、清廉な神主に際どい話題を振ったことが恥ずかしく、麻衣は照れ隠しについ、口走ってしまった。

「本物の……髭なんですか」

「それを、宮司の私に尋ねますか……」

一ノ瀬は今度こそ、本当に深いため息を吐いて、

「ノーコメントとしたい所ですが、ここだけの話。科学者の端くれとして言わせてもらうなら、『樹木の髭根』に近いかもしれません。髭だけでなく、皮膚状の物が付着しているのですが、樹皮と考えれば説明もつきます。立場上、調べることはできませんが」

里香は揶揄するように言った。

「とにかく、危ない輩が絡んでることは確かだ。七十年前とは違う。花嫁を拐かしたのは天狗じゃない。天狗面の悪人なんだ。そいつは、平気でお嬢さんの首にスタンガンを当てるような卑劣なやつだ……天狗だ、ミズチだよりも、一番恐ろしいのは人間の歪みだよ。それを暴くのは、あんたのお得意だろう。名探偵?」

花嫁を拐かした? 少しずつ見え始めた事件の片鱗に、麻衣はぞっと背筋を凍らせる。

一ノ瀬も、辛そうに首を振った。

「事件が繋がっているとしたら……確かに厄介ですね。そうなると弓さんが心配です。あの事件は長い間、禁忌とされてきましたし、伝説として脚色された情報しかありませんから」

「一ノ瀬の家には、地元新聞の資料が残ってるはずだがね」

里香が思い出したように言うと、一ノ瀬もうなずく。

「ええ。確かに……」

「地元新聞？」辰野も初耳だったのか、鸚鵡返しに尋ねた。

「ああ。うちの祖父は新しもの好きでね、戦前、神職の傍ら、新聞など作っていたことがあったのですよ。戦局が厳しくなって紙もなく、広告も取れなくて辞めましたが」一ノ瀬はため息まじりに、

「しかし、里香さん。あなたは七十年前、正確には七十二年前ですが……事件に、うちのまさにその祖父が、当事者として関わっていることをお忘れですか」

言われて初めて気づいたのか、里香は気まずそうに口を歪めた。急に歯切れが悪くなる。

「そうだったね……悪かったよ」

辰野もますます不機嫌になった。

「あんたら部外者は面白半分で語れるが、うちの爺さんだって、未だに、どうかしちまってるんだ。今度の結婚だって、その時の執念みたいなもんだからな」

「あの……」麻衣は思い切って口を挟んだ。

「事件について、教えてもらえませんか。よそ者が尋ねてはいけないって、分かってはいるのですけど……けっして興味本位で言ってるんじゃないんです。すごく怖くて。話を聞いて、今の状態が変わるかどうか分かりませんけど……知りたいんです。弓や私に、いったい何が起こっているのか……」

渡に言われたことはじゅうぶん理解できる。しかしもう、見て見ぬ振りはできない。深

く関わりすぎたのだ。

　が、一ノ瀬は口の端を下げ、

「弓さんを思いやって下さる気持ちは、とてもありがたい……しかし、村の人間でないあなたが、これ以上、事件にわずらわされるのはいかがなものか。正くんも、それを心配しているのですよ。実際、こうして危険な目にも遭っているし……これからも分かりませんからね」

　やんわり拒絶されて、悄然とする。が、続いて出た一ノ瀬の言葉に、麻衣は驚いて目を上げた。

「しかし事件については、話してあげましょう。夜にでも塾にいらっしゃい。資料や写真もありますから。客観的に説明することで、私も何か気づくことがあるかもしれません……お屋敷からうちまでは近いし、見通しもよいので大丈夫とは思いますが。気を付けて。正くんも……そのくらいならよいでしょう」

「俺は別にかまいませんけど」辰野もしぶしぶうなずく。そして時計を見るなり、麻衣を急き立てた。

「帰るぞ。動けそうか」

「は、はい」

「ゆっくり、ね……いきなり立ち上がらない方がよいですよ」

一ノ瀬はそう言いながら、麻衣の膝からそっと、猫を抱き取った。

猫に慣れた手つきを見て、麻衣は一ノ瀬塾で見た三毛猫を思い出す。

「三毛の仔猫は、元気になりましたか」

「ええ……」一ノ瀬は黒猫を抱いたまま微笑した。

「もうすぐ彼女のフィールドに戻れそうです。早く見回りがしたくて、うずうずしていますよ」

「よかった……」

「服はこっちだよ。もう乾いてるだろう」

里香が奥から声をかけたので麻衣はうなずいた。

「ありがとう、里香さん……クロエも、バイバイ」

「クロエは白いほうだ、こっちはダフニス。何回言ったら分かるんだい」里香は言った。

「クロエは女性だから、白くてもクロエなんですよ。ダフニスは羊飼いの少年。有名なラヴェルのバレエ音楽から取ったんです」

一ノ瀬が首を撫でると、黒猫は目を細めてごろごろ喉を鳴らした。

一ノ瀬を残して、麻衣と辰野は家を出る。

家の場所は、どうやら神社の崖下に近いようだった。この辺りは森が広がり、民家もほとんどない静かな場所だ。

外から見る里香の家は、ただ田舎のボロ屋でしかなく、中があれほど洗練されていると
は誰も思わないだろう。
「里香さんって、何してる人ですか」
「知らないよ。付き合いがあるのは一ノ瀬先生だけだし。怪しい薬作ってるとか、小豆で
大儲けしたとか、噂は色々あるけど」
「娘さんが地震で亡くなったって……」
いつの間にそんな話を、とでもいうように辰野は目を上げた。
「ああ、大学病院に残って医者をしてた。綺麗で頭がよくて、みんなの憧れだったよ。そ
のうちここで開業して一ノ瀬先生と結婚するはずだった。山姥はそれ以来、人付き合いを
しなくなったし、一ノ瀬先生は……あんな人だから顔には出さないけど、今でもずっと独
身だ」
「そう……なんだ」
彼女の死は、二人にいまだ大きな傷を残している。麻衣は一ノ瀬の、穏やかだが寂しそ
うに見える笑顔を思い浮かべた。
「もう一つ聞いてもいいですか」
「何?」
「田之倉のお屋敷に、菜の花畑はありませんか」

天狗面の記憶が次第に現実味を帯びてきた今、やはり気になるのは、水差しの底に張り付いた黄色い花びらのことだ。

「菜の花畑？　さあ。俺もあちこち見て回ったことはないから」

「じゃあ、次郎さんって人には、お会いになったこと、ありますか」

「次郎？　ああ。先代の弟とかいう人。体が弱くて、兵役に行けなかったって聞いたことがある。寝たきりだろ。会ったのか」

「……いいえ。兵役って、いくつくらいの方ですか」

弓を疑う訳ではないが、いつもからかわれていることを思うと、はっきり確認しておきたかった。

「さあ。俺も小学生の頃、弓の祖母さんの葬式で見かけたきりだし、年寄りの年齢なんて、見当もつかないな。うちの爺さんと同じくらいじゃないか」

「そう……ですか」

消毒液の匂いを思い出しながら、麻衣は妖しい記憶に気持ちが騒いだ。

「それよりあんた、先生の所に資料を見に行くつもりなのか」

辰野はぼんやりしている麻衣に尋ねた。

「いけませんか」

「つっかかるなよ……悪いとは言ってないだろ」辰野は苦笑する。

その笑顔を、麻衣は意外な気持ちで見上げながら、

「そういえば……禊ぎの、夜のことですけど」

「あ。ああ……」辰野は口をへの字に曲げた。

「あなたが来る直前、誰かが離れをのぞいてたって言いましたよね。あの時は自信がなかったんですけど、本当は大きな影が映って……鼻が長くて、天狗のようだったんです」

麻衣は真剣な表情で辰野を見た。禊ぎを代わったことは辰野しか知らないので、今、初めて口にしたことだった。

辰野は驚いた様子だったが、何も答えなかった。それからしばらく黙って歩き、やがて呟くように言う。

「何だかよくは分からんが、塾には俺も行くよ。弓のこと、何か分かるかもしれないからな……あっちで落ちあおう」

宴の前、お互い酷い言葉を投げつけ合っていた二人。いくら本人たちが否定しようと、その感情は生身の激しさそのものだ。

眉間に皺を寄せている自分に気づいて、麻衣は慌てた。

嫉妬？　鼓動が速くなる。それはときめきとはほど遠い、毛羽立つような感情だった。

渡部里香

誰もいなくなった部屋で、里香は焼酎漬けのかりんを小瓶に移し替えた。クロエが足元でごろごろと喉を鳴らす。久しぶりに客人が多くて緊張していたのだろう。

この白猫は呑気なようで、見かけよりずっと神経質なのだ。年寄りやおとなしい娘さんなどはよいのだが、辰野家の男たちのように、血の気の多い人間を好まない。その点、一ノ瀬の坊やは幼い頃から静かで、宏美が拾ってきた猫たちもまず、坊やに懐いたものだった。

が、実際、お嬢さんは危なかった。

普段なら、あそこは誰も通らない場所なのだ。今日に限って遠回りをし、見つけることもできたが——他ならぬ、天伯さまのお引き合わせかもしれない。

それにしてもあの気品と、おっとりした物腰。今どき珍しいおひいさまだ。跡取りのボンも随分なのぼせようだが、もし、このままわがまま娘が帰ってこなくても、にしの爺さんは、得にならない結婚を許したりしないだろう。よぼよぼにみせてはいるが、まだ強欲は立派に健在だ。

もしかしたら、あのお嬢さん、ひがしのお嬢様の生まれ変わりじゃないだろうか。昔のことでお顔も覚えてはいないが、同じように綺麗で優しい方だったし。もしそうなら、何度も村の夢を見ていたと言うのだって、説明がつくじゃないか。

お嬢様が天狗に拐かされた日のことは、今でもはっきり覚えている。山ででくわした天狗の姿ときたら、もう……。

シイの木陰から現れた恐ろしい天狗。里香は、摘んだつくしをすべて放り投げて逃げ帰ったのだ。

最初は誰も信じなかった。が、そのうち、他にも見たという者が出始めて、家族もやっと信用したものだ。お嬢様がいなくなったのは、それからすぐのちのことだった。

――今は山も荒れ、天狗もいなくなった。

オオカミだって、もういない。にしの犬舎でそれらしいのを一匹見かけたが、あんな所に閉じこめておいたのでは、木こりの道案内だってできやしない。

昔は、天狗も河童もちゃんといた。川から金をさらえる方法や、公平に行き渡るよう、水のせき止め方を教えたのも、河童だった。河童は若い娘に悪さをすることもあったが、ニュースに出てくる今の若いもんみたいに、非道い真似などしなかった。

人間以外、住めない社会にしたのは人間だ。そのうち必ずしっぺ返しがくる。ここんとこ、警告音が鳴り響いてるってのに、過ぎればすぐ忘れちまうんだから……誰もがまだ、遠い先の話だと思ってるんだから……笑えるよ。まったく。

宏美。お嬢様が生まれ変わったのなら、あんたもいつか戻って来るのかね。その時、たぶんもう私はいないが、今よりずっとおかしな世の中になっているかもしれないね。

でもまた——一ノ瀬の坊やにだけは、会えるといいねえ。

里香は小さな花を薩摩切り子に差して、写真に供えた。

ヒヨコグサにオオイヌノフグリ。宏美は野の花が大好きだった。

七十年前の花嫁

夕食後、時間を見計らって門を出ると、辰野が塀に寄り掛かって立っていた。麻衣を見るなり体を起こして埃を払い、何も言わずに前を歩いて行く。

一ノ瀬塾では棘の蔓を湛えたアーチが、丸い玄関灯の光で石畳に映し出され、昼間とまた違う影の庭を形作っていた。

麻衣は瑞絵に託された蕗のとうの佃煮を刀自に手渡し、一ノ瀬と辰野の後から細く急な階段を上る。

「麻衣さん。具合はいかがですか」

「はい、もう、すっかり」

首の火傷以外は、気にならなかった。里香の煎じ薬が効いたのかもしれない。

「あなた方が来る前に少し調べてみたのですが、いくつか興味深いことが出てきましたよ」

一ノ瀬は二人に椅子を勧めると、湯気の立つコーヒーを注ぎながら言った。酸味を抑えたよい薫りが辺り一面に広がる。

「あまり母に聞かせたい話ではないので……狭苦しい場所で申し訳ありません」

書斎は、壁面にずらりと本が並び、圧迫感を感じるほどだった。本の種類も植物辞典から歴史、経済、数学、哲学まで幅広い。

パソコンラックの隣には光沢ある黄土色の机があり、既に資料や写真が所狭しと広げられている。

「興味深いことって、なんですか」

辰野が一番上にあったセピア色の写真を手に取りながら尋ねた。

キャビネサイズの女性のバストショット。かなり古く、モノクロがさらに色褪せてはいるが、大きな目が印象的な美しい人だ。黒っぽい振り袖姿がどこか寂しそうに見えた。

「正くんは、七十二年前の事件について、麻衣さんに何も話してはいないのでしょう？まずはそこからです」

辰野が舌打ちした。「話すも何も……俺もほとんど知らないんですよ。うちの爺さんが嫁さんを天狗に持ってかれた、ってことくらいで」

これまでの話からおおよそ予想はしていたものの、辰野の口からはっきりそう言われると、怯まずにはいられない。

一ノ瀬はなだめるように麻衣にうなずいて見せ、それから子どもたちに授業をするような口ぶりで話し始めた。

それは麻衣が想像したより、もっと不可思議で妖しい話だった。

「一九五〇年。昭和二十五年春のことです。終戦の五年後と言えば分かり易いでしょうか。正くんのお祖父さんである辰野弘文氏が、二十三歳。弓さんの大伯母様、田之倉美砂子さんは十八歳でした。結婚式を二日後に控えた三月三日上巳の宵、美砂子さんは、慣例の禊ぎの儀式に臨むことになったのです」

田之倉美砂子……みさ。ジロウと名乗った少年の声がよみがえる。

『みさ、おかえり』

どういうこと？　麻衣は、混乱した頭で呼吸を整える。偶然だろうか。いや、所詮、夢の話だ。夢の記憶など、後からどのようにもねじ曲げることができる。

大きく息を吐くと、辰野が怪訝そうに見た。麻衣は思わず横を向く。

「これは、現在の禊ぎとは根本的に違うのです」

一ノ瀬も、麻衣を見つめたまま静かに言った。

「今はあらかじめ、花嫁の家を花婿が訪れる『足入れ婚』の形を取っていますが、その頃は式の前々日、花嫁が一人、海岸にある神社に一晩こもって身を清める、本来の意味での禊ぎだったようです。しかし事件後、儀礼は危険と見なされ、廃止されました」

「あの……」麻衣は思わず口を挟んだ。マグカップを持った両手が小刻みに震えるのが、自分でも分かる。確かに弓も『昔の禊ぎは、真夜中の神社に置き去りにされた』と言っていた。その時、麻衣は勝手に、丘の上にある天縛神社のことだと思い込んでいたのだ。

「海岸にある神社って……三槌や天縛神社より他に、まだこの村には神社があるのですか」

「ああ、そうでした」

一ノ瀬はうなずいて、低い丸窓の縁に腰を掛けた。

「ご存知なかったですね。この村には合わせて三つの神社があります。海岸の洞窟、と言うか正確には裂け目なのですが、その奥に天狗を倒した『イカズチ』を祀る神社があるのです。土を司る天縛神社、水を司る三槌神社、火を司るイカズチの神社。その三つが村の三角形を形作る位置にあって、お互いを牽制している、いわゆる、三つどもえの状態になっているのですよ」

「海岸の洞窟……そこも、先生が管理を？」麻衣は呆然と言った。

「一応、そうですが」一ノ瀬は言い澱んで、

「そちらは昔から禁制の地となっていて、宮司といえど、奥に祀られた依り代に近づくことを許されていないのです。だからその神社には、正確な名称もありません。入ったものは、イカズチの怒りに触れてしまうと言い伝えられています。唯一、花嫁の禊ぎの時だけ、

入り口にほど近い眷属のうさぎの場所まで、立ち入る事が許されていたそうです」

「けんぞくのうさぎ？」

辰野も初耳らしく、眉をひそめて聞き返した。

「眷属とは神の使いの動物です。一般的には狛犬がこれにあたります。しかし村の神社に狛犬はなく、三槌は青竜、天縛は猿が、眷属として祀られています。例の神社の眷属は石で掘られた二体のうさぎで、彼らが結界を守っています。その奥はもちろん、花嫁といえども足を踏み入れてはならないのです。かつての花嫁は得体の知れない依り代に怯えながら、うさぎの場所で、じっと一晩、宮司と新郎が迎えに来るのを待っていたのですよ」

握った指が汗ばむのを感じた。ぽっかり口を開けた洞窟、近づいてはいけない呪われた神、夢と――同じだ。

「そこの鳥居もやっぱり……」麻衣は恐る恐る尋ねた。

「ええ。山王鳥居です……麻衣さん、どうしました？ 気分が悪いのですか」一ノ瀬は気遣うように尋ねた。

「いいえ。何でもありません……続けて下さい」

麻衣は息を吐いてうなずく。腕で体を支えていないと倒れ込みそうだった。

「ミズチや天狗は異形の者ですが、昔から、日本の民話や伝承に深く関わってきました。ゆえに親しみも感じられ、イメージも作りやすいと言えます。しかしこの神社だけは少し特殊です。昔、禁を破ってそこに入り込んだものが、神の怒りに触れ、原因不明の死をもたらされた話が残っています。屍もふた目と見られない恐ろしいものだったと……」

麻衣はぞっと震えた。

「どうしてそんな恐ろしい所で、花嫁が禊ぎを？」

「さあ。色々考えられますが、どれも推測の域を出ません。ただ、村の神職として恥ずべきことですが、あまり廉潔な精神とは言えないでしょう。嗜虐的な倒錯とでもいうか。それが、今の禊ぎにも多少、残ってはいますが……」

田之倉美砂子は当時、多くの特権を持つひがしのお嬢様だったが、禊ぎを逃れることはできなかったらしい。村の旧家が率先してしきたりを守らねばという無言の圧もあったのだ――とはいえ、これまでの歴史を見ても、禊ぎに心配な要素など何もない。迷信深い村の娘たちは、誰一人、神社の奥に行こうとはしなかったし、せいぜい眷属のうさぎの前で、震えながら朝を待つのが関の山だったのである。

「それで美砂子さんは？　天狗にさらわれてしまったのですか」

麻衣は急き込んで尋ねた。

「何が起こったかは、未だに不明です……彼女は消えたのです」一ノ瀬は言った。

「消えた……」

「ただ、村の誰もが、天狗にさらわれたと確信したのです」

「どうして天狗なんですか。結婚が嫌でどこかに逃げてしまったとか、最悪、何かのアクシデントに見舞われたとか。普通ならそう考えるんじゃ……」麻衣は、両手を握り合わせた。

「ここは普通の村ではありませんよ。それに目撃者もいたのです」

一ノ瀬は嘆息した。

「目撃者？」

麻衣の脳裏にまた、天狗面が白無垢姿の弓を抱いた場面がよみがえる。「まさか、その時も……天狗面が現れたのですか？」

「いいえ。天狗面ではなく、本当の天狗だったと皆、口を揃えて証言しました」

「皆？」麻衣は目を見張った。

一ノ瀬はうなずいて「禊ぎの前の日から、何人もの人間が天狗の姿を見ているのです。その目撃談も美砂子さんが姿を消した後、ぷっつりと途絶えた……これを見て下さい」

古い一冊のノートに付箋が貼ってある。一ノ瀬がそこを長い指で押さえて開くと、頁一杯、手書きとは思えない角張った文字でぎっしりと埋められていた。

「ここです……」。

字は細かいが丁寧に書き込んであるので、読むのにさほど苦労はなかった。辰野がそれを受け取ったので、麻衣も後ろから身を乗り出す。

『目撃者は一様に凄まじさを語った。身の丈八尺はあり、真っ赤な恐ろしい形相、突きだした鼻、長い金剛杖を持つ修験者の如き服装。呪いの言葉を呟きながら、必死で何かを捜している様子だった』

『天狗が現れた場所には、真っ黒なカラスの羽が落ちていた』

『天狗倒しと呼ばれる、大きな木が倒れる音やぎりぎりという得体の知れない音が、その日、村中に鳴り響いていた』

「八尺っていうのは？」辰野が尋ねると一ノ瀬はうなずいた。

「一尺が一メートルの三三分の十ですから、二メートル四、五十センチというところでしょうか」

「馬鹿げてる……」辰野は不快そうに息を吐き出した。

一ノ瀬は口元を緩めて、

「終戦前後、ガリ刷りも難しくなったのです。紙やインクどころか食べる物にさえ事欠く時代でしたからね。それでもこうして、祖父は取材を続け、メモを残していました」

「しかしどっちかっつうと、新聞というより、オカルト雑誌かなんかの記事じゃないですか。まさか先生まで、美砂子って人が天狗にさらわれたと思ってるんじゃないですよね」

辰野が言った。

「そうですね……」一ノ瀬は考えながら、

「美砂子さんのことはともかく。伝承については、私にもいささか気になる部分があるのですよ」

「気になる部分？」

麻衣は息を呑んで、続きを待った。一ノ瀬はうなずく。

「太古、天狗とミズチが姫を取り合ったと言われています。しかし日本各地の伝説では、天狗は往々にして、女性を好まない傾向にある。天狗がさらっていくのは、たいてい男の子どもか若い青年です。竜や河童は人間との間に子どもを残したりもしますが、天狗にはほとんどない。だから不思議なのです」

「はあ……」

どう反応をしてよいか分からず、麻衣は微かに眉を下げた。辰野の方は顔をしかめ、あからさまに一ノ瀬の民俗学的見解を受け流す。

「神社の中は、捜索したんですか」

「いえ、たぶん、誰も入らなかったと思います。ひがしのお嬢様のためとはいえ、禁忌を破って危険を冒す人間など、あの時代いなかったでしょうし」

「酷い……探索も何もなしで、天狗にさらわれたってことになったんですか」

麻衣が少なからず憤慨したのを見て、辰野が言った。

「行方不明者ってことだよ。珍しいことじゃない。爺さんのことだから、当然K市や県外まで捜させただろうけど、復興のどさくさに紛れて、どうにもならなくなったんだ。それこそ普通に暮らしてる人間だって、明日の日も分からないご時世だろうし……」

それでも禁制の地だからという理由で、一番可能性の高い神社を捜索しないなど、理解できないことだった。

「家系図です」一ノ瀬は手書きの紙を見せた。「私が書いたので大雑把なものですが」

「こうして見ると、うちもだけど、ひがしはずいぶん人が死んでるな」

辰野が初めて気づいたように言った。

「戦争がありましたからね。こんな辺境の村にも、戸籍がある限り、召集令状だけは公平に届きますし」

「次郎さんって人の、お母さんは違うんですね」

麻衣は、記述に目を留めて尋ねた。

「ええ、田之倉家のお手伝いさんだったと聞きました。次郎さんは生まれつき体が弱かったらしく……」一ノ瀬は少し言い倦ねて、

「実は調べていて分かったというのは、次郎さんについてなのです」

麻衣はどきりとして、家系図から目を上げた。

「ある事件が起こっていました。昭和十八年ですから、事件の七年前。まだ戦時中ですが、五月、次郎さんが天狗隠しにあったというのです」

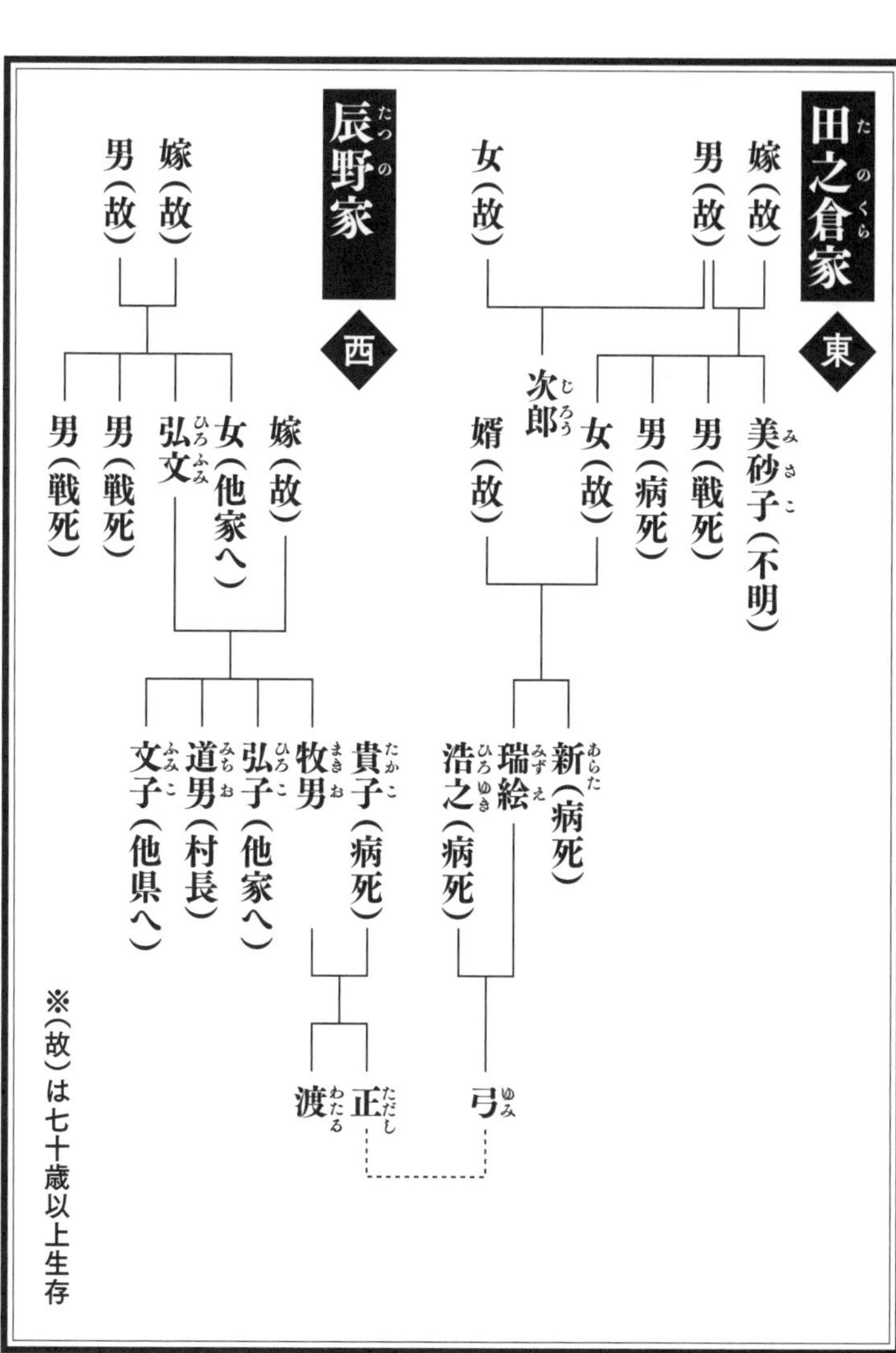

田之倉家
東
嫁（故）
男（故）
女（故）
美砂子（不明）
男（戦死）
男（病死）
女（故）
次郎
婿（故）
新（病死）
瑞絵
浩之（病死）
弓
辰野家
西
嫁（故）
男（故）
女（他家へ）
弘文
男（戦死）
男（戦死）
嫁（故）
貴子（病死）
牧男
弘子（他家へ）
道男（村長）
文子（他県へ）
正
渡
※（故）は七十歳以上生存

一ノ瀬は、同様に古い小型ノート——表紙にはM村新報とある——を示しながら言った。そこにもやはり定規を使って書いたような字が、ぎっしり詰まっている。

「こちらは、覚え書きのようなものです。なんとかまだ、新聞を不定期にでも発行可能だった時代の取材ノートで、この種の書き込みも膨大な量、残っているのですよ。私も多忙にかまけて目を通していなかったのですが……あ、ここです。読みますか」

辰野はうんざりしたように首を振った。

「どういうことが書いてあるんですか」

「事件当時、彼は十一歳。色白で、少女のような少年だったそうです。学校帰りにとんぼを作る竹が欲しくて、友人たち数名と天縛神社に入ったといいます。そして境内で大笑いする声が聞こえたかと思うと、かき消すように次郎さんだけいなくなったのです」

「ったく……まともじゃあ、ないな」辰野はため息を吐いた。

一ノ瀬は辰野の反応に苦笑しながらも、さらに話を続ける。

「子どもたちの話を聞いた大人は皆で捜索し、山狩りも行いましたが、彼は見つからない。これは天狗隠しだと諦め、葬儀まで出しました。しかしいなくなった半月後……次郎さんが見つかったのです」

「どこで?」思わず麻衣は尋ねた。

「自分の部屋にぼんやり座っていたのですが、酷く弱って手に天狗の髭を握っていました」

「天狗の髭……」

一ノ瀬は麻衣にうなずいてみせた。

「天縛神社にあるものと同じだったそうです。それを宮司が神社に奉納し、それ以後、ご神体が二つになったと言われています。神隠しの話にはよくあることですが、家人が問い質しても、その間のことは何も覚えてない、ただ天縛神社で竹を取ろうとしたとたん何も分からなくなり、気がついたら一瞬で部屋に戻っていた……と」

菜の花畑で会った美しい少年は十七、八くらいに見えた。

いかにも天狗が連れ去りそうな、影の薄い綺麗な横顔——実在の次郎の話を聞きながら、夢のジロウを思い浮かべている自分に気付き、麻衣はざわざわと背筋が寒くなった。

「その時は、村中が大騒ぎだったようです。ただ彼の場合は戻って来たのだし、やがて戦後、記憶も薄れたようなのですが……」

「美砂子って人は、戻って来なかったのか……」

辰野もさすがに考え込む。それから七十二年、生きていれば九十歳のはずだ。

「美砂子さんって、どういう方だったんですか」

麻衣は写真を見ながら尋ねた。

「ああ……憶測に過ぎないのですが」

一ノ瀬は資料の中をかき回し、もう一枚、写真を取りだした。

振り袖の写真と同じバストショットだが、こちらは洋装のスーツ姿で、ボブに切りそろえた髪を洒落た縁なしニット帽で押さえている。肩パットが入った男性的なシルエットは潑剌とした表情に似合っていかにも活発に見えた。

「K市の親戚の家に下宿して、県立の女学校に入学したのですが、戦況が厳しくなり、一度村に帰ったのです。まあ、そのころは、勤労奉仕で勉強などできる環境にはなかったと思いますが。幸いここはほとんど空襲もありませんでしたので、戦争が終わるのを待ってまたK市に戻り、上の学校に進む準備をしていたらしいです」

「上の学校？」辰野もそこまで聞かされていなかったのか、驚いたようにまるでイメージの違う二枚の写真を見比べた。

「ええ。色々な思想の本を読み、英語などもお得意だったらしいですよ。祖父は彼女から、英会話の本を頂いたことを記しています。これからの時代、特に英語が必要になるはずだと。ご本人は東京に出て、津田塾に行きたがっていたらしいです」

「それがどうして、急に結婚という話になったのですか」

「ええ」一ノ瀬は言いにくそうに、「よくない噂が流れたのです。ひがしのお嬢様は、K市での素行に問題があるとね。元来、新しい知識や考え方を吸収することに積極的な方だったので、お年寄りなどからは、色々言われることも多かったようですが」

麻衣は洋装の写真を取り上げた。知的な表情を見る限り、一ノ瀬の話も納得できる。

「田之倉の先々代は、理解ある方だったそうですが、やはり時代が時代ですし、そういう噂が出て放って置くわけにもいかず、慌てて村に連れ帰られたようです」

麻衣の中で、次第に美砂子の印象が変わって行く。自由奔放で、弓と重なる部分もある。今ならば思う存分、好きな英語も勉強できただろうに、そう思うと気の毒な気もした。

「田之倉家にはまだ次男の方がご健在だったこともあり、どうしても、と望まれて、辰野家にお嫁に行かれることになったのですが」

一ノ瀬は家系図を指し示して「二年後、次男の方はチフスで亡くなり、瑞絵さんのお母様が跡を取られたのです」

「弓が田之倉姓でなくなれば、もう跡は続かないんですか」

麻衣が尋ねると辰野は首をふって、

「いや、俺らの二人目の子どもが、田之倉姓を継ぐことになってたよ。瑞絵さんはどうでもよさそうだったけど。爺さんがそう決めていた」

「これまで、辰野家と田之倉家で結婚した人はいるんですか？」

麻衣は辰野を振り返った。

「いや。全然。その点みんな内心じゃ、昔話のタブーを信じてたってことだろうな。それをうちの爺さんが破ろうとして失敗し、今回もまた、ってことだよ」

古いノートに書かれた天狗の記述にもう一度目を落とす。

辰野の言う通り、目撃談については特に、オカルトか民俗伝承を集めたようにしか見えない。そして次頁を捲って、麻衣は首を傾げた。後のページから先は何も書かれておらず、黄ばんだ白紙が延々と続いているだけだ。

「この後はどうして、何も書かれていないんですか」

一ノ瀬は珍しく表情を引き締めて、

「ああ、これ以上の執筆は不可能だったからです、祖父はこの後、いなくなったのです」

「まさかまた、神隠し？」

麻衣は驚いて尋ねた。辰野が何か言いかけたが、一ノ瀬はそれをさえぎって、

「死んだのです……天狗に金剛杖で撲殺されたということになっています」

麻衣は『七十二年前の事件に、うちの祖父が当事者として関わっている』と一ノ瀬が話していたのを思い出した。それで刀自には聞かせたくなくて、二人を二階の書斎に上げたのだろう。

「あ……あの、ごめんなさい」

「気にしなくてよいですよ。会ったこともない祖父ですし。ただそのような気遣いが気の毒で、言い出しかねていたのは事実です。私の方は、十分客観的にお話しできますし、どうか気を楽にして下さい」

固まって何も聞けなくなった麻衣に微笑して、一ノ瀬は自ら、話を始めた。

「新郎が異変に気付いたのは、明け方だったそうです。産土神の神社で過ごした新郎は、夜明けとともに宮司と花嫁を迎えに行く慣習なのですが、夜がしらみ始めても船が来ないことに痺れを切らし、船頭を呼んで、一人、イカズチの神社に駆けつけたのです。しかし新郎が眷属のうさぎの場所で見たものは、花嫁ではなく、無残な宮司の姿でした」

麻衣は背筋に冷たいものを感じた。これまでただ伝承の産物だった天狗が、急に生々しく新たな側面を見せ始めた気がした。

「凶器が……金剛杖があったのですか」

「いいえ」一ノ瀬は首を振って、淡々と話し続ける。

「ただ死体の情況が、まさに棒のような物で滅多打ちにされたように見えたというのです。頭骸骨は割られ、首を始めとして数ヶ所の骨が折れ、内臓や心臓も破裂して。死因はもちろんその外傷でした」

「ごめんなさい」麻衣はぞっとして体を引いた。

「私、知らなくて……無神経に詮索したりして」

しかし一ノ瀬は、かえって驚いたように麻衣を見た。

「いいんですよ。つい解剖学的説明に走りすぎてしまいました。こちらこそ怖がらせて申し訳ありません。私はどうも、情緒が欠落する所があって、母にも時々、冷たいと叱られるのです」

「凶器はなかった、ってことですか」辰野が頭を掻いた。

「俺らはずっと、死体の横に血だらけの金棒が落ちていた、って聞かされてましたけど」

「ええ、何も。しかし前は海ですし。ご存知の通り、あそこは潮の流れが複雑で、落ちた物が上がって来ることもめったにありませんから……しかし、正くん。金棒は鬼の持ち物であって、天狗ではありませんよ。天狗が持っているとされるのは、金剛杖という、八角の木製の杖です。形態については、山伏を思い浮かべてもらえればよいと思いますが」

辰野は山伏と言われてもぴんと来ないらしく、苦そうに残ったコーヒーを飲み干してから言った。

「でも単純に考えれば、いなくなった美砂子って人や、うちの爺さんが怪しい、ということになりませんか」

「もちろん、それも考えたようですね」一ノ瀬はうなずいた。

「しかしそれこそ、身の丈八尺の大男でもなければ、それほどの打撃を与えることは無理だと思われたのです。だから女性はまず除外されました。それから新郎ですが……」

一ノ瀬は辰野のカップにコーヒーを新しく入れてやりながら、

「彼は辰野家の方ですからね。その頃の男性にしては大柄で、力もあったようです。もしかしたら物理的には可能かもしれません。しかし、アリバイが成立したのです」

「アリバイ？」

「ええ。辰野家は三槌神社の氏子ですね。辰野家独自のしきたりとして、新郎もそこで禊ぎをしたのです。彼は宮司とともに、船頭の漕ぐ小舟で島に渡りました、そして船頭と宮司だけ対岸の桟橋に戻った。いつもは無人の船頭小屋ですが、その夜は船頭が一晩中、待機していました。明け方、島から大声で叫ぶ新郎の声で目を覚まし、慌てて舟を島に着け、桟橋まで渡したと言います。その後ほどなく、新郎によって死体が発見されたのですが、血も固まり、硬直も進んでいて。どうやら宮司は新郎を残して村に帰った直後、宵の口に殺されたらしいということになったのです」

「その時代に、そんな詳しいことが分かるんですか」

これ以上、一ノ瀬が解剖学的な説明に走るのは留めたかったが、麻衣にはどうしても気になることではあった。

「もちろん、現代の法医学には及びませんが、今よりずっと死が、身近だった時代ですからね。専門家でなくても、ある程度のことは予想がついたようですね」

「爺さんが、夜中のうちに泳いで往復したってことは？」

辰野が言うと、一ノ瀬は眉をひそめて、

「いくら近いとはいえ、春先ここの海を泳ぐ無謀さは、正くんも分かっているでしょう。夏でも遊泳が禁じられているほどですから。水はこの時期、まだひどく冷たい。浅い場所では、いきなりサメの歯のような岩が足を傷つける。もし屈強なスイマーが、気を失うことなく抜き手を切ったとしても、息を継ぐ瞬間、三角波と急な海流につかまり、数秒で海中へ引き込まれてしまうでしょうね」

あんなに近い距離で？　麻衣はサンフランシスコ沖の監獄を思い浮かべる。

「辰野さんのお祖父さまは、事件について何かおっしゃってますか」

「いや」遠慮がちに尋ねた麻衣に、辰野はあっさりと首を振った。

「うちじゃ、それこそタブーだから。爺さんは相当美砂子って人に惚れてたみたいだし。すぐ近くで宮司が殺されて、花嫁まで奪われたとなると、プライドが許さないんだ。村の外から嫁に来た祖母さんは何も言わなかったけど、さすがに聞きたくない話だろ」

「じゃ、犯人は見つからないまま……」麻衣は呆然として呟いた。

「ここに、新聞の切り抜きが残っていますが」

一ノ瀬が見せたのは地方新聞のコピー版で、『神社で宮司殺さる』という見出しの小さな記事だった。

〈三月四日　午前五時頃　S県M村の神社で同村の宮司、一ノ瀬醇己さん（三十二歳）が、頭などを強く殴られ死亡しているのを同村の男性（二十三歳）が見つけ、警察に通報。一ノ瀬さんは体中を滅多打ちにされており、警察では殺人事件として捜査を開始した〉

「……これだけ？」麻衣は記事を見つめた。

「紛れもない事実だけを述べれば、こうなります。考えようによっては、後に付け加えられた余分な情報が事件を複雑にし、迷宮入りさせたとも言えますね」

割り切れない話だった。七十年以上も前の話なのに、解決編がないだけに、どこまでも後味の悪さが続く。

「もう一つの神社というのは、どこにあるんですか」

麻衣には一番聞きたかったことだが、興味を気取られないようにさり気なく尋ねた。

「正くんの水産工場の裏を、遊歩道沿いに進んだ所です。でも潮が満ちると道が狭いし、近づく人もほとんどいません。私が一日と十五日に祝詞を上げるため、うさぎの場所まで行くくらいです」

「海岸沿いにあるんですね……」麻衣は呟いた。

「おい、まさか……行ってみようとか、馬鹿なこと考えてるんじゃないだろうな」辰野が目を細める。

「聞いただけです……」

麻衣は慌てて答えたが、自分はいずれその神社で真実を確かめることになる、という予感に震えた。そこがもし、夢と同じ場所ならば、自分は何かに呼ばれ、来るべくしてこの村に来たということなのだ。

が、辰野が依然、睨んでいることに気付いた麻衣は、その視線を避けてうつむき、もう一度、美砂子の写真を手に取った。

村の因習に従って、お嫁に行こうとした振り袖姿の美砂子。

新しい女の生き方を模索していた、断髪モガの美砂子。

美砂子さん、あなたは一体何をしようとしたの？

一体何を知っているの？

しかし二枚の写真はトランプの女王（クィーン）のように背を向けたまま、別人の微笑を浮かべ、一切、何も語ろうとはしなかった。


麻衣が田之倉家に帰ると、そこには瑞絵が待ちわびた様子で立っていた。朝よりまた、少し元気になったように見える。

「おかえり、麻衣ちゃん」

「遅くなってすみません。弓のこともまだ、何も摑めなくて」

「いいの、弓は昔から時々、こういうことがあるの。いつもみたいに不意に帰るのを待つしかないわ。それよりほら……」

瑞絵に手を引かれて次の間に入ると、ぱっと鮮やかな赤色が飛び込んで来て目を見張る。

座敷には、大きな雛飾りが飾られていた。

「もう、明日から三月でしょう？　慌ててお雛様を出したのよ。でも、すぐにしまわなければならないわね」

鶯、海老、椿、俵ネズミなど、左右に吊るされた布飾り。

そして段だけが不自然に新しい、黄ばんだ七段飾り。

この人形を見たことがある。また——確信に近い感覚だった。

デパートなどに飾られているものとはまるで違う。

所々、染みでくすんだ毛氈（もうせん）に、黄色い光を浴びた人形たちが濃い影を作っている。色褪せた晴れ着。三人官女の髪の毛は抜け落ち、五人囃子の細い腕は妙な向きに折れ曲がっている。

さらには、葬送の行列に見紛う暗色の御所車と、そして——苦しげにあえぐような大内雛の顔。

「古いでしょう。弓は気持ち悪いって嫌がるんだけど、飾ってあげないとかわいそうだから……」

「これはどなたの？」麻衣はかすれる声で尋ねた。

「さあ。物心つく前からずっとあるの。考えてみると、私も小さい頃、お人形が飾られた部屋に入るのが怖かったわ。お友達が持ってる、ガラスケース入りのお雛様が羨ましかった」瑞絵は微笑した。

麻衣は人形を見つめた。

男雛の長い顔に、細く糸を引いたような目。

口元だけは笑って窄められ、胸元の手のひらはかつて何かを握っていたかのように空を摑む。女雛は金紗の袴をはき、小さく結った髪に、錆びた金の下がり飾りを幾重にも重ねて付けていた。また突然、鮮明な場面がフラッシュバックする。

お雛様の前で赤い紅を引き――ウールの着物を着て座っているのは私？　唄を歌っている――知らない唄だ。

『雛の宵、ミズチは呼ばぬゆえ……錠前閉めて』

麻衣は頭を抱えた。目の奥で赤い光がバチバチと爆ぜる。

何なの、いったい――ミズチって――どういうこと？

「麻衣ちゃん。麻衣ちゃん……どうしたの。大丈夫？」

「あ……瑞絵さん、私」麻衣は我に返った。

瑞絵を心配させてはいけないと、何とか弱々しい微笑を浮かべる。

「ごめんなさい。古風な飾りで……びっくりしちゃって」

「疲れてるのね……弓を捜してくれたんでしょ。本当にあの子ったら、どこに行ってしまったのかしら。にしにやるのは、やはり間違いだったのかもしれんわね」瑞絵はその場に腰を下ろした。

「弓は、結婚を嫌がっていたんですか」

「そうではないのだけれど。他に好きな人がいたのかも……麻衣ちゃん、ごめんね。弓が、麻衣ちゃんの恋人を利用したのね」

「利用？」

言われた意味がすぐには理解できなかったが、麻衣はやがて、瑞絵を苦しめている原因に思い当たった。

そうか、辰野はまだ何も話してはいないのだ。もうこれ以上、隠すのは酷だという気がした。

「ごめんなさい……瑞絵さん。蓑下くんは私の彼じゃないんです。弓の友達で。私も空港で会って驚いて、帰ってもらうように勧めたんですけど。友達として列席するだけだって言ってたので……すみません。あの時、私がもっとしっかり止めてればこんなこと……」

瑞絵は驚いて麻衣を見つめ、じき、ほっとしたように微笑した。

「よかったわ……蓑下くんが麻衣ちゃんの恋人でなくて。弓があなたを傷つけるのは嫌だもの。弓はあんな子で、迷惑ばかり掛けるけど。できればずっと、お友達でいてやって欲しいのよ」

辛い情況だというのに、他人の自分まで気に掛けてもらえたことが麻衣にはうれしく、同時に切なかった。

「大丈夫よ。弓はきっと、そのうち帰ってくるわ……心配しないで」

逆に慰められて、今度は情けない気分になる。瑞絵は悪戯っぽく笑った。

「じゃあ、麻衣ちゃん。彼氏いないの？」

「はい、いません……残念ながら」

「好きな人は？　そのくらい、いるんでしょ」

麻衣は一瞬、辰野の顔を思い浮かべた自分に驚き、慌てて首を振る。瑞絵の後ろで、内裏雛の影がほのかに揺れた。

そこだけ赤い唇が、ジロウの面影と重なる。表情が一瞬歪んだように見え、麻衣は思わず寒気を覚えた。

田之倉瑞絵

瑞絵は枝切り鋏で梅の枝を切る。

白塗りの門道は、庭風景の額縁として作られているので、枝が伸びるとはみ出してみっともないのだ。

自分も甘かったが、夫が弓を甘やかす様は、まるで猫可愛がりだった。当然、弓は猫のような娘に育ってしまった。

わがままで気まま。突然ぷいと出て行き、おなかがすくと平然と戻って来る。植物だって人間だって、伸び放題ではすぐ手に負えなくなってしまうのだ。

しかし、今度ばかりは度を超していた。うちだけで済む話ではない。そもそも、まだ早いのでは？　と、気乗りしない瑞絵に対し、勝手に話を進めたのは、弓自身なのだ。

逃げ出すくらいなら、お断りすればよいのに。

自分の娘ながら、何を考えているのか、さっぱり分からない。

その時、ぴよ、ぴよとスマホが鳴ってライン着信を告げた。

もうそんな時間？　時計を見るとお昼を過ぎている。

——麻衣ちゃんは、午後からお散歩に出かけると言っていたんだ。早く、ご飯にしなくては。

麻衣と弓。どちらもおしゃまで可愛らしく、並ぶとまるで天使キャラと悪魔キャラ。弓はわがまま『困ったちゃん』で、麻衣はやさしい『よい子ちゃん』。

「真木さん、急いでお昼、頂きましょうか」

ラインを表示させながら瑞絵は言った。弓が選んでくれた色違いのスマホだが、機械音痴の瑞絵は、メール一つ読むのにも、ずいぶん時間が掛かってしまう。

何度かやり直して、やっといつもの画面と見慣れたアイコンが出てきた。『今日のお昼はダイエットバーと豆乳だよ。減量中だからね。ママはちゃんと食べないとだめだよ♥ゆみ♥』

一日に一回、お昼を食べたら必ずメールを入れる約束になっていた。東京の大学に行く時、約束したことだ。

瑞絵は文字を入力するのが苦手なので、スタンプ返信だけだが、休みで家に居る間も、この習慣だけはずっと続いている。

瑞絵は帽子を脱いで棚に載せた。

髪型が崩れないようデニム地を裁断して縫い合わせ、ＵＶ効果も考えた瑞絵の手作りだった。サンバイザー部分も、日差しの向きに合わせて自在に動くようマジックテープで止めてある。

そういえば忙しくて忘れていたが、明日から三月だ。そろそろ確定申告をしなくては。瑞絵は、うんざりしながら思い出す。

五年前、一ノ瀬に勧められて帽子の特許を取った。

思いの外売れて、にしへの借金も返せたし、生活も楽になったが、毎年、この時期だけは頭が痛い。

一ノ瀬に頼りきりも悪いし、家賃収入の分と合わせれば、そろそろ専門家を雇うべきかもしれない。

第三の神社

翌朝、朝食を終えるとすぐに、麻衣は一ノ瀬塾へと向かった。

雛人形を見た衝撃が翌朝になっても消えず、ただ、息苦しく焦りを掻き立てている。辰野に抜け駆けするようで気が引けるが、そばで睨まれると、言いたいことの半分も話せないのだから仕方がない。

打ち掛けに留まる蝶の秘密を、あれほど簡単に見抜いた一ノ瀬だ。麻衣の夢や既視感についても、なにかそれらしいヒントを与えてくれるのではないだろうか。七十二年前の事件も既に、彼なりの答えは導き出されている——麻衣にはなぜか、そう思えてしかたがなかった。

しかしアーチ形の門に着くと、一ノ瀬はちょうど宮司の袴姿で包みを持ち、どこかへ出かけようとしていた。

「麻衣さん、どうしたのですか」

思い詰めた表情の麻衣を見て、驚いたように足を止める。

「ご相談したいことがあるのですけど……後でまた来ます。お帰りは何時頃でしょうか」

そう言ってからやっと、今日が三月一日である事を思いだした。毎月一日と十五日に、一ノ瀬はそれぞれの神社で祝詞を上げると言っていたのだ。

「午後からなら。いや。そうだ……麻衣さん」

一ノ瀬がじっと自分を見つめたので、麻衣はどきりと後ずさった。

「……はい？」

「可能ならば、神事のお手伝いをして頂けませんか……巫女のバイトが、扁桃腺を腫らしてしまったのです」

「巫女さんってバイト……だったんですか」

麻衣は結婚式の巫女を思い出した。そう言われれば、高校生くらいに見えた気もする。

「ええ。常駐してもらうほど、仕事はありませんから」

一ノ瀬はそう言うと、風通しよく広々と開け放たれた玄関に向かって声を掛けた。

「おかあさん。麻衣さんに装束をつけてあげて下さい。麻衣さんはどうぞ、奥へ。私はここで待っています」

急かす様ではないが、有無を言わせない口調で指図する。

麻衣が戸惑っている間に刀自が巫女の装束を持って現れ、これも手際よく着付けられてしまった。

髪は長さが足りないので、束ねて垂髪を付ける。もともと明るめだが、付け髪も自然になじんで様になった。袴はなぎなたの稽古着で着慣れているが、白衣の袖が長く、若干動きにくい。

「思った通り、違和感はありませんね。では、行きましょうか」

一ノ瀬は麻衣に榊の枝を手渡すと、自分はまた、大きな風呂敷包みを持ち上げた。

「違和感とか……そういう」

見送る刀自に慌てて頭を下げ、小走りに一ノ瀬の後を追う。

「いや、人間の感覚を甘く見てはいけません。理由はないが何か気に掛かったり、どこかしっくり来ないという時は、何か負の要素が働いていると考えて、相違ありませんからね」

麻衣は少し間を置いてから、また足を速めて一ノ瀬を追った。

「あのう、伺いたいことが……夢というのは、どういうものなんでしょうか」

「夢？　眠って見る、あれですか」

「はい。同じ夢を繰り返し見たり、現実と錯覚するようなリアルな夢を見たりするのには……何か理由があるのでしょうか」

一ノ瀬はうなずいて、

「まあ、時と場合によりますが、自分の下意識が日常の精神に働きかけている、という考え方が一般的ですね」

「かいしき？」

「はい。普段は意識されていませんが、心の深い所にあって、何かの拍子に思い出すことができる領域のことです。しかし……」

一ノ瀬は微笑して、麻衣に合わせて少し歩幅を狭めた。

「古代や中世のように、相手の思いが夢に伝わると考えるのも、ロマンティックだとは思いますね」

「相手の思い……ですか」

麻衣は袴の裾を気にして歩きながら、呟くように繰り返した。

「ええ。特定の人が自分の夢に出てくるのは、きっとその人物が、眠れないほど自分を想っているからに違いないと」

「素敵ですけど、ちょっと自信過剰かも……」

麻衣が言うと、一ノ瀬は笑ってうなずく。

「人間や植物や他の動物に共通する意識の泉が、どこか深い場所に広がっていて、眠るとそこに戻って行く……とでも考えてみて下さい。そこでは伝達手段の違いなど関係なく、記号化されたすべての意識が、混沌と混ざり合っているのですよ。波長が合う他の生命体の意識が濃ければ、浸透圧によって、自分に流れ込んで来ることが多々、ある。だから……夢は自分に対するメッセージだ、というのですね」

「本当ですか?」メッセージという言葉が、麻衣の琴線に触れた。

「さあ……」一ノ瀬は意外にあっさり答えた。「科学者というものは、極めるとそういう方向に行きがちです。物理学者もタイムマシンを作るとか、宇宙人と交信しようとか言い始めると、一流なのだそうです。私などまだ未熟で、そういう境地には達せそうもありませんが」

からかわれた気がして、麻衣は目を見張った。むしろこの真面目な神主に作意がないと分かっているだけに、どう反応してよいのか戸惑う。

考え考えしながら一ノ瀬の後を歩くうちに、気がつけば桟橋のそばに来ていた。

「あの……どちらへ」

「まずは三槌神社です。毎月、辰野さんがお参りされるので」

「お祖父さまですか」

「昔はそうでしたが、お体が悪くなったので、今は社長か専務です」

専務というのは、辰野だろうか。そう思うだけでまた気持ちが騒ぎ始める。

「あの、私は何をすれば……」

「その都度、お願いしますが、大した仕事はないです。神道にはひな形はあっても戒律はありませんしね。何を祀っても許されるし、祀り方も千差万別なんです。考えようによっては、神道は世界一自由な宗教なんですよ」

麻衣が感心してうなずくと、一ノ瀬は微笑して付け加えた。

「あなたはその姿で立っているだけで、巫女そのものですし、これ以上の祭祀はないかもしれませんね」

桟橋には意外にも渡が、結婚式の時と同じスーツ姿で待っていた。

茶色の髪で細身の黒スーツはいかにもだが、今日はネクタイも濃い無地に揃えているのでバランスが取れている。

「お待たせしました……珍しいですね、今日は渡くんですか」

「せっかく休みで帰ってるのに、のんびり寝てられないんすよ。兄貴もオヤジも忙しいからって、朝っぱらから叩き起こされて……え、もしかして、麻衣さん？」

なるべく目立たないように一ノ瀬の後ろに隠れていた麻衣は、しかたなく頭を下げる。

「すっげ、可愛い。コスプレみたい……あ、すみません」

渡は一ノ瀬の苦笑に気付いて肩をすくめた。一ノ瀬は船に包みを置きながら、真面目な顔で言った。

「よかったですね、渡くん。早起き三両、倹約五両ですよ」

結婚式ではわからなかったが、三槌神社は一ノ瀬が言っていた通り、狛犬の代わりに玉を抱いた青竜が両側に並ぶ。麻衣は言われたように神殿の蠟燭に火を点け、榊を供えただけで、後はただ横に控えて一ノ瀬の所作を眺めていた。

一ノ瀬はさして力を入れる様子もなく大きな音で柏手を打ち、二種類の祝詞を上げた。滞りなく終わって拝殿を離れると、渡は困っている麻衣を鳥居の前に立たせて、何枚も写真を撮った。

「ちぇ、知ってれば、デジカメ持って来たのに」

「撮影会ではありませんよ」

一ノ瀬にたしなめられ、しぶしぶポケットにスマホをしまう。

二人は名残惜しそうな渡と別れて、次の天縛神社に向かった。

「歩きにくくはないですか」

「大丈夫です……祝詞ってお経よりも、分かりやすいですね。『目に諸々の不浄を見て、心に諸々の不浄を見ず』とか、私にも何となく理解できて感激しました」

「もともと、日本語ですからね」一ノ瀬はうなずいた。

「目、耳、鼻、口、身、意の六根を清浄にしよう、というお祓いの祝詞です。仏教の教典も一種の哲学書で、私にはとても論理的に思えます。ただ、いろんな国の言語を経て伝わるうちに、煩雑になってしまったのだと思いますよ。その中でも般若心経などは特に……宗派に関係なく修験道などでも使われていますが、言霊という考え方で、祝詞と共通する気はしますね」

「ことだま？」

「ええ。祝詞は、まわりの空気を清浄にすることを第一に作られています。柏手を打ったりするのも同じです。その響きで魔を払い清める。〈羯諦羯諦波羅羯諦（ぎゃーていぎゃーていはーらーぎゃーてい）〉というくだりなど〈はらいたもう、きよめたもう〉と同じ波動を感じませんか。心になくても、悪い言葉には人を傷つける刃（やいば）があるでしょう。言葉の波動が空気を良くも悪くもするのですよ」

だから一ノ瀬はいつも言葉遣いが丁寧で優しいのだ。麻衣は改めて納得した。

「こちらは、どなたかお参りは？」

「いえ、特には。一日ですから、偶然いらしている方があるかもしれませんが」

しかし天縛神社はこの間と同じように、閑散として人影もなかった。一ノ瀬は三槌神社と差を付けることなく、丁寧に祝詞を上げ、火の始末をして麻衣を振り返った。

「ありがとうございました。お陰で助かりましたよ。あなたは一足先に、塾に戻っていて下さい」

「はい……先生は？」

「もう一カ所残っていますから、そこを済ませてから戻ります」

麻衣はどきりとした。「もう一カ所って……海岸の？」

「ええ」

「私も……行ってはいけませんか」

麻衣が思い切って言うと、一ノ瀬は眉を上げて麻衣を見た。

「入り口までしか行きませんが。バイトの子もあそこは嫌だと言って近づきたがらないので、いつもは一人で行くのです」

「それは……危険だからですか」怖々と尋ねる。

「いいえ。村ではあそこが恐ろしい場所だと、ずっと聞かされて育ちますからね。刷込みと言いますか……秋田の『なまはげ』はご存知ですか」と意外な例を挙げた。

「はあ『泣く子はいねがー』……ですか」

一ノ瀬はちょっと笑って、

「男鹿半島では、生まれた時から、なまはげの怖さを繰り返しインプリンティングされて育つのです。だからどんなガキ大将でも泣いて怖がる。反対に親と一緒に里帰りしてきた都会の子どもたちは、馬鹿にこそすれ、怖がる子など、めったにないそうです。まさに『なまはげ泣かせ』です」

「すみません……」麻衣はしおしおとうなだれる。

「いいえ。構いませんよ。足元が悪いですから、注意してついていらっしゃい」

そこは桟橋とは反対側の海岸沿い、水産工場の先にある。

麻衣は下を見ないよう手すりを握って急な階段を下り、一ノ瀬とともに工場横にたどり着いた。

感情に流されずできるだけ冷静な判断をしようと、あらかじめ、頭の中で夢の景色を整理しながら歩く。

斜めに傾いた山王鳥居。横にそびえる人型の大きな岩。切り立った崖の裂け目に続く細い参道——それらを思い浮かべるだけで、麻衣の腕には粟粒が浮かぶ。

水産工場からは魚の匂いが漂い、コンクリートに染み出した水が白い湯気を立てていた。同じ海岸でも、三槌神社に渡る桟橋とは風の流れが違うようだ。

遊歩道から見る海は素晴らしい景観だったが、それもつかの間、いきなり大きな岩が現れ、細い道が行き止まりになる。

「ここからは狭いので、少々、歩きづらいですよ」

一ノ瀬はそう言って、道を堰き止めている岩に足を掛け、身軽にそれを乗り越えた。

麻衣も草履が脱げないように気を付けながら、手をついて岩の上に登る。するとそこに人一人分の、釣り場程度の道が現れた。

波しぶきで濡れているので、気を抜くと足を取られそうになる。

岩の間で柔らかくなった土に、ズブリと草履がはまり、白い足袋に粘土状の泥が付いた。

この感じ。やはりここだ——天縛神社で感じたよりも、数倍強い既視感が麻衣を急き立て、あっと思った時にはその場に膝をついてしまう。緋色の袴に泥のシミが付いた。

「大丈夫ですか」

一ノ瀬が驚いたように振り返り、手を差し伸べた。

「すみません。袴を汚してしまって」

「この道ですから、仕方がありませんよ。それよりケガをしませんでしたか」

「平気です……」

麻衣は袴を払いながら立ち上がったが、いきなり、一ノ瀬の肩越しに現れた景色に愕然とした。

あの、鳥居だ。

山形にそびえる山王鳥居は、天縛や三槌と同じ形。海に吸い寄せられるように傾いた角度も、波に晒されてできた赤い濃淡も、横で威嚇するような人型の大岩も――まるで、夢と同じだ。

「どうしました？」

一ノ瀬が、麻衣の様子に気づいて声を掛ける。

「いいえ……すごいところですね」

慌ててそう答えた。相談するにしても、祝詞が終わってからにしよう、麻衣は自分を戒める。

「でしょう？　この少し先まで行きますが、あなたはここで待っていてもよいのですよ」

「いえ。行きます」

鳥居の奥に続く参道に、夢と同様、背筋が震えたが、まさにあの洞窟を目の前にして、一人で待つことなどできるはずもない。

一ノ瀬は心配そうに見ただけで、何も言わなかった。中は意外にも光が燦々と差し込み、辺りの様子がよく見える。

「……明るいんですね」

「ええ、地割れでできているので。昼間ならば、灯りなしで奥まで入っていけるのではないかと思っています」

やはり夢と同じようにシダが茂り、時折ひらひらと裏返る。

「風が、吹いてる……？」

「ええ。湾の造りや崖の構造から、風の流れもずいぶん複雑です。正直、私にも予想がつかないですね。あ、ここです」

眷属と言われる神の使いは、写実的に彫られた二羽のうさぎで、狛犬同様、石の台座の上、向かい合わせに据えられていた。

天縛神社の猿に比べると風化も進んでおらず、三槌神社の青龍のように、人の手がかかってもいない。

一方は耳を立てて立ち上がり、相方は耳を折って前屈みになっている。祝詞が始まっても、一ノ瀬の声が反響して妙な方向から聞こえたり、蠟燭の火が急に揺らめいたりして、麻衣はその間中、落ち着かない心地で立ちすくんでいた。

荷物をまとめて後片づけをしていた時、シダの間に何かが光った気がして目を向ける。

「あそこに、何か……あっ」

それは小さいガラスの空き瓶だった。まだ発売されて間もないビタミン飲料で、熊のキャラクターが描かれている。

「困ったことですね……神を恐れないだけでなく、モラルに欠けた人間がいるようです」

一ノ瀬はそれを拾うと、ちょっと眺めて包みの中に入れた。

「それ、女性向けの飲み物ですよね……ローヤルゼリーやコラーゲン入りで値段も高めだし、子どもや男の人が飲むとは思えません。もしかしたら……」麻衣は唇を噛んだ。

「弓さん、ですか」一ノ瀬はため息を吐く。

「彼女は奔放なようでいて、その実、なまはげを恐れる側の人間です。自分から遊び半分でここに来るとは思えません。しかし……」

何か考えて首を振る。

「いや……ひとまず、ここを出ましょうか」

洞窟を出てからも麻衣は上の空だった。一ノ瀬が途中で止めた言葉も気になるが、悲観的な想像ばかりが先に立って、怖くて先を聞けそうもない。

「潮が満ちないうちに帰りましょう」

一ノ瀬は白い風呂敷包みを左手に持ち替え、袴をさばきながら労るように麻衣を振り返った。

「満ちると、通れなくなるんですか」

一ノ瀬は笑って、「まさか、そんなことはありませんよ。ただ道が狭まって、ますます歩きにくくなりますからね」

「ここの神社は、呼び名もないのですか」

麻衣は遠慮がちに尋ねた。

「そうですね。村ではイカズチ神社と呼んではいますが、正式に何というかは不明です。ご神体も謎ですし……どうしても、ここが気になるようですね」

「すみません」麻衣が謝ると、一ノ瀬は首を振った。

「謝る必要はありませんよ……ここも夢で見たのですか」

麻衣はうつむいた。

「はい……どうしてでしょう。お屋敷の雛人形にも覚えがあるようなんです。私、何が何だか、分からなくて」

一ノ瀬は一度包みにしまった榊の枝を取り出し、麻衣に手渡した。「不思議な事象は、理由が読めない故に恐れられ、敬われてきました。原始時代、人は夜が来ることにさえ、畏怖の念を抱いていたでしょう？　あなたの不思議な体験にも、きっと何か理由があるはずです。理由が読めれば怖くない。そうですね？」

「はい……」

麻衣はこっくりとうなずいた。榊の細い枝を握ると、不思議に心が落ち着き、静まって行くのを感じる。

「私は、あなたの神経が病んでいるとは思いません。物事は必ず原因と結果があって然るべきですし。あなたの身に起こることも例外ではないと考えています。ただ、もう少し時間が欲しいのです。弓さんのことも……」

そう言う一ノ瀬の表情が、一瞬曇ったことに気付いて、麻衣はまた微かな不安に囚われる。

「時間……ですか」

「ええ。時間には物事を風化させるだけでなく、余計な物を削ぎ落として簡素化し、理解し易くする作用もあります。考える時間というのは、得てして無駄にはならないものですよ」

「七十二年前の事件について、先生は何かご存知なのではないですか」

小走りに追いかけながら麻衣が尋ねると、一ノ瀬は足を止め、しばらく待ってから静かに答えた。

「知っていることと、知らないことがあります。知っていても、今は言えないこともあります。今は知らないが、そのうち知ることもある……諸々の法（のり）は影と像（かたち）の如し、ですよ」

謎掛けのように言って微笑し、またゆっくりと歩き始めた。

神が宿る依り代

一ノ瀬が調べてみると約束してくれただけで、麻衣は少し元気を取り戻した。

しかし、瑞絵と共に昼食をとりながら、またすぐに気持ちが鬱いでしまう。話が弓に及んだ時、一ノ瀬の表情が一瞬曇ったことが、なにより、麻衣を不安にさせるのだった。

「この村にはずいぶん、神社が多いんですね」

麻衣が問うと、瑞絵は初めて気づいたように、

「そういえばそうね。私はここK市しか知らないけれど、そうかも知れんわね」

「辰野家は三槌神社の氏子とお聞きしたのですけど、田之倉家もそうなんですか」

「いいえ。うちはどこでもないの。昔から初詣も行かないわ」

どこにも属さないとはいえ、初詣に行かない家があることは驚きだった。三神社の争いの元である田之倉家だからこそ、敢えてどこにも詣でない、ということだろうか。

「一度、弓が小学生の頃、よそと同じように家族で初詣に行きたいって困らせたものだか

ら、旅行を兼ねて、出雲大社に行ったことがあるわ」瑞絵は遠くを見つめるように、

「温泉に入って、旅館で紅白歌合戦を見て。楽しかった。帰ってすぐ主人が倒れてしまって……」

「あ……」麻衣は思わず表情を引き締めた。

「いいのよ。麻衣ちゃんだって、ご両親を亡くされて寂しいのに、頑張ってて偉いと思ってるのよ。一人で暮らしてるって聞いたけど、ご親戚はいらっしゃらないの？」

瑞絵は火鉢の上からケトルを取り上げ、お茶を入れた。火鉢の電気炉はお茶室用で、いつもちょうどよい湯加減に保たれている。

麻衣はお礼を言って、螺鈿のテーブルに置かれた湯飲みを手に取った。離れで辰野が入れてくれたのと同じ、玄米の香ばしい香りが心に染みる。

「父方の親戚とは、ほとんど付き合いがないんです。結婚を反対されてたみたいで。母方は祖父母が亡くなってるし、母は一人っ子だったし……やっぱりないんです。こっちは遠いので」

「どちら？」瑞絵は屈託なく尋ねる。

「ロサンゼルスです。母は元々、アメリカ人なので」

「まあ……」瑞絵は目を上げて箸を置いた。

「全然、知らなかったわ。だから麻衣ちゃんは、お姫様みたいなのね」

麻衣は苦笑した。わざわざ自分から話すことはないが、かといって別に隠している訳でもない。

「母は、日本の文化や歴史がとても好きで、小さい頃からアメリカでなぎなたや日本語を習っていて……あちらの日本企業に就職したんです。そこで海外赴任中の父と知り合って結婚して、私が三歳の時、一緒に日本に来たんです」

「そうなの……素敵ね。なんだか映画みたいなお話」

瑞絵はため息を吐いた。

麻衣は瑞絵に尋ねられるまま、自分の生い立ちを話す。

祖父が死んで、両親が祖母を日本に呼び寄せたこと。永住するつもりで祖母が古い洋館を買ったこと。しかし日本語を話せない祖母は、麻衣が小学校に入った頃一人でアメリカに帰り、しばらくして亡くなったこと。四年前、墓参りでアメリカを訪ねた両親が飛行機事故に巻き込まれたこと、など、など。

今だから語れる話も、一時は精神的ダメージが大きく入院寸前まで追い込まれた。最近やっと、助けてくれた知人、両親の友人たちに感謝するゆとりが生まれたのだ。

「でも母に教わった日本語や常識は古くさくて。学校に行き始めた頃は、大変でした。高校くらいからだんだん、周りになじんでは来たのですけど……」

「そう、麻衣ちゃんがきちんとした娘さんなのは、お母様が礼儀作法を大切にしてお育てになったからなのね」

瑞絵はそう言って目を潤ませていたが、

「……あ、そうだ、ちょっと待ってて」

いきなりバタバタと部屋に戻り、数枚の服を抱えて戻って来た。ほのかにラベンダーの香りがする。

「これ、もらってくれない？　気に入るとつい、買ってしまうのだけど……弓は見向きもしないの。小さい頃は、リボンやフリルが大好きだったのに」

「……いいんですか」

生地も色も上質な服ばかり。着心地のよさそうなワンピースを選んで身につけ、髪も高い位置でまとめてみる。

——弓は今、どんな服を着てるんだろう。

いつもなら新しい洋服を着ると気分が晴れる麻衣だったが、やはり弓のことを思うと、単純には喜べなかった。

思い出したように日差しが差し込んだり、薄雲に隠れたり。それでも、午後になると、村全体が春めいた陽気に包まれた。

何ができるというわけではないが、じっと座ってもいられず、麻衣は散歩がてら、商店街へと出掛けることにした。

ひがしの客として知られている麻衣は、村の人と会えば挨拶もする。渡の言う、山海に隔絶された村の因習や陰湿さなど、まるで感じられなかった。弓を見かけないことで、そろそろ不審を抱き始める頃だが、面と向かって尋ねてくる者もいない。

スーパーマーケットをのんびり歩いていると、ふいに、スマホが短く振動した。取り出して、麻衣は目を疑う。

田之倉弓。

しかし、それは、着信履歴を残しただけですぐに切れた。

慌てて店を飛び出し、折り返し返信する。が、向こうから来たにもかかわらず、また例の『電源が入っていないか、電波の届かない場所』という聞き飽きたメッセージが流れただけだった。何度、発信を繰り返しても、やはり一度も繋がらない。

弓は一体、どこにいるのだろう。もし、まだこの村にいるなら……これほど電波が届かない場所といえば。

——イカズチの神社では？

ずっと気になっていた場所。何より、落ちていたビタミン飲料の瓶は、サプリメントとキャラクター好きな、弓を連想させるのだ。

美砂子さんの時と同じ。あの場所を避けていては、たぶん何も得られない。

麻衣は迷いながらしばらく歩いた。そして自然に遊歩道を抜け、気がつくと、行き止まりの岩まで来てしまっていた。

一時間くらいで帰ると言って出た手前、あまり時間はない。

入り口まで様子を見に行くだけだから、と自分に言い訳して、大きな岩を乗り越える。その足で、崖横に踏み込み、慎重に泥濘の道を歩いた。

一ノ瀬が言った通り、午前中余裕があった道も潮が満ち始め、狭くなっている。巫女装束とは違い、スカートに普段履きのブーツなので、歩く苦労がないことだけは救いだった。

じき、一段低くなった狭い砂浜に出ると、そこに再度、見慣れた景色が現れる。

斜めに傾いだ鳥居と、人型の大きな岩。

見上げているうち、恐怖とは裏腹に、洞窟の中に入りたい気持ちに抗えなくなっていた。

この奥にはきっと、幼い頃から自分を苦しめてきた答えがある。もしかしたら――弓を捜す手がかりも。

禁忌を犯す不安の中、どこかで胸の高鳴りを感じる自分に、麻衣は驚いていた。

山王鳥居の横。古い灯籠が、波で削られ今にも崩れそうに立っている。麻衣はその前で手を翳して空を見上げ、穴が完全な洞穴ではなく、岩の裂け目であることを確かめた。一ノ瀬の言う通り、昼間は灯りなしでも明るいし、一本道なら、じゅうぶん、途中で引き返すこともできる。

中に入ると、ずっと奥まで参道が見えた。目を凝らしても、深く道が続くだけで終点は見えない。しかし午前と違い、今度は少し、周りを観察する余裕もあった。

道の両側にはやはり、裏の白いシダが生い茂っており、チカチカ光る蠟燭立てが、溶けた蠟をこびり付かせ、ただ、静かに並んでいる。

湿った岩肌の苔が、天井から差し込む光を浴びて、妙に爽やかな緑に光る。油断すると泥濘に足を取られそうになるが、塩分の影響か、入り口近くの地面には草一つ生えていなかった。奥に行くに従って、次第に植物の数も種類も増えて行くようだ。

潮の香りに混ざって、土の匂いが辺りにただよう。波の音が読経のようにうねり、時々反響して参道の奥からも聞こえてきた。

麻衣は大きく息を吐くと、さらに奥に向かって足を進めた。そしてじき、両側に、神の使いが据えられた結界へと行き着いた。

うさぎ。

長い耳と前に迫り出した口、大きい前足。ここに祀られているのは呪われた神だ。その眷属がどうして可憐で臆病なうさぎなのか。

麻衣にとってのうさぎは、復活祭（イースター）トフィーの甘く香ばしい香りや、彩色した卵の淡い色合いと共にあるべき、春の恵みの象徴だった。しかし、眷属のうさぎは喜びをもたらすこともなく、冷たい石の瞳をじっと見開いているだけだ。

麻衣は、ビタミン飲料の瓶が落ちていた辺りも調べた。そこにはもう何もなく、ただ色の落ちた毛虫が一匹蠢いている。

これより奥は、禁制の地だ。かつての花嫁たちもここで理不尽な禊ぎに耐え、朝を待ったのだ。闇の中にひとり残された花嫁は、どれほど怯え、震えただろう。

一瞬ためらった後、麻衣は両手を拝むように顔の前で合わせ、息を吹き込んで呼吸を整えた。そしてゆっくりと足を踏み出す。

もし村に、神社を神聖な場所として崇め大切にする人がいたなら、結界の中に入ることを諦めたかもしれない。しかし皆、祟りを恐れて近づかないだけ。祟られるのは、他でもない麻衣自身で、村の人々に迷惑が掛かることなどたぶんない。

麻衣は覚悟を決めて、足を進めた。

一歩二歩、湿った足音が響く。気分が高揚し、自分の息が荒くなるのを感じる。握りしめた指がじっとりと汗で滲んだ。

やがて夢と現実をさまよう感覚が、畏怖の念さえ、鈍らせ始めた。何歩か進んだだけで、何時間も同じ場所をさまよっているような錯覚に陥る。

かつーん。その時、奥で金属的な音が響き、麻衣はびくりと足を止めた。

誰かいるのだろうか。

新しい恐怖が麻衣を包みこむ。神の祟りや夢の恐怖とは異なる、現実的で確実に今、そこに迫っている恐怖でもあった。

音と呼応するように、ほとんど消えかけていた首筋の傷が引きつり、スタンガンの衝撃を思いだした。そしてまさにこの場所で、七十二年前、惨殺された宮司のことを思い出す。いくら麻衣が無謀でも、狂犬のような暴力相手に危険を冒す愚かさくらいは知っている。逃げなきゃ――あれほどの覚悟をした直後だったが、引き返すことにためらいはなかった。しかし、方向を変えようと振り返ったとたん、緊張が足に来たのか、かくんと膝が折れ、その場に手をついてしまう。

「痛っ……」弾みで左足をひねったようだ。

と、その時、今度ははっきりと足音が聞こえた。

弓ではないかという望みも、すぐに崩れ去る。強い力で地面を踏みしめる足音は、明らかに女性のそれではない。

懸命に耳を澄まして、麻衣はさらに絶望的な気分になった。足音が洞窟の奥ではなく、入り口方向から聞こえることに気づいたのだ。参道の奥からだと思ったのは、これまで何度か経験した、反響による錯覚なのだった。

周りに隠れる場所はない。足音から逃れるためには、奥に進むほかないのだ。

足音は速い進度で近づいて来る。麻衣は必死で体を起こし、手で地面を摑みながら足音と反対の方向へと這っていった。

じりじりと奥へと進む。しかし時を移さず、侵入者は懐中電灯の光を伴ってすぐ傍まで迫った。そして、隠れようとする麻衣を、いきなり眩しい光で照らし出した。

麻衣は目が眩み、思わず顔を腕で覆う。

「あ……やっぱり」

息を吐き出すような声がした。恐る恐る目を開けると、間近に麻衣を見下ろす辰野の姿があった。見たこともないほど、怒りをあらわにしている。

「何で、こういう馬鹿なことをするんだ」

「ど、どうしてここが？」

「他に考えられないだろう……どこかケガでもしたのか」

「ちょっと足をひねったみたい。でも、平気です。申し訳ありません。大丈夫ですから」

「大丈夫だから……何だ？」

詰問するように言って辰野は眉を上げる。麻衣は早口で呟いた。

「今、ちょうど帰る所だったんです。本当に……迷惑をかけてすみませんでした」

辰野はまた大きな息を吐いた。

「ごまかすな。今、帰っても、また瑞絵さんや俺たちの目を盗んで来るつもりなんだろ……あんた、今朝、巫女さん姿でここに来たな……それで勢いづいて、もっと冷やかしたくなったのか」

「……そのこと」

「遊歩道は事務所の横だからな、ちらっと見てまさかと思ったら、渡がメールで写真を送ってきた」

「弓がここにいるのではないかと……」麻衣は口ごもる。

「ここは禁足の地だ。おまけに危険だと言われてる……あんた、暴漢に襲われて一度、死にかけてるんだぞ」

確かにそうだ。それを直前に思い出させたのは、辰野自身だった。麻衣は、手のひらに食い込んだ砂粒を払い落とした。

「禁足地を汚して、申し訳ないと思ってます。それで祟りがあってもしかたないって覚悟してます。私には親も兄弟も親戚もいないし。悲しむ人なんかいないんです。だから……」

「勝手なこと言うな、馬鹿」

低い、押し殺した声だった。辰野は片膝をつき、怒ったように麻衣の腕をつかんだ。

「なんで俺が、後先考えずにここに来たと思ってる……瑞絵さんからあんたが帰らないと聞いて、息が止まりそうだったんだ」

「……え？」

麻衣は目を見開いて、まじまじと見つめ返した。

離れようとしたとたん、強引に引き寄せられ、顔が間近に迫る。

一瞬、頭が痺れた。しかし、麻衣はすぐ、我に返って身をよじった。

だめだ。この人は、弓の……。

なんとか、腕から逃れ、大きく息を吐く。

辰野は顔をしかめたが、それ以上触れようとはしなかった。そして、麻衣が呼吸を整えるのを待って、静かに言った。

「禊ぎの夜からイライラしっぱなしだ。宴会でも、気がついたら、あんたばっかり見てたよ……立てそうか」

弓も似たような事を言っていたのを思い出す。普段ならうれしいはずの言葉が、麻衣の心に苦く突き刺さった。

「大丈夫です……」

「じゃあ、奥に行くか？」

「え？」

「弓を捜したいんだろ」

麻衣は驚いて辰野を見た。

支えられて立ち上がると、さっきより痛みは引いていて、少しかばうだけで普通に歩けそうだった。差し出された腕に、おずおずと両手を絡ませる。

ケガをしてるから——深い意味はない。

一度、弓の事を考えてしまうと、後ろめたさばかりが先に立って、不快な鼓動に胸が騒ぐ。しかし、辰野は気にする様子もなくおもむろに歩き出した。

「……結構深いな」

「奥に……何があるんでしょう」

崖の裂け目から光が差し込んで、森のようにほの暗い。

枝だと思ったのは、崖に生えている木の幹のようだった。崖上の太陽を求めるように、ひたすら上へ上へと伸びている。

「村の人間は、ここには入るなとガキの頃からしっかり躾けられるんだが……守らなかった奴がいるみたいだな」

辰野が懐中電灯で照らした辺りに、菓子の食べかすが無造作に捨ててある。もう今は見かけない、古い包み紙もあった。

「あれは……」

麻衣が目を留めたのは靴だった。お菓子の袋から一メートルも離れていない所に、女物の靴が片方だけ落ちている。このような場所には似つかわしくない、華奢で先の尖ったパンプスだった。

「弓のバレンシアガです。空港に来た時、履いてた」

麻衣は転がるように駆け寄ると、手に取ってそのパープルのファーを確かめた。サイズも同じだ。

「……確かなのか」麻衣がうなずくと、辰野は唇を引き結んだ。

「何でこんなところに……」

辰野は黙って靴を裏返し、かかとを確かめた。細いヒールはまだ真新しく、ほんの小さな傷が付いているだけだ。

「ここを歩いて、この程度の汚れですむはずがない。片方だけ転がっているのも変だ」

一ノ瀬も、弓は、好き好んで禁忌を犯さないと言っていた。

弓が、自分の意思に反して洞窟に入る。

そして、まだ新しいバレンシアガが片方だけ脱ぎ捨てられている。

それらは一体、何を示しているのか。

「もっと何かないか、探してみよう」

辰野の言葉にうなずいて、麻衣は片手に靴をぶらさげたまま、さらに進む。岩肌は湿って、時々、水滴の音が響いた。

「ここの上は、どの辺なんですか」

そう尋ねると、それまで何か考えていた辰野が振り返った。

「ああ、天縛神社の奥あたりかな。崖が切り立って入れなくなってる」

麻衣は納得して上を見た。辰野も懐中電灯を上に向けたが、それはすぐ、上から差し込む明るい光に飲みこまれた。

「先生が柵をはって、祭りみたいな白いヒラヒラをつけたんだ。それが一応、結界ってことになってる。安全のためだろうが」

天縛神社の柵を思い出す。物質面で辰野家が村の人の生活を担っているなら、一ノ瀬家は精神面でなくてはならない存在なのだろう。

「奥には行き止まりがあるんでしょうね」

「たぶん、でも……」辰野は言いよどんだ。「俺らが教えられてきたのは、奥には依り代が祀ってあって、それを目にした者は二度と生きては帰れないという……」

「よりしろ？」

「ああ。神の宿る依り代。ここは何か分からないから、不気味なんだ。天縛は天狗の髭、三槌は竜の目と分かってるのに」

「竜の目？」

「ただの貝殻だって爺さんが言ってたよ。くり抜いて白い碁石みたいに磨き上げたらしい」

「何だか、昔のゲームみたいですね。だったらここのご神体は、ラーの鏡とか勇者の石……」

弓について悲観的に考えないようにしようと、麻衣はわざと軽口を叩く。案の定、辰野はむっとして麻衣の手から靴を取り上げた。

「都会者のあんたには分からんだろうが、ここじゃ常識なんか通用しないんだ。へき地だが、大学進学率もその辺の都会よりずっと高い。それでもどこか歪んでいるんだ。こんな靴を履いて遊び歩いている弓でさえ、暗い過去の歪みから逃れることができなかったんだからな」

辰野の言いたいことを考えて、麻衣は口をつぐんだ。

一ノ瀬が言うなまはげの喩えを思い出す。瑞絵や里香、一ノ瀬の刀自だけでなく、麻衣に気軽に声をかけてくれる村人は誰も親切で、ごく普通の人々に見える。しかし村という集合体になったとたん、何か深い因習のような意思を持ってしまうのか。

「でも今は、弓の靴も見つけちまったし、そんなこと言ってる余裕はないだろうな。あんたが怖くないって言うなら、行ける所まで行って、依り代とやらを拝むしかないだろう」

あっさりした口調だった。腕だけ差し出し背を向けて前を歩いているので、麻衣には辰野がどんな表情をしているのか分からない。

腕の温もりに安心しきっていた麻衣は、急に押し潰されそうな後悔に襲われた。

行きはよいよい、帰りは怖い。

神の怒りに触れ、ふた目と見られない死に方をした村人の話。

もしかしたら、滅多打ちにされた宮司もそれに近い状態だったのかもしれない。いきなり壁面から多数の槍が飛び出したり、肉食の虫がたくさん這い出して——映画のシーンを思い浮かべ、麻衣は思わず身震いした。

腕からそれが伝わったのか、辰野が驚いたように振り返る。

「あの、もう、大丈夫なので、ここからは私ひとりで……」

「なんだって」

「もし何かあったら、ご家族に申し訳が……」

「それ以上、言ってみろ……今、ここで押し倒すからな」

麻衣は顔を見られないように横を向いた。どんなガキ大将でもなまはげを怖がるという話を思い出し、心底申し訳ないと思う。

「すみません……」

やがて道幅がさらに狭くなり、もう参道とは言えなくなった。

「引き返すなら、今のうちだぞ」

「いえ……」

麻衣は首を振ったが、思いついてわざと明るい口調で言った。

「神社は三つどもえだって、一ノ瀬先生が言ってましたよね。牽制しあってるって」

「ああ」

何を言い出すのかと、振り返った辰野は目を細めて麻衣を見る。

「それって三つどもえっていうより、三すくみじゃないですか」

「さんすくみ……って、ガマの油か？」

「違いますよ」麻衣はちょっと笑った。

「それは『自分の姿に脂汗をたらす』でしょう？　三すくみは『蛙がナメクジを食べ、ナメクジは蛇を、蛇は蛙を食べるから、三つを置くとお互い怖がって誰も動けない』っていう……ここではミズチは天狗に弱い、天狗はイカズチに弱いのだから、ここのイカズチはミズチに弱いはずじゃないですか。じゃんけんの理屈で言えば、辰野さんや渡くんはミズチだから、イカズチを怖がる理由はないんです」

「変なことに詳しいな」

「母が好きだったんです。あと、落語とかも」

麻衣が言うと、辰野も微かに表情を緩めた。

「しかし、ナメクジが蛇を食うなんて聞いたことあるか。そんなのこじつけだよ」

「そうですね。でもミズチに弱いイカズチって一体……」

それぞれの神が司っているという〈水、火、土〉の力関係はなんとなく理解できる。しかし依然として、イカズチの正体は見当もつかないままだ。

が、そんなことを考えているうちに、麻衣は自分たちがかなり奥まで進んで来たことに気づいて、足を止めた。

行き止まりだ。

奥に広場があり、上から差し込んだ光が舞台照明のようにその中央を照らしている。

「ここが……」ひんやりと澄んだ空気が、どこからかゆっくり流れてきた。

「依り代だな」辰野は呟いた。

麻衣もさすがに足が震えて、辰野の腕を握りしめた。照らされて光り、浮かび上がっているのは——湖だ。

せいぜい、畳五枚分ほどの小さな楕円の湖が静かにさざ波立つ。

「きれい……」麻衣はため息を吐いた。

湖の水は、生命を寄せ付けない純粋さゆえか、濁りもなく人工的に見える。高い透明度を保ちながらも、光を屈折して萌葱色に輝き、誘い込むような碧い湖底を形作っていた。

湖畔からは低い木々が、水面に向けて必死に枝葉を伸ばしている。

緑に沈み込む枝には紐のような宿り木が幾つもぶら下がり、陽を浴びて静かに揺れていた。

「桜……」

枝の一部には薄紅の八重桜が咲き誇り、湖上に花びらを散らしていた。すでに、季節はひとつ前に進み、たくさんの若葉が芽生えてやんわりと花を包み込んでいる。恐るべき生命力が枝を育み、別の植物として各々、息づいていた。

「これは……すごいな」

さすがの辰野も、驚いたように湖面を見つめる。

そしてふと、手前にある岩に視線を移した。

岩は白っぽく目の細かい一枚岩で、凹字形にくり抜いてある。

その他に手が加えられた様子はないが、ちょうど人が腹筋しているようにも見え、頭に当たる部分に、ぼろぼろに朽ちたしめ縄が渡してあった。昔は紙垂も付いていたのだろうか。今はそれも溶けて無くなっている。

「似たようなのをメキシコで見たな。生けにえを捧げる岩だった」

辰野が気味の悪いことを言う。

「これはそういうのじゃないですよ……神様をお祀りしてあるんです。でも……」麻衣は首を傾げた。

「巨木や巨石がご神体なら、普通、自然のまま、加工なんかされてないじゃないですか。でもこれは、人工的にくり抜いてありますよね……と、いうことはこの岩自身に意味はなく、別の何かをお祀りする台座、ってことじゃないですか」

「そうか。メキシコも、生けにえの心臓を置いてたらしいからな」

麻衣はちょっと辰野を睨んで、また、岩を観察した。そしてふと、くり抜かれた部分に、違和感を覚える。

妙な色に変質しているようだが、よく見ると岩の中に、お供えものを載せる木の三方（さんぽう）がはめ込んである。長い時間、徐々に岩が風化したのか、折敷を抱え込んで宝珠型の穴を変形させているようだ。

「触るなよ、絶対安全とはいえんから」辰野が言った。

触ったとたん、手を食いちぎられるとか？　自分もさっき似たような事を考えたにもかかわらず、麻衣は笑いを噛み殺した。

「イカズチは雷だぞ。だから、最初からこのままだよ。イカズチが落ちた岩を依り代にして祀ったんだ……実体がないからこうして台だけがある」

そして、再び湖に目を奪われる麻衣を急き立てた。

「これで安心しただろ。早いとこ屋敷に帰らないと、瑞絵さんが心配してるぞ」

「そうですね」

まだ、弓の事が気になったが、そう言われるとしかたなく、湖を後にするしかなかった。

参道に戻っても、一度離した腕を自分から摑むことはできず、辰野の後をとぼとぼと歩く。その間ずっと、何か大切なことを忘れているもどかしさに苛まれ続けた。

しかし出口に向かって歩くうち、わだかまり続ける原因が何なのか、おぼろげに認識し始める。

神社の夢は、幼い頃から何度も見てきたはずだ。

しかし、祝宴の夜。この村に来て二度目に見た夢は、これまでと何かが大きく違っていた。麻衣は依り代に向かってではなく、参道を出口に――鳥居に向かって走っていたのだ。

そして手には、紫色の包みがしっかりと抱えられていた。

「どうした？」

急に足を止めた麻衣を、辰野は振り返った。麻衣は言った。

「ご神体は……私が持ち出したんだ……」

一ノ瀬純

子どもたちが帰った後の教室は、熱が籠もった、独特の匂いがする。いつもはそれを好ましく思う一ノ瀬だったが、今日だけは風を入れ、頭をすっきりさせたい気分だった。

昨日から続くみぞおちの痛みが下腹まで移動して、少々熱っぽい。この時期、いつもどこかしら悪くなるのには閉口するが、気候が定まれば自然に治る。村は日本海に面しており、海岸が複雑に入り組んでいるせいで、季節の変わり目は特に不安定なのだ。

——今日はなぜか、外の気配が慌ただしかった。

海岸からパトカーのサイレンまで聞こえた。平和なこの村で『駐在所の味噌桶』と呼ばれる軽パトのサイレンを聞いたのは初めてだった。狭い村のことだから、何かあったと母が聞き込んでくるのも時間の問題だ。

一ノ瀬は、祖父のノートを何冊か取りだして、また読み始めた。

昭和二十二年辺りは一応、目を通したはずだ。我が祖父ながら、情報の収集と記録の細やかさには感服する。

筆者の感情や余分な修飾語が含まれていない分、客観的で理解はしやすいが、役所の記録を読んでいるようで、いささか退屈でもあった。

昭和二十年八月十五日の記述もある。

山に囲まれてラジオが入りにくく、玉音放送を即日聞き取れたものなど、ほとんどいなかったらしい。三日後やっと魚を買いつけに来た行商人から、終戦を知らされたという呑気な内容だった。

彼は広島に新型の爆弾(ピカドン)が落ちて、市内が焼け野原になっていることなども、合わせ聞かせたという。

一ノ瀬はため息を吐いてノートをめくる。

日時ごとにきちんと纏められてはいるが、内容が雑多すぎて、整理するのに余分な時間がかかりそうだ。

昭和二十年十二月、また同じ行商人が村を訪ねている。新たにもたらされた情報を追う一ノ瀬は、とある記述に釘付けになった。

「これは……」一ノ瀬は、思わず声を上げた。

辰野は麻衣の話を聞いて、にわかには信じられないようだった。

「でも本当なの。小さい頃から時々見ていた夢なんですけど、ここに来てから、もっとリアルに細かく見るようになったの。それだけでなく、お屋敷の雛人形にも見覚えがあるんです」

満潮時なのか、遊歩道もさらに歩きにくくなっている。

麻衣がバランスを崩すと辰野はとっさに腕を摑み、そのまま肩を引き寄せた。偶然か故意か瞬間、唇が頰をすべる。

「……知らない所に来て、神経が高ぶったせいじゃないのか」

耳元でささやく声と言葉の温度差を感じて、麻衣は体を硬くした。

辰野は少し慌てた口調で、

「いや。そういうんじゃなく。ただ……もし、あんたがご神体を持ち出したんだとすると、当然、湖の所まで行ってるはずだろ。そしたら鳥居や参道なんかより、湖の方が、ずっと印象に残るはずじゃないか。記憶はあるのか」

そう言われると、首を振るしかなかった。

確かにあの場所に眠る深い湖も翠石色の水面も、想像を絶するものだったからだ。

しばらくうつむいて考えこんでいた麻衣は、海岸の方向から聞こえる声にはっとして、慌てて辰野の腕から離れた。

「大変……人が」

「別に、いい」

しかし、そう言いながら辰野も、大勢の人が集まっている辺りに目を向ける。目敏く二人を見つけた渡が人混みから現れ、大股でこちらに向かって歩いて来た。

「兄貴、どこ行ってたんだよ」

「何かあったのか」

「あったと言えば、あった。荷物が上がったんだ……麻衣さんの彼氏のじゃないかって。それで今、海岸を捜索してるんだよ」

「蓑下くんの、本当に？」

麻衣は驚きのあまり、うろたえて叫んだ。

「弓は……弓は、大丈夫？」

「弓がどうかしたの」

渡は麻衣のただならない様子に表情を変えた。そのまま鋭い視線を兄に向ける。辰野は苦虫を嚙み潰したように、

「爺さんやオヤジに言わないで欲しいんだが……じつは、弓がまた家出したんだ。蓑下もいなくなったから、一緒に逃げたのかと」

渡はちらと麻衣を見たが、すぐ無表情に戻った。

「いや。弓のことは何も。蓑下ってやつ、海に落ちた可能性があるって、警察も思ってるみたいだけど……面倒だな」

「海に落ちた……」

折しも波のしぶきが頰にかかり、麻衣はぞっと背を震わせる。

「麻衣さんに荷物、確認して欲しいって警察が捜してたよ。ラインしたの、届いてない？」

「あ……」

麻衣はスマホを取り出し、初めて点滅に気づいた。

「ごめん。電話もくれたんだ」

「一人じゃ、心細いでしょ。俺もあいつと会って知ってるし、一緒に行くよ。駐在所」

渡は、呆然としている麻衣の手首を摑んで促しながら、振り返りもせずに言う。

「兄貴、オヤジが仕事回らないで困ってるぞ……それと警察、うちにも何か言って来るだろうけど、弓のこと、下手に隠すと厄介だし。俺、知ってること、話すから」

「ああ……」

麻衣は渡に引っ張られながら、思わず辰野を振り返った。しかし、なぜかもう、視線すら合わない。

さっきまでの温もりは、呪われた神が見せた幻だったのだろうか。

麻衣は、複雑な気分で海岸を後にした。


荷物など確認できるはずもないと思っていたが、駐在所のテーブルの上には免許証や学生証、財布、スマホなどが、見覚えあるハンティングワールドのセカンドバッグと共に並べられ、それが蓑下の所持品だということは一目瞭然だった。

駐在所には常駐している森田巡査の他に、村の外から来た刑事もいて、知っていることを全部話すように、と麻衣を促した。しかし、渡が横から怒濤のようにまくし立てるので、口をはさむ隙もない。

「すんません。実を言うと、蓑下氏は新婦、田之倉弓の元カレってやつなんです。しつこいもんで、弓が引導渡すつもりで披露宴に呼んだんすよ。頭の固い年寄り連中の手前、一応、麻衣さんの彼氏ってことになってますけど、たぶん、この人に聞いても何も分かんないと思いますよ」

麻衣は驚いて渡の顔を見る。何気ないふうを装いつつ、全部知っていたのか。

制服姿の駐在もぽかんと口を開け、書類を持った手を止めた。

「弓はあんなだし、面白半分だったけど。彼の方は空港に下りた時から、なんかやばい感じでしたね。思い詰めたっつうか」

渡が運転を引き継いだのはK市の事務所で、空港での様子など知るよしもない。麻衣は調子のよさに呆れながらも、ただ黙って成り行きを見守るしかなかった。

刑事はいくつか質問をした後、麻衣ではらちがあかないと判断したように見えた。しかし渡は、弓の行方が知れないことも一応警察の耳に入れたほうがいいと考えたらしく、ついで話のようになにげなく付け加えた。

「そこの駐在さんも知ってると思うけど、弓ってガキん時から、プチ家出の常習犯じゃないすか。今回もまたどっか行っちゃって。そっちでもウチ、弱ってるんですよね。ただね……大人の事情ってんですか。兄貴も新婚早々家出されたなんて格好悪いし、行き先もだいたい見当ついてるんで、近いうち、連れ戻すつもりみたいすけど」

噂になっているふうでも、さすがに駐在所までは届いていなかったらしい。駐在は慌てた様子で、刑事とぼそぼそ言葉をかわす。

「じゃあ、ひがしのお嬢さんも、今、おらんいうことですか」

「はい。でもね、噂が広まっちまうと、いつもみたく弓がしれっと帰って来た時、やばいと思うんですよ。ま、あいつは恥かいたくらいで丁度いいんですけど。兄貴と結婚した以上、にしの立場ってのもあるわけですし……仕事上の体面というか、色々と問題が、ね。ウチも、ここんとこ景気悪いし。K市はともかく、村の工場なんか、ずいぶん持て余してるみたいですからね。なるべく混乱を避けたいっていう事情、分かってもらえるんじゃないかな」

渡が仕事の話を持ち出してにしを強調すると、駐在は硬直して、何度も繰り返しうなずいた。

「蓑下氏がいなくなったのは、式前日夕方ですよね。弓はご丁寧に式も披露宴も入籍も、全部きちんと済ましてから出ていったから、一緒ってことはまず、ないと思いますよ。彼が一日中隠れてて、披露宴の後でやっと弓を誘い出したとかいうなら別ですけど……まあ、あの現実的な弓が、それに乗っかるかどうかは疑問だな」

「し、しかし」

駐在はおどおど渡と刑事を見比べて口ごもった。渡は気にも留めずに、平気で追い打ちをかける。

「でもひがしもウチも、常習的なプチ家出にまで、警察の手を煩わせるつもり、ないっすから。弓も大人ですしね……今回のこれ、蓑下氏の事故か、自殺か、拾得物件預かりか、知りませんけど、弓のバケーションとは別件で取り扱ってもらいたいですねえ」

渡の言葉に、刑事はさすがにカチンと来たようだった。

それは警察が判断することだろう。麻衣も恐る恐る渡を見る。

「しかし、ひがしのお嬢さんはその……ほんまに無事なんじゃろか」

駐在はなぜか顔を青くして麻衣を見た。

「今日のお昼、一度、携帯に着信が入ったんですけど。すぐ切れてしまって」

そう答えながら麻衣は、板挟みになった駐在に同情する。辰野家の絶対的な権力など、外の刑事には与り知らぬことなのだ。

その後も、渡の熱弁は続き、駐在所を出た時には、さすがに麻衣も疲れ切っていた。

「麻衣さん、大丈夫?」

渡はため息混じりに麻衣の顔をのぞき込んで、

「弓のやつ、帰って来たらガツンと言ってやらなきゃ。デタラメにもほどがあるよ」

「そうだね」麻衣もうなずいた。

「でも渡くんもちょっと……刑事さん、怒ってたみたいだし」

「だよね?」渡はそう言って屈託無く笑った。

「刑事に嫌われたって、俺、実害ないしさ。まあこの後、蓑下殺害の容疑者なんかに挙げられたら、ちょっとアレかもしれないけど。そん時はそん時で、爺さんがやり手の弁護士付けてくれるだろうから、全然、平気だよ」

「そんなこと……」

冗談でも言っちゃだめだ、と、麻衣は顔をしかめた。

しかし憎まれ口を叩いた渡が、警察を煙に巻き、あげく脅迫までして駐在に釘を刺した効果は絶大だった。『悪徳弁護士目指してる』という弓の言葉は、まんざら嘘ではないのかもしれない。

「……渡くん、知ってたんだ。蓑下くんのこと」

「知らないよ。そうじゃないかと思っただけ。弓、旅館で『みのくん』とか呼んでたし。反対に麻衣さんは他人行儀だしさ」

見事なポーカーフェイスに、麻衣はまた少し怖じ気づく。

「これから起こるごたごたを考えたら、俺まで頭、痛いよ」

渡は半分面白がっているように呟いた。麻衣は、電話で話した母親の猛烈ぶりを思い出す。

「蓑下くんのお母さん、きっとすぐ駆けつけてくるよね。何も分からないし、相当ショックで、瑞絵さんにも感情的に当たっちゃうんじゃないかな……」

「あいつ、やっぱ、マザコンかよ」渡は顔をしかめた。

「辰野さんだと喧嘩になるだろうし。渡くん、瑞絵さんの味方になってあげてね」

「いいけど……」渡は肩をすくめて、

「でも、瑞絵さんって、麻衣さんが思ってるよりかずっと強いよ。たぶん、そのヒステリーババアなんか相手になんないと思うけど」

麻衣はため息を吐いた。「蓑下くん。大丈夫って言ってたのに、どうしてこんな風にいなくなったりしたんだろ」

「勇気なかったんじゃねえの。失恋ごときでうだうだする人種、俺、同情とかしないし」

珍しくきつい言い方に、麻衣は少し驚いた。実際、辰野の言うとおり、弓と過去に何かあったかもしれない気がして、つい、表情を窺ってしまう。

「厳しいんだね……」

「惚れた?」渡は笑った。

麻衣もつられて苦笑したが、すぐに弓のことを思って気が鬱ぐ。

「弓、どこに行ったのかな……」

麻衣がため息をつくと、渡は肩をすくめてみせ、

「もし蓑下が海に飛び込んだんだったら、荷物みたいに死体は上がらないだろうし。警察も捜索してるふりして、少しずつフェードアウトするしかないよ。あの刑事も、内心そう思ってるんじゃないかな……この海は、そういう海なんだ。海岸線がきつくて、海流だって逆流したりしてめちゃくちゃだし。時々、見たこともないような気持ちわりい魚も揚が

る。気候だって、弛んでて何か変でしょ」

麻衣が答えあぐねていると、渡は感情のない口調で続ける。

「だから、昔からよくある神隠しとかも、どうして海に落ちたって誰も言い出さないのか、俺、ずっと不思議だったんだ。たぶん、一番それらしくて怖いからなんだよ。天狗に拐かされたなら、ある日ひょっこり帰ってくることもあるでしょ。海と山の遭難って、生存率、比べものになんねえじゃん……ここは山も海もあるけど、みんながマジで怖がってるのは、山や天狗じゃなく、海やミズチなんだ。だからたぶん、弓も海に落ちたなら……」

「やめてよ」

麻衣はぞっとして、渡の言葉をさえぎった。

「……麻衣さんは、弓が帰って来たほうがいいの？」

「どうしてそんなこと……」麻衣は驚いて渡を見つめる。

「別に、言ってみただけ」

渡はもう、いつもの笑みを浮かべていた。


屋敷では青ざめた瑞絵が、真木と一緒に雛人形の前をおろおろ歩き回っていた。麻衣を見るとほっとしたように息をつく。

「さっきまで警察の人が来てたの。どうしましょう。弓のせいでとんでもないことになってしまって」

「瑞絵さん……」

「弓は何を考えていたんかしら。人の心を弄んで、よい結果などあるはずないの。でもまさか、こんな恐ろしいこと……」

瑞絵は、蓑下が弓の結婚に耐えきれず、自ら海に飛び込んだと確信しているようだった。警察もきっと同じ見解なのだろう。

しかし今頃になって麻衣は、蓑下自殺説にしっくりこないものを感じていた。蓑下が衝動的に自殺するような人間には見えず、むしろ、弓への思いを吹っ切るけじめとして村を訪れた気がするのだ。

もし、荷物と共に蓑下が海に沈んでいるとすれば、不慮の事故か、あるいは、麻衣と同じように天狗面に襲われて——。

いや、そんなこと。

脳裏に浮かんだ恐ろしい考えを、麻衣は慌ててうち消した。しかし、どうしても疑問が残る。

禊ぎの夜、離れに近づいた天狗の影。

白無垢の弓を肩に抱えた修験者姿の天狗面。

スタンガンで麻衣を襲った天狗面。

そして七十二年前、多くの人に目撃された天狗。

金剛杖で宮司を滅多打ちにした犯人も——すべてが『天狗』に関わる理由は、一体、どこにあるのだろう。

「あれから……弓の情報はなにも？」麻衣は尋ねた。

「ええ。元気でいるってことだけ」瑞絵は眉根を寄せる。

「電話くらいかけて来ればいいのに、もう……困った子」

「え？」

麻衣は声を上げた。期待していなかった分、驚きが強い。

「元気でいるって……弓が言ったんですか？」

「お昼にメールを入れる約束なの。それは、ずっと来とるから」

麻衣は全身から力が抜けるのを感じたが、瑞絵は無邪気に首を傾げただけだった。

「でも、どこにいるんかしら」

「……差し支えなければメール、見せていただけませんか」

「いいわよ。ええと、メールじゃなく、ラインだったわね。向こうから来たら開けるんだけど……どうやって見るのだったかしら」

麻衣は急いでスマホを受け取り、ラインを開けた。

麻衣にも見覚えのある、似顔絵アイコンと吹き出しが、ずらりと並んでいる。瑞絵の返信は、ほぼスタンプで、猫缶を頭に載せたいかつい猫が、そのときどきで喜んだり、がっかりしたりしている。見れば、それも全部既読になっていた。

3月1日　12：41お昼は鍋焼きうどんだよん。熱くて口の中火傷♥ゆみ♥

2月28日　12：32今日のお昼はダイエットバーと豆乳だよ。減量中だからね。ママはちゃんと食べないとだめだよ♥ゆみ♥

2月27日　12：49にしのやつらの味覚ってほんと大ざっぱ。夜は、がしがし食って飲んでやるし♥ゆみ♥

2月26日　12：05長寿庵で出雲そば食べた。やっぱ、そばはコシ。これから麻衣連れて帰るし♥ゆみ♥

2月25日　12：50おなかいっぱい。ほんと、真木さんのお寿司って最高だよね♥ゆみ♥

いかにも弓らしかった。二月二十七日が結婚式だから、いなくなった後の二月二十八日、三月一日の二日間、とぎれず、届いていることになる。

麻衣は自分のスマホを取りだして、今日の午後、弓から一度だけ着信した時間を確かめた。3月1日　12：42。瑞絵にラインを送った直後だ。その後、繋がらなくなったのは、本当に電源を切ってしまったからかもしれない。

「よかった……私、正直、最悪のことまで考えてたんです。もっと早く教えて下さいよ」

麻衣はほっとしてスマホを返した。

「ごめんね。麻衣ちゃん。私ったら……毎日の事だからつい当たり前になっちゃって」

「知らないふりで私、もう一度、ラインしておきますね」

麻衣は色々迷ったが、結局、蓑下のことには触れず『心配してる。どうしてるか教えて』とだけ送信した。

しかしやはり、弓からは何の返信も来なかった。


その夜、薄曇りの夜空に、霞んだ月が時折、思い出したように顔を出した。

静かすぎるせいで、かえって胸騒ぎがして眠れない——そんな夜だった。いきなり充電中のスマホが麻衣の枕元で小さく鳴った。

布団をはね除け、慌てて開くと、ディスプレイにはライン着信、と表示されている。

弓？　心臓が大きく鳴った。

指が固まって思うように動かず、操作するのにいつもの倍、時間がかかった。はやる気持ちを抑えて画面をスクロールする。目を走らせた麻衣は、頭からすっと血の気が引くのを感じた。

『ミサ　ボクヲ　タスケテ』

麻衣は、取り落とさないようにスマホを握り直した。それでも指が震え、小刻みに当たる爪の音が止まらない。もう一度確かめたが、やはり、発信元は弓に間違いなかった。

弓のラインにはいつも、前後をハートに囲まれた『♥ゆみ♥』という署名が入っている。瑞絵に届くお昼の吹き出しにも皆、きちんと添えられていた。

しかしこの吹き出しには署名はおろか、弓の電話から発信されたということを除いて、弓らしいところは何もなかった。

震える手でスマホを閉じると一時二十五分という時間が表示されてすぐに消え、まわりはまた真っ暗になった。みさ——麻衣はおぼろ月の下で会った、美しい少年を思い浮かべた。

『みさ、僕を助けて……僕を繋ぎ止めないで、もう自由にして』

水差しの底に張り付いた黄色い花びら。消毒液の匂い。

この数日の間に麻衣は、内庭と居間に続く回廊から離れてもう一つ、奥に進む細い廊下があることに気づいていた。そして、その突き当たりに、目指す次郎の病室があるに違いないと確信していた。

行ってみようか、そう思うが、怖くて足がすくむ。そしてふと、辰野のことを思った。しばらく事務所に泊まると聞いたが——今、あの時のように「馬鹿な真似をするな」と怒鳴られれば、無謀な好奇心など吹き飛んでしまうのに。

いや、だめだ。

慌てて狡い思いを断ち切る。そして、一瞬でもそんなことを思った自分が許せなくなった。

麻衣はパジャマの上にカーディガンを羽織り、素足のまま、水差しを持って立ち上がる。今、この広い屋敷には麻衣と瑞絵と真木、そして——次郎しかいないはずだ。

マナーモードにして、スマホをポケットに入れる。周囲の様子を窺い、麻衣はそっと部屋の戸を開けた。

恐怖心は少し薄らいでいた。もちろん、探るような行為はじゅうぶん後ろめたい。しかし今、動かなければ、ジロウの謎を知る機会を永遠に逃してしまう、それだけは確かだった。

透かし窓から月光が薄く差し込んではいたが、廊下は暗い。

歩くたびに古い床が軋み、寒くもないのに足が震えた。水差しにはまだ三分の一以上の水が残っていたが、麻衣は音を立てないよう、残らず庭に捨てる。これで誰かに見つかった時、水をもらいに出て迷った、と言い訳できるだろう。

庭に面した廊下は、真夜中というのに緩んだ空気に満たされ、気怠い吐息で桜を白く包み込んでいる。

未知の廊下は、完全に屋敷の中間にあって庭と遮断され、そこだけひんやりと暗かった。天井からは厨房へ続く廊下と同じ、赤いゴブラン織りの笠が下がっている。

頼りない灯りが薄ぼんやりと狭い空間を照らし、天井の梁と黒ずんだ壁をねじれた楕円に浮き上がらせていた。

廊下の両側にある部屋は、それぞれ中が見えない木のドアで、真鍮の取っ手が付いている。麻衣は一度、ためらった後、右側の取っ手を握り、ゆっくりと引いた。

ギッと、錆び付いた音がしてドアが開く。

廊下の微かな灯りに頼って見る限り、そこは狭い物置のようだった。カビ臭い匂いが部屋を満たし、埃避けの白いシーツが気休め程度に掛けられている。

階段状の朱簞笥や、一から参拾まで数字が入った薬引き出し。肘掛けがS字形になった一人掛けの椅子。あとは、巨大な卵を抱えたようなスタンドなど、詰め込むように古いものばかりが並んでいる。

一通り見回してから、麻衣は静かにドアを閉め、今度は左側の部屋を開けた。

向かいと同じ作りの物置だったが、こちらは少し片づいて部屋らしい様相を呈していた。

引き出しのない木の机と、折りたたみの椅子。

足踏みの古いシンガーミシン。朱塗りの茶箱。その上に座る古い市松人形は、幼い頃の麻衣と同じように、長い髪を振り袖に似合わない、ツインテールに編み上げてあった。

壁には何枚かの額が飾られている。

足音を立てないように部屋に入った麻衣はスマホのスイッチを押し、青い光で額を照らし出した。

それは、ほとんどが美砂子の写真だった。ボブヘアでローウエストのドレスを着こなしていたり、セーラー服姿で鉢巻きを巻いていたり、リボンやポケットのついたもんぺ姿もあった。一ノ瀬塾で見た、振り袖姿の写真もある。どれも美砂子に違いなかったが、一枚一枚印象が違ってまるで同じ人物には見えなかった。

唯一、写真でないのは、山から村と海を描いた鉛筆画で、MISAとサインが入っている。こなれた危なげないデッサンは、玄人はだしによく描けていた。

下の書棚には『少女倶楽部』が数冊。西脇順三郎の詩集や武者小路実篤などに交ざって『自負と偏見』『ジェーン・エア』などが、手作りのカバーを掛けられ並んでいる。

ミニ薔薇模様の布を重ね、楽しそうにミシンを踏む美砂子。

きっと、休み時間ごとに、校庭の木の下でこれらの硬表紙を開いたのだろう。そして一癖ある金髪の男や、炎上する館に、若い胸を躍らせたに違いない。

ページをめくりたい気持ちを振り切って、麻衣は『嵐が丘』を書棚に戻す。

目的を忘れてはいけない。

『愛の少年（クピードウ）よ　来たれ』

その角を曲がったところでジロウが、麻衣を——美砂子を待ちわびているのだ。

廊下は突き当たりで右に折れ、先は見えない。角を曲がると、そこは広い土間になっていた。

廊下との境目には、白いシフォンのカーテンが二つに分けて括りつけてある。その奥に所々欠け剝がれた大理石の床が続き、テーブルの上には古めかしい燭台と銀のトレーがまっすぐ据えられていた。

麻衣が違和感を覚えたのは、カーテンで隠れた部屋の奥で揺れる青白い光と、規則正しい電子音だった。息を潜めて様子を窺うが、人のいる気配はない。

ぷんと、まだ記憶に新しい消毒液の匂いがした。

麻衣は静かにカーテンの間をくぐり、じっと、目を凝らした。

そこは居間と同じほどの広さだったが、家具もなく閑散としている。青白く見えた光は部屋の奥にある小部屋からで、中には朱色の木壁で遮られた作り付けの寝台が見えた。

立体的な刺繡が施された幕帳や、木彫の壁。それらにまるでそぐわない無機的な医療器具やパソコン、青や透明のチューブなどが複雑に絡みあっている。

旧型のモニターから、時々グラフのような用紙が吐き出されて床にとぐろを巻く。丸いサイドテーブルにはラップをかけた夕食のお盆が手つかずのまま置かれていた。

麻衣はそっと冷たい床に踏み込み、寝台へと近づいた。

そこには老人の白い顔があった。

麻衣は、彼が菜の花畑の少年でないことに安堵しながらも、ついその整った目鼻立ちに、少年の面影を探していた。

髪も眉毛も白い老人は、深い眠りの中にいる。髪の毛は短く切り揃えられて髭もなく、体や衣類はごく清潔に整えられていた。

喉を切開して差し込まれた太いパイプが、呼吸の音と共に曇ったり透いたりする。布団から出た細い鎖骨(さこつ)辺りにも色の違う点滴が一本の管にまとめられ、機械的に注入されていた。電子音に混ざって、呼吸をするような声が時折、思いだしたように響く。

『ミサ　ボクヲ　タスケテ』あの、メッセージは何だったのか。

『……僕を繋ぎ止めないで、もう自由にして』

さなぎ——菜の花に繋がれたまま蜂に寄生され、蝶になることもない小さな棺。鼓動の中にある静かな死。

麻衣は陰膳のような食事に目を移す。それはこの部屋で唯一、人間的なものに見えた。辺りは壁も床も寝台の天蓋まで、すべてが冷たく、固く沈黙していた。

記憶の奥で、笑い声が聞こえた。美砂子と次郎が十代の頃、屋敷もまだ明るさに溢れていた時代。

天蓋のシフォンに隠れた弟を見つけ、姉が気取った口調で言う。

『次郎さん。私のレコード、返して頂戴。明日、松子さんに貸す約束なのだから』

ふくれっ面の次郎は、美砂子とよく似た怜悧な瞳を揺らす。

『みさのお人好し。松子に貸した本、まだ何冊も返ってないじゃないか』

『読みたいの？　次郎さんは吉屋信子が好きなのよね。女々しいってまた、父様に叱られてよ』美砂子は悪戯っぽく笑うと、自分のセーラー服のリボンを次郎の首に巻き付ける。

美しい顔を赤く染めて、次郎が乱暴に差し出したドビュッシー。

リボンを巻いたまま駆けて行く弟を見送って、美砂子はいつまでも笑いが止まらない。

「次郎さん……」麻衣は呟いた。

何度も呼んだことがあるような懐かしい響きだった。

老人は目を覚ますこともなく呼吸を繰り返し、ただそこに密やかに存在していた。

真木早苗

真木はふと、目を覚ました。

どこからか、小さな音が聞こえている。古い洗濯機のブザーのような、聞いたこともない不快な音だ。

一瞬、また眠りに陥りかけてはっと気がつき、体を起こす。どうやら奥の病室から聞こえるようだった。

大変だ――慌ててキルトのチョッキを羽織り、部屋を飛び出す。

と、その時、厨房に向かう薄暗い廊下の角で、白くふわりとした何かが通り過ぎるのが見えた。真木はぞっとして足を止めた。

幽霊？　まさか。

いくらこのお屋敷が暗くて陰気でも、そんなものいるはずがない。

廊下を進み、スリッパを履いて土間に駆け込む。今日に限って看護師のいない晩。

やはり小さな音だが、病室の機械のどれかが鳴っているようだ。複雑で、真木にはそのしくみさえ分からない。

奥様に知らせなければ。真木はその場を触ることなく、とにかく瑞絵の部屋へと急いだ。

「奥様、奥様。病室の様子が……」

「なあに……真木さん？」寝ぼけた声で瑞絵が答える。

「奥様、病室が変です。何か音がしていて」

はっと息を呑む気配がした。「真木さん。中森先生にお電話して」

真木は震える手で、中森医院の特別直通電話に連絡した。医師はすぐに来ると言う。子どもが夜中に熱を出しても居留守を使う医者だが、さすがににしと、ここだけは別だった。

十一時ちょうどに、呼吸器の痰を取った時には、何も異常はなかった。二週間に一度だけ、真木に委ねられた仕事だったが、これまでちゃんとやって来たはずだ。

しかしあのブザーのような音。そして白い影——真木はぶるぶると震えが止まらなかった。

だからここに来るのは嫌だったのだ。准看護師の資格を持っているからと、短期のヘルプで来たつもりがもう十年。自分はいつのまにか、ここ、専属のようになってしまった。

奥様はいい人だし、仕事も少ない。しかしこの家はいつも暗くて、気味が悪いのだ。使用人が多くてもめ事もあったが、にしにいた時の方が気分はずっと楽だった。

外で医師のバイクの音が聞こえる。真木は慌てて玄関に走った。

二度目の野辺送り

明け方、次郎の様態が急変した。

慌ただしい足音で目を覚ました麻衣は、奥に向かって走る看護師の姿を見かけ、急いで身支度して瑞絵の部屋へと急いだ。

すでに次郎翁は床の間のある一の広間で、すべての器具を取り外されて安らかに眠っていた。

祝言のほとぼりも冷めないうちに、田之倉家は一転して、葬儀の準備にかかることになったのだった。

駆けつけた辰野が、瑞絵に代わり一切を取り仕切る。しかし麻衣に声をかけるどころか、一度も視線を合わせようとはしない。麻衣は、辰野家から来た家政婦たちに交ざって、一日中、準備や炊き出しを手伝った。

夜になると麻衣は瑞絵に言われて、弓のフォーマルから一番地味なアンサンブルを選び、身につけた。広間には既に祭壇が設えられ、次々に訪れる弔問客を待っている。

瑞絵が白い布を外すと、そこには昨夜と同じ透き通るような次郎の顔があった。痩せてはいるが整って、とても穏やかに見える。

「綺麗なおじいちゃんでしょ。細やかで優しい人だったんよ。品があって……とても自尊心の強い人だったわ」

瑞絵が次郎の耳元でささやくように言った。

「次郎さん、最後のご面倒ごとだけど、それが終わったらゆっくり休めるから我慢してね」

布を顔に戻すと、また消毒液の匂いがした。麻衣もなぜか涙があふれそうになった。

披露宴の後、K市周辺に散らばった親戚たちもまた、戻って来た。

黒い服を着て口が重いのは同様で、まるで結婚式の続きを見ているようだ。弓は風邪で寝込んでいることになっていたが、不在の事実はもう、村中に広まっている。そんな日にも、弓の能天気なラインは、何事もなかったかのように届いたのだった。

『今日は暖かいから冷やし中華始めました。忙しいからまたね♥ゆみ♥』

誦経が終わったのは、そろそろ夜九時になろうとする頃だった。

村人たちは帰途につき、有力者たちが居間に集まり始める。

酒を運び、麻衣が厨房へ戻ろうとした矢先、ふいにポケットでスマホが震えた。麻衣は病室に続く暗い廊下に駆け込み、ポケットから点滅するスマホを取りだした。

奥まった廊下は灯りが点っていないせいで、昨夜よりもさらに暗く感じる。開いて見ると、なぎなた教室からのショートメール。もう一通、昼間届いたライン通知が気づかないまま残されていた。

弓？　また発信元は弓だ。

麻衣は嫌な予感にぞっとしたが、何とか勇気を奮い起こして、闇の中で眩しい光を放つディスプレイに目を落とした。

発信時刻は十二時二十五分。やはり定時メールと同じくらいの時間だった。震える手で、吹き出しを表示させる。

『ミサ　アリガトウ』

麻衣は目眩を感じ、暗い壁に手をついて呼吸を整えた。何本ものチューブに命を繋がれた老人の姿が目に浮かぶ。

私、何もしてない。

やがて明るく光っていたディスプレイが消え、廊下はまたも暗闇に包まれる。麻衣は壁に寄り掛かったまま、しばらく呆然と立ちすくんでいた。

と、いきなり静寂を破って、複数の足音が近づいて来た。

混乱した麻衣は反射的に背中を滑らせ、その場にしゃがみ込む。

倉庫からちゃぶ台を運び出したので、部屋にあった猫足のサイドテーブルが廊下に出しっぱなしになっている。自然、麻衣はテーブルの陰に隠れる形になった。

歩いて来たのは礼服を着た二人の男で、人目を避けて話をするため、わざわざここまでやって来たように見えた。

「もう一回言ってみろ……」

片方の男が脅すような口調で言った。

驚いたことに押し殺した声の主は辰野だった。いつもの無愛想な様とは違い、高圧的な凄みがある。

「だから、ベンチレーターの連結部分が、外されとった言うたんや」

答えたのは聞いたことのない、鼻に掛かった不明瞭な声だった。

「慌てて手動に切り換えて徐細動もやったが、間にあわんかった」

ベンチレーター？　何のことだろう？　麻衣は思わず息を殺して会話に耳を傾けた。

「弾みで、どこか外れたんじゃないのか」辰野が苦々しげに言った。

「広い屋敷やから、アラームは常時ＭＡＸにしてある。それが看護師のいない昨夜に限って、レベル１に引き下げてあった……」

男は言い難そうに舌を鳴らした。

「昔、奥さんに聞かれたことがあったんや。『点滴が漏れた痕が痛そうだけど、これを止めたら本人は辛いんやろか』って。わしは『飢え死にと同じやから、干からびて残酷や。まだ、呼吸器を外した方がましやろうな』言うた。ここの奥さん。表立っては言わんかったが、元々、延命治療には気乗りやなかったからな」

「お前、そのこと……」

「まだ、言うてない。わしが最初に駆けつけたし、看護師も知らんことや。でも後でばれて、こっちがしょっ引かれるのもかなわんし、葬儀が終わる前に、警察には話すつもりや」

警察？ ただならない言葉に麻衣は驚く。

呼吸器――麻衣にはしくみなど分からなかったが、あの時まだ機械は動き、次郎翁は大きな音を立てて呼吸していた。

と、いうことは、明け方までの数時間に何らかの装置が外され、老人は息を引き取ったということか。

『みさ、僕を助けて……僕を繋ぎ止めないで、もう自由にして』

『ミサ　アリガトウ』

まさか――背筋に汗が流れた。

違う、私じゃない。何もしていない。

辰野が荒い息を吐くのが聞こえた。

「病人は衰弱して意識障害も起こっとった。自然の流れだ。生命維持装置には一切、異常はなかった……そうだな？」

「しかしな。辰野。お前がここの奥さんを好いとるのは知っとるが、これぱっかりは……」

ここの奥さんを好いている？　瞬間、麻衣の思考が途切れた。

瑞絵を？　辰野が？

確かに瑞絵は魅力的だが、親子ほどの年の差で、弓の母親だ。

「なんだって……」辰野の声がまた一段低くなった。

「死因に不審な点があるなら、何ですぐ警察に通報しなかった。金か。それとも恩を売って、美味い汁でも吸うつもりか」

「いや……違う……誤解するな。辰野……わしはただ」

相手は震え上がって、切れ切れに喘いだ。

辰野は押さえ付けるように、ゆっくりと相手の言葉をさえぎる。

「呼吸器の不備が直接の死因なら、主治医のお前に落ち度があったということだ。患者を見殺しにした医者が、これまで通りこの村で、医院を続けられると思うなよ。それともお前……二度とどこにも開業できんようになりたいか」

恐ろしい言葉に足がすくむ。弓が繰り返し言っていた冷酷さを、初めて目の当たりにした思いだった。相手もくっと息を詰まらせる。

「いや……わしの思い違いや。書類にも疑われるようなことは一切書いとりゃせん……時間取らして悪かったな。じゃ、わしはこれで」

そう言うと、逃げるように場を離れて行った。

『あんた、瑞絵さんに似てるよ』辰野の言葉がよみがえり、麻衣の指からスマホが滑り落ちる。

立ち去ろうとした辰野が、微かな音を聞き逃さず、いきなり乱暴にサイドテーブルを動かした。

「あっ……」

麻衣を見て一瞬驚いたが、すぐすべてを察して睨み付ける。

麻衣もどう、反応してよいのか分からず、しゃがみ込んだままじっと辰野を見上げた。

辰野は一瞬顔を歪めたが、黙って、麻衣の横をすり抜け居間へと戻ろうとした。

「待って……」思わず辰野を呼び止めた。今の話は何？　しかし震えるばかりで何も言葉が出てこない。

「なにか、用か」

辰野は、表情も変えずに振り返った。洞窟で見せた温かみなど微塵もなく、眼差しはぞっとするほど冷たかった。

「え？」

「はやく東京へ帰れ。あれくらいのことでなれなれしくするな」

辰野は吐き捨てるように言うと、背中を向ける。

一人残された麻衣はやっとの思いで立ち上がり、別人のような後ろ姿を言葉もなく見送った。

いちどきに春に包まれた昼下がり。

結婚の祝宴が行われたばかりの座敷で、盛大な葬儀が営まれた。

祭壇は花で飾られ、見事なものだった。村全体に漂う気怠さの中、麻衣は瑞絵の横に座って次郎の遺影を眺める。引き延ばされ、不鮮明で、表情すら分からない古い写真だった。

参列者の黒い固まりの中に一ノ瀬がいたが、彼は焼香が終わると深々と頭を下げ、すぐにその姿を消した。

麻衣は弓の代わりに、野辺送りの葬列にも加わる。

亡骸（なきがら）は酒樽のような棺に膝を折って収められ、打ち付けられた蓋を渡した竿竹で両側から抱えられた。南無阿弥陀仏と書かれた幟旗の元、住職と位牌を持つ瑞絵を先頭に、額に白い額烏帽子を付けた面々がうつむいて歩き続けた。

揺らぐ陽炎の中、前方に辰野の広い背中も見える。

なぜ、私はこんな所にいるんだろう？

すり足で歩く麻衣は朦朧として、何の感情も湧いてはこなかった。ただ、遠くに咲く菜の花を眺めながら、次郎の野辺送りは初めてのことではなかったんだ、と、ぼんやり思った。

まだ美しい少年の頃。天狗隠しに遭い、半月も帰って来なかった次郎。その時も同じように葬儀は行われ、空の棺が同じ道をたどったのだ。そしてそこには美砂子が——ちょうど今の麻衣と同じように——棺に寄り添い、次郎を見送ったのだろう。

みさ、ありがとう——ふと、ジロウの声が聞こえた気がして立ち止まる。

よかったね、ジロウさん、自由になって。

野辺の道に注ぐ、春の日差しはうらうらと暖かい。

病的な光に麻衣は何度も目眩を感じながら、ただゆっくりと歩き続けた。

依り代の謎

葬儀が終われば、もう夕方だった。

麻衣と瑞絵が屋敷に戻ると、門の前に普段のジャケットに着替えた一ノ瀬が待っていて、瑞絵に声を掛けた。

「大変でしたね」

労いの気持ちが一言で伝わる、優しい口調だった。

「純さん……」瑞絵はほっとしたように門をあけ、一ノ瀬を振り返って招き入れようとした。一ノ瀬は首を振って、

「麻衣さんと少しお話がしたいので、二時間ほどお借りできますか。夕食までにはお返しします」

「ええ、それは」

瑞絵は驚いたように目を見張ったが、すぐうなずいて自分の黒いコートを麻衣に着せ掛

ける。

温かい。懐かしいラベンダーの香り。

どうしてわからなかったのだろう。辰野が瑞絵をいたわり案じる態度は、婚約者の母に対する以上に一生懸命だったのに。

昼間の日差しも消え、次第に肌寒さが増していた。

疲れてはいたが、空気が冷えるに従ってショックも薄らぎ、表面上は元の自分に戻ったように思えた。麻衣は瑞絵に礼を言って、一ノ瀬とともに日が傾きかけた坂道に出た。どこに行くのかと尋ねる直前に、一ノ瀬が口を開く。

「お疲れの所、申し訳ありません。大丈夫……ではなさそうですね。何かありましたか」

「い、いえ」麻衣は口ごもった。

辰野のことはともかく、ジロウに関する一部始終をうち明け、助けを求めたいと思う――私は関係ない、何もしていない――そう言い切る確証が欲しかった。しかし、生命維持装置のことは誰にも、特に一ノ瀬の立場を考えれば、生半可な気持ちで話せることではないのだ。

一ノ瀬は歩幅を合わせてゆっくりと歩きながら、眼鏡の奥から温かい瞳で麻衣を見た。

「純粋さはあなたの美徳です。しかし頑張りすぎると心が悲鳴を上げ、バイパスを作ってしまいます」

「え？」

言葉の真意を測りかね、怪訝な気持ちで一ノ瀬を見上げる。

「ああ、すみません……いきなり結論から話してしまって」

一ノ瀬は珍しく苦笑して頭を掻いた。

「私が言いたいのは、あなたは本来、個人主義をきちんとわきまえている方だということです。しかしここの所、色々な事が起こって追い詰められ、無理をしている様子なので、少し心配していたのですよ」

「無理……」麻衣は呟いた。確かに自分の体や気持ちが、何も摑めず悲鳴を上げている。

「ええ。ここはある意味、特殊なコミュニティです。あなたのように都会しか知らない人には理解できない事柄も多く、本来なら無縁であるような、感情の迷いが生まれるかもしれない……」

麻衣は足を止める。この人は何か知っているのか。次郎のこと？　それとも辰野のこと？　しかしその温和な表情からは、やはり何も読み取ることができなかった。

「私、迷ってなんて……」苦し紛れの虚勢が口の中で澱む。

辰野のことなら、もうどうでもよいのだ。彼は弓の夫。始まる前に終わっていたことだ。

「ええ。それならよいのです」一ノ瀬はうなずいた。

「……私のことを心配して、わざわざ？」

「それもありますが……あなたにまた、手伝いを頼みたいのですよ。渡くんが撮影会を始めると困るので、そのままの服装でよいですが」

言われて麻衣は苦笑した。

「やっと笑いましたね。村の一員として、あなたが辛い思い出だけを持ち、東京に戻るのは寂しいのです……次郎さんも花の元、安らかに眠ることができたのですし、笑顔で送り出してあげることが何よりだとは思いませんか」

また、はっと一ノ瀬を見る。この人はやはりすべて知っているのでは。そう思った時、二人はいつのまにか『にし』と言われる辰野家のすぐ、玄関先まで来ていた。

「どうしてここに？」気持ちが落ち着いたとはいえ、まだとても辰野と顔を合わせる勇気はない。

「会長にアポイントメントが取れたのです、私だけだと、ご機嫌を損ねそうなので、巫女として、麻衣さんに同席願いたいのですよ」

一ノ瀬は意外なことを言う。そして、おもむろに光る鉄の門に手を掛けたのだった。

にしのお屋敷は、予想以上に豪華で、堂々としていた。

一ノ瀬は躊躇することなく、カメラ付インターホンのボタンを押した。返事はない。もう一度ベルを押そうと手を上げた時、かちゃりと音がして年配女性の声が聞こえた。

「はい。ああ、一ノ瀬先生」

「こんにちは、衛藤さん。会長に取り次ぎをお願いします」

「はあ。しばらくお待ち下さい」

じき門が開いて、真木と親しい仲働きの女性が現れた。一ノ瀬の後から頭を下げる麻衣を、驚いたように見る。

庭はゴルフのパット練習用の芝が整えられ、広い犬小屋にはチビと、それ以外にも何匹か大型犬の姿が見えた。

玄関まで煉瓦が敷かれているが、殺風景に見えるほど装飾らしきものはない。そのシンプルさがまさに、剛毅な辰野家の家風を象徴しているようだった。

家の中は板張りのバリアフリー。二人が通されたのは明るい洋室で、テーブルと最小限の椅子だけが、広々した床の上に無駄なく設えられていた。

麻衣は三槌神社で会った老人の姿を思い出し、体は大丈夫なのかと心配になる。次郎の葬儀でも見かけなかったし、そもそも式が早まったのは、彼の容態が悪いせいなのだ。

しかし着物姿の老人はとても健康そうに見えた。式の時よりもしっかりした表情で、下からぎろりと鋭い視線を投げかける。

「よく、来なさった」

「お時間を頂き、ありがとうございます。こちらは弓さんのお友達の久木田麻衣さんです」

「ああ。式で会いましたな」

老人は電動で車いすを動かし、一ノ瀬と麻衣にも椅子を勧めた。

麻衣はおずおずと、螺鈿細工の施された立派な椅子に腰掛ける。

老人は麻衣の一挙一動を見守り、やがてゆっくり口を開いた。

「弓の風邪はいかがかな」

そう言いながらも、一切お見通しという微笑を浮かべる。

「はあ……」

麻衣が困ってうつむくと、すぐに一ノ瀬が助け船を出した。

「季節の変わり目ですからね。会長はお元気そうで何よりです」

「一人だけ死に損なって、見苦しいですな」

確か、次郎や美砂子より年上のはずだ。

衛藤がお盆を置いただけで逃げるように出ていくと、一ノ瀬は気軽に立ち上がり、手際よくソーサーにカップを設えてそれぞれの前に並べる。

「それで、宮司が直々、わしに何のご用かな」

「はい……」一ノ瀬は椅子に戻ると、背筋を正して言った。

「単刀直入に申し上げますので、もしお気に障りましたならばご容赦下さい」

「どういう類の話ですかな」老人は急に眉を吊り上げた。

辰野の短気は祖父譲りだ。麻衣はふとそう思い、まだ、未練がましく思い出している自分が情けなくなる。

「年寄りは頑固だが、物忘れが酷い。無駄足にならねばよいがの」

「『鉈（なた）』と評された明敏な手腕は、まだまだご健在とお見受けしますが……」

一見穏やかな会話に潜む気迫に押され、麻衣は首をすくめた。しかし一ノ瀬は予告した通り、いきなり核心に触れた。

「時に七十二年前。花嫁の天狗隠しについてですが……」

「天狗隠し？」

一瞬紅潮した老人の顔が、すぐ無表情に戻った。

「当時の宮司が非情に殺められた事件を、言っておられるのか」

「そう、考えて頂いて結構です」

一ノ瀬は老人の煽りに動じることなく静かに答えた。

「今になって蒸し返すからには、何か新しい進展でもあったかな」

老人は口をへの字に曲げる。明らかに気分を害している様子で、

「それならわしに言うより、警察にでも行かれるがよろしかろう。まだ、民事には持ち込めるかもしれんしの」

「そのつもりはありません。ただ会長に幾つかお尋ねし、確認したい事項があるだけです」

「ふむ……」どんどん空気が険しくなって行く。老人のこめかみに青い筋が浮かび、歯ぎしりするように口元が歪んだ。

「あの、すみません……」麻衣は思わず口を挟んだ。

「なんじゃな……お嬢さん」

老人は驚いたように麻衣を見て、微かに眉を下げた。

「お願いしたのは私なんです。私と、もしかしたら弓……さんも、七十……二年前の事件に関わる、何かに巻き込まれてる気がして。一ノ瀬先生にとっても、話題にしたくないことだと分かっているのですけど、他に頼る方もいなくて……だから先生は、好きで蒸し返そうとしてる訳じゃないんです。全部、私のせいなんです」

深い皺が刻まれた顔が、微かに変化した。

「面白いお嬢さんじゃ。さすがは弓の友人だけある」

そう言って麻衣の手元を指し示す。

気がつくと麻衣は、無意識のうちにありったけのミルクをカップに注いでいた。紅茶は今にも溢れんばかりに盛り上がり、何とか表面張力だけで持ちこたえている。

「ふわっ……申し訳ありません」麻衣は慌ててふきんを取り上げた。

老人は意外にも優しい表情で、

「宮司、あんたも結構な策士じゃな。むさ苦しい、男ばかりの家にこんなお嬢さんを連れて来るとは」

一ノ瀬は苦笑したが、すぐに真面目な表情に戻った。それからゆっくりと目を上げ、いきなり驚くべき質問をした。

「会長は、天狗とお会いになったのですか」

しばらく黙ってから老人は静かに答えた。

「天狗など……人間の欲望や願望が作り出した絵空ごとに過ぎん。学校で習わなんだか？」

「いいえ。最近の学校では、進化論を否定しても許されるのです。想像力を膨らませることも神を信じることもあまねく、個人の自由と見なされていますから」

「腐った教育じゃな」老人は今度は本当に笑った。

「それなら美砂子はミズチとの婚姻を嫌って、天狗に願を掛けたんじゃろう。天竺の天狗は嘴があって竜を食らうそうだからな。わしもみすみす食われると知っていて、顔を合わそうとは思わんよ」

「……そうですか」

一ノ瀬はうなずき、一礼して紅茶を口に運んだ。その動きは、きちんと整えられた一連の点前のように見えた。そしてカップを置くと、急に質問を変えた。

「イカズチ神社のご神体についてですが……」

「なぜ、わしに訊く。あそこは禁制の地で、誰も入ってはいけんことになっとるだろう」

「ええ。しかし祖父の取材ノートを見ていて、ある事実が浮かび上がりました。あくまで仮説ですが、それなりの確信はあります」

麻衣は驚いて顔を上げた。一ノ瀬は穏やかに息を吐き、

「昭和二十年前後、祖父は魚を買いにくる行商人から、色々な情報を得ています。その中に目を引く記述があったのです」

老人は眉を上げただけで、何も言わなかった。

「終戦後、何度か村に来た行商人は、広島の原爆について当初こう語っています。『ぴかっと光ったかと思うと大きな音がして、辺り一面焼け焦げた』。その後、真っ黒い雨が降った』。そして半年後、彼はまた新たな情報を持って村を訪れます。それは焼夷弾などとは違う。生き残った人々の中に、奇妙な病気で死ぬ者が出始めたという恐るべき事実でした。下痢や嘔吐を繰り返し、高熱が出て、目眩で頻繁に倒れたというのです」

一ノ瀬がそこで言葉を切り、顔に当たる西日を手でさえぎったので、老人は手元のリモコンを操作して大きなブラインドを閉めた。日差しが柔らかくなり、一ノ瀬の整った横顔に薄い眼鏡の影ができた。

「ありがとうございます……」そう丁寧に礼を言ってから、

「そのことに関して、祖父が珍しく自分の気付きを書き込んでいました。客観的な情報にこだわった人でしたが、どうしても気になったのでしょう。それが依り代の祟りについてなのです」


話の流れが摑めない麻衣は、ただ息を凝らして一ノ瀬を見た。

「依り代に結界が張られたのは正治二年。鎌倉時代初めのことでした。当時の様子を記載した資料が残っていますが、それは、明治になってから書き写されたものです。しかし行商人から話を聞いた祖父は、原子爆弾の二次的症例が、依り代に近づいた祟りの記述にあまりに似通っている事実に着目したのです」

「それは……どういうことなんですか」思わず麻衣は尋ねた。

「高熱や下痢、嘔吐、目眩。これは他の病気でもあり得ることです。ただそれに加えて共通していたのは、髪の毛が脆くなってぽきぽきと折れてしまう。そして目が白く濁って見えなくなる……原子爆弾によって、髪が抜ける、高熱が出る、貧血を起こす……麻衣さん、その原因は何ですか」


一ノ瀬は麻衣を振り返り、生徒を指名するように声を掛けた。

「放射能……ですか。被爆したということですか」

麻衣はあまりの恐ろしさに声がかすれ、思わず喉を押さえた。

「そのとおりです」一ノ瀬はうなずいた。

「私はしばらくの間、ご神体が放射能を帯びていたのではないかと考えています。空から突如現れた怒りのイカズチ、その眷属は月に住むといううさぎ……何を連想しますか」

「それって、まさか」麻衣は呟いた。

――隕石？

隕石の落下によって岩に裂け目ができ、依り代が現れる。落ちた衝撃で地面がえぐれ、水が溜まってできた神秘の湖――そして放射能という恐ろしい結界。

「今も……放射能が？」麻衣は愕然として言った。

「さあ、もうかなり年月も経っていますし、どうでしょうか。大気で宇宙線が遮断されると新しい核種は作られなくなりますが、それ以前、隕石がどれだけ宇宙線を浴びたかによって、安定度に差が出るのです。ご神体のγ（ガンマ）線を測定し、レベルを調べてみないと分かりませんが……」一ノ瀬は首を傾けて、

「しかし本来、隕石の放射線というものは極めて微量なのですよ。大抵の隕石は、地球上の岩石と比べても、百分の一程度しかウランやトリウムなど放射性物質を含んでいません。専門家が隕石の放射能を測定するのは危険だからではなく、宇宙線を調べ、宇宙環境を知る意図がほとんどなのです。落下してすぐにせよ、ご神体のように被爆の症状まで出た例など、ごくまれと言ってよいでしょう」

麻衣は観念して、恐る恐る告白した。

「でも……神社の奥にご神体はありませんでした」

「まさか……麻衣さん……あなたは依り代に入ったのですか」

一ノ瀬には珍しく、驚きを隠せないまま麻衣を見つめた。その目が大きく見開かれている。

「申し訳ありません……私」

麻衣がうなだれたのを見て、一ノ瀬は呟くように、

「困った人ですね」

老人はくっくっと喉を鳴らした。一瞬泣いているのかと思ったが笑みを隠せず、すぐに腹を抱えて笑い始める。麻衣は怪訝な顔で笑う老人を見つめた。やがて老人は楽しそうに麻衣に尋ねた。

「どんな様子だったかね」

「エメラルドグリーンの小さな湖がありました。八重桜がその上で満開に咲いていて、とても荘厳で綺麗でした。あと、岩をくり抜いて、三方を埋め込んだような台があったのですけど……」

「中にあるべきご神体がなかった、んじゃな」

「ご存知だったんですか」麻衣は急き込んで言った。

「やはり会長は美砂子さんを捜すため、洞窟に入られたんでしょう？」

老人は答えなかった。一ノ瀬も何か考え込んでいる様子だったが、じき口を開いた。

「麻衣さん。もう一度確認しますが。それではご神体は、もう依り代にはないのですね」

「はい……」麻衣はうなずいた。

一ノ瀬は深いため息を吐き、今度は老人に向かって言った。

「しかし、会長」

「なんじゃ」老人はまた眉を上げた。

「ご神体は七十二年前まで、あそこに存在していたのではないですか」

老人の表情に明らかに動揺が浮かんだ。それは一ノ瀬の指摘を肯定したかのようだった。

「そして美砂子さんとともに、ご神体は消えたのですね」

一ノ瀬の言葉に驚いて、麻衣は思わず老人を振り返った。それこそ麻衣の夢と同じ筋書きだった。紫の包み。あれはやはりご神体だったのだろうか。しかし、老人は不快そうに言った。

「美砂子とご神体に、何の関係がある？」

一ノ瀬は動じる様子もなく、ポケットから一枚の古い紙を取りだした。「これを、ご覧下さい」

老人は受け取り、紙を広げた。折り目の部分がちぎれかけ、テープで丁寧に補修してある。カタカナの文字はどうやら古い電報のようだった。

「受取人は一ノ瀬醇己。祖父です。美砂子さんが行方不明になった翌日、K市から打たれています」

老人の手が震え、電報をテーブルに戻した。乾いた紙がガサガサと音を立てる。そこにはただ一言〈ゴメンナサイ　ミサコ〉とあった。

「美砂子さんは何を祖父に謝ったのか。逃げたことならば祖父ではなく、あなたに謝るべきです。では、殺したことでしょうか」

「なっ……」老人は気色ばんで顔を上げた。

「それもありません。なぜなら美砂子さんは、犯人ではないからです」一ノ瀬は静かにそう言い切った。

「美砂子さんは、村からご神体を持ち出した。そのことを祖父に謝ったのです。もう祖父がこの世にいないとは夢にも思わず……」

老人の眉間に深い皺がよる。

「七十二年前、あなたも洞窟に入られました。ご神体を依り代から持ち出し、美砂子さんに渡したのは、会長。あなたですね」

「えっ？」

麻衣は声を上げた。会長がご神体を持ち出し、美砂子に渡した？　いったいどういうことなのか。

「だったらどうなのだ」老人は開き直るようにそう言って、ぐったりと体を緩めた。「これ以上、話すことはない」

「分かりました。ただ、事件のあらましだけは一度、明らかにしておきたいのです。よろしいでしょうか」一ノ瀬は目を伏せて尋ねた。

老人は長いため息を吐いた。

「宮司。聡明なあんたのことじゃ。察しておるじゃろう……世の中には、知らん方がよいこともあるぞ」

「お心遣い感謝いたします。しかし、不都合な事実から目をそらしていては前に進めない。麻衣さんに教えられたことです……すべからくは、電報を祖母の遺品から見つけた時、二十五年前に知るべきでした。これから私がお話しすることに間違いなどあれば、ご指摘頂ければ幸いです」

一ノ瀬はおもむろに語り始めた。

辰野弘文

弘文が舟を下り、海岸の鳥居に駆けつけた時、空は白む直前の深い闇に包まれ、おぼろな月も漆黒の西空に消えようとしていた。

「美砂子……どうか、まだそこにおってくれ」

祈りながら眷属のうさぎまで走る。両脇の蠟燭は半分以上が湿気で消えていたが、まだ何とか参道は明るかった。やっとたどり着くと、うさぎの下でじっと座っている美砂子の姿が見えた。

「美砂子……」弘文は声を掛けた。

「コウさん」

美砂子は驚いて、青ざめた顔を上げた。少女のように切り揃えた髪。唇だけが不自然なほど赤く塗り込められている。

「宮司様は？」

「おらんのじゃ、どこを捜しても」弘文は言った。

「……どうして逃げなんだ」

「コウさん……」

「思い切れるんか。わしの嫁になってもええんか」思わずその白い手を摑む。「わしなら絶対、お前に苦労はさせん」

「……ごめん、コウさん」美砂子は弘文を見つめた。表情は弱々しかったが、瞳は毅然として弘文を拒絶していた。

「そうか……」

胸が張り裂けそうになりながらも、振り切るように言う。

「分かった。逃げや」

美砂子の手がびくりと震えるのが分かった。

「でも、ちょっとここで待っちょれ。わしがきっちり逃がしちゃるけん。ええな」

「どこへ……」

「待っとれよ」弘文は念を押すと、風呂敷を担いだまま手近な蠟燭を鷲摑みにして奥へと走った。怯えたように美砂子の声が響く。

「何で……そんな、依り代に近づいたら」

「わしはミズチじゃ、心配せんでええ」そう叫んで弘文は走った。

奥に進むに連れて日が昇り、しだいに朝日が差し込んで来る。

急がねば、と、気ばかり焦る。突き当たりには、何度見ても美しい湖と、岩の折敷、祀られたご神体があるはずだ。

しかし折敷を抱える岩のすぐ横——上空からの光を浴びて、そこには見たこともないほど奇妙な固まりがうずくまっていた。

何じゃ？

弘文は汗が流れる顔を袖で拭い、じっとその方向に目を凝らした。

蠟燭で照らすとそれは人間のようにも見えたが、頭や腕の位置が変形し、粘土でもこねたように折れ曲がっている。白い衣と紺の袴が、固まった血でどす黒く染まっていた。

「……宮司？」

弘文はぎょっとしたが、すぐに我を取り戻した。南方ではもっと酷い死体をいくつも見た。訳は分からんが、命の宿らぬ体はただの抜け殻だ。

包みの中の白装束を汚れぬように岩の上に投げ、風呂敷でご神体と札入れを包む。そして一瞬だけ宮司に合掌した。

「じゃが、こっちを片づけたらすぐ戻って来るけん」

短くなった蠟燭を下に向け、また眷属まで一気に走る。

「コウさん……」はたして美砂子はその場所に待っていた。

「宮司は用ができて、来られんようになった。これを持って逃げるんじゃ」紫の包みを渡す。

「何？」

「ご神体じゃ。前に話したことがあったろう？　何かの役に立つかもしれん」

「でも……」美砂子はじっと包みを見つめた。

「はよ、行け。宮司に見つからなんだら、峠まで逃げるのは何でもないじゃろ。天狗には宜しく伝えてくれ」

「ありがとう、コウさん。勝手なことばかりで……宮司様にも謝っといて頂戴ね」

美砂子は何度もお辞儀をして包みを抱え、じき走り去った。

これが惚れた女の見納めだ——そう思いながら、弘文は、すんなりと整った後ろ姿を見送った。

「さて……と。次は、宮司じゃな」

感傷に浸る暇はない。弘文は依り代に取って返した。

天狗の正体

「それで会長は宮司を背負い、眷属の場所までお連れ下さったのですね」一ノ瀬は言った。

「あそこで朽ち果てては、葬ってももらえんからな。わしも着替えを持たなんだら無理やったろうが、ちょうど包みの中に脱いだばかりの白装束があったし、汚れた着物は海に捨て、それに着替えて駐在所へ走ったんじゃ」

「感謝いたします……」

話を聞いて、ますます訳が分からなくなった麻衣は、当事者同士の話だけに思わず口ごもる。

「あのう……宮司様は、舟で会長を三槌島に渡してから、一人で村に戻られたのでしょう？」

しかし一度話し始めると、次々と湧き上がる疑問に抑えが効かなくなった。

「その時にはすでに、美砂子さんは眷属のうさぎの所にいたはずです。だけど美砂子さんは、宮司様が依り代の中にいることも、誰かに殺されてしまったことも知らなかった……どういう事でしょう。なぜ宮司様は美砂子さんに知られず、依り代に入る事ができたのですか。犯人も、どうやって依り代から抜け出す事ができたのですか。美砂子さんがいる眷属の場所を通らずに……どこか依り代に向かう抜け道でもあるのですか」

天狗の神通力——という言葉が頭をかすめた。

「簡単な図式ですよ」

一ノ瀬は他のことを考えていたらしく、少し間をおいて答えた。

「依り代を点、一次元とすると美砂子さんがいた眷属のうさぎはまでは面、二次元です。宮司が現れたのは三次元、空間です。麻衣さんはあの洞窟が洞窟ではなく、地面の裂け目だということを覚えてはいませんか」

「……まさか」麻衣は目を見張った。

「そうです。宮司は崖の上から依り代に入ったのです。正確には落ちたと言った方がよいでしょう。依り代に向かって、岩の出っ張りや岩に何度も衝突しながら。真っ逆さまに……」

「それで滅多打ちにされたような傷が？」

麻衣はやっと納得して、ため息を吐いた。

「じゃあ、単なる事故なんですね。天狗に殺されたわけではなくて。でもどうして、宮司様はそんな危ないところに？」

それまで黙っていた老人が穏やかな声で遮った。

「お嬢さんは物見高いの。利発なのはよいことだが……この話はそのくらいでよかろうよ」

「すみません」

麻衣は思わず老人を見たが、その表情は哀しげに曇って見えた。

一ノ瀬は感情のない声で言った。「……お恥ずかしい限りです」

「会長は、やはりご存知なのですね……」

「周りに折れた枝や、砕けた岩が転がっておったからな」

老人はうなずいた。そして本当に疲れたように、背もたれに体を持たせ掛けた。

「運んだ時はただ、陽の目を見る場所に連れ出すことしか考えておらなんだが、宮司だけほこらに運んだせいで、まるでホトケが降って湧いたふうに見えた……巡査の今井が、『天狗に金剛杖で打たれたようじゃ』とか、なんとか言いおってな……尖った岩や木に打ち付けたのか、傷も棒で殴られたのと違わなんだし。便乗させてもろうたが……えかったかの」

「はい」

一ノ瀬はうなずいて立ち上がると、驚くほど長々と頭を下げた。そして未だ呆然としている麻衣を振り返る。

「それでは麻衣さん、そろそろお暇しましょうか。会長、失礼致しました」

麻衣もコートを取り上げて、お辞儀をしながら足を止める。ふと手作りカバーの『嵐が丘』が頭に浮かんだ。

「もう一つだけ、よいですか……美砂子さんは、弓……さんと似ていましたか」

老人はじっと麻衣を見た。

「いや。美砂子の方が数段、別嬪じゃったわ」

疲れた顔にやっと、優しい微笑が浮かんだ。


外に出ると、沈みかけた夕日に辺りが赤く染まっていた。

にしの屋敷から一ノ瀬塾までの道のりはせいぜい十分ほどだったが、その間、一ノ瀬は歩きながら、何かじっと考えこんでいるようだった。邪魔をしてはいけないと思いつつ、様々な疑問が去来し、麻衣は問いかけたい気持ちと必死に闘う。それでも開け放たれた塾の玄関を入る頃には、さすがにもう、我慢の限界にきていた。

刀自は夕餉の買い物にでも出ているらしく誰もいない。

危機管理のなさというより、村の信頼感なのだろう。東京では、およそ考えられないことだ、と麻衣は思った。

「どうして会長は、美砂子さんにご神体を？」

狭い階段を上りつめてそう尋ねると、夕焼けを背にして丸窓に腰掛けようとした一ノ瀬が、驚いたように腰を浮かして振り返る。それはまるで麻衣の存在、そのものを忘れていたかのようだった。

「ああ。麻衣さん。すみません、ちょっと考えごとをしていて、何のお話でしたか」

「会長が美砂子さんにご神体を渡したというのは……」

「あ、はい。それはですね。たぶんお金を渡すため。口実の意味合いが強かったのだと思います。ご神体にかこつけて当座の生活費を一緒に忍ばせて渡されたのでしょう。しかしその隕石自体も、実は宝石のように価値あるものだと私は考えますが……」

「宝石？」

宇宙から来て、美しい湖のほとりに眠るジュエル。麻衣はロマンティックな想像に胸を躍らせる。

「ええ。ご神体の形状については、はっきりは分かりません。ただ三槌神社の竜の目などは、二つがペアになっている美しい貝殻なのですが、さほど金銭的価値はないようです。隕石は珍しい物や美しい物が時々あって、コレクターの間で高値で取り引きされます。隕石が宇宙から来るという認識も、まだ二百年ほどの歴史しかありませんし、戦後すぐなど、そう余裕のある時代ではなかったと思いますが……にしのご隠居は、先見の明と価値判断力を兼ね備えた方なので、美砂子さんに持たせてあげたかったのだと思います。はなむけとして……」

「はなむけって……そんなご神体を勝手に、っていうか。駆け落ちした美砂子さんに？じゃあ、天狗の目撃情報は？」

混乱する麻衣を見て一ノ瀬は苦笑し、海を背にしてはっきり向き直る。やっとつぶさに説明する気になったようだった。

「彼女がなぜ、上の学校に進むことを諦め、結婚することになったか、覚えていますか」

「はい、確か……よくない噂が。ということは、噂の相手と美砂子さんは逃げたのですか」

焦る麻衣をなだめるように、一ノ瀬は椅子を引き出して勧めた。

自分は普段通り、丸窓に腰掛ける。海は三槌島をシルエットに浮き上がらせ、何層にも別れて紫色に染まっていた。

「たぶんそうでしょう。ただ噂を聞いた会長は、彼女のお相手のことも当然、調べていたでしょうね。最初は引き留めるつもりで。しかし、美砂子さんの強い決心を知って諦めた。男気のある方ですから、逃げるために手伝いもした。その上、逃げた後の美砂子さんの生活まで心配なさったのでしょう」

会長の深い愛情を拒んでまで、他の男と逃げた美砂子。

麻衣ならば、そんな情熱は持てないだろう。障害を乗り越えるだけの、勇気も激しさも持ち合わせてはいない。

辰野のことも——きっと、罰が当たったのだ。

「お金だけ渡したのでは、美砂子さんも受け取らなかったでしょう。誰の目に触れることもなく眠っていたご神体なら、重荷には思わない。会長にとってご神体は、打ってつけの隠れ蓑だったのです」

「重荷にならなくても……美砂子さんが村の人である限り、呪われたご神体なんて、一番怖いものじゃないですか？　会長にしたって……禁足地に平気で入って、ご神体まで勝手に持ち出して。どうしてそんなことができたんです？」

未だ、伝承を恐れる村のただ中で、七十年以上も前に二人がしたことは、都会育ちの麻衣にさえ理解できない、まさに罰当たりな行動だった。

「会長はとっくにご存知だったんですよ。ご神体の正体を」

一ノ瀬は答えた。

「伝承によれば辰野家はミズチです。ミズチは天狗には弱いがイカズチには強い。理屈からいうと、彼らだけは依り代に近づいても平気なはずですから。何度かそこを訪れ、ご神体に触っても支障がないと確認済みだったのです。そのうち伝承そのものが、馬鹿らしくなられたのでしょう。あれだけ手広く商売をなさっている方ですから、持ち出して、専門家に鑑定してもらった可能性もありますね。そのことを美砂子さんに話せば、彼女も新しい教育を受けられた以上、抵抗なく理解されるでしょう」

麻衣は信じられない思いだった。

「じゃあ、どうして天狗にさらわれたなんて噂……」

「やはり逃げられたとなると、格好が悪いでしょう。プライドの高い方ですからね。それにちょうど折良く、天狗の目撃談が村中にはびこっていたんです」

「それ、会長が流した噂ではなかったんですか」

麻衣は首を傾げた。

「いいえ、違いますね」一ノ瀬はあっさり否定した。

「本当に天狗は目撃されていたのですよ。まっ赤な顔、長い鼻、巨大な体。そのとおりの天狗が」

それでも理解できない麻衣に、一ノ瀬は言った。

「戦争中から、この村は、空襲もなく平和だったようです。玉音放送でさえ聞き取れず、誰も理解できなかったほどのんびりした場所です。ですから、その当時、本物の白人男性を間近で見た者など、ほとんどいなかったのですよ……美砂子さんが英語に堪能だったことを覚えていますか。戦後すぐK市に戻った美砂子さんは、英語を学ぶため、最も合理的な方法を取った。進駐軍でアルバイトをしたのです」

「進駐軍……じゃあ、まさか天狗って」麻衣は息を呑んだ。

「ええ。進駐軍の軍人だったのです。そして彼が美砂子さんの恋人であり、美砂子さんを追って村へやって来た天狗でもあった……何か捜していたというのは、美砂子さんを捜していたのです。たぶん、ぎりぎりという得体の知れない音は、乗って来たジープが草木をなぎ倒して走る音でしょう。身長が八尺というのも、目撃談にはありがちな誇張ですし、金剛杖というのもどこかで枝葉がついたのでしょうね。そのことで、会長も自分のプライドを傷つけることなく、天狗話を作り上げることができたのです」

天狗に会ったのか——一ノ瀬が老人に尋ねた理由を、麻衣はやっと理解した。

「会長は、美砂子さんの行方をつかんでらっしゃるんでしょうか」

「さあ……非常に混沌としていて、人捜しも容易ではなかった時代ですからね、いくら会長でも大変だったでしょう。当時アメリカ兵と付き合っていた日本女性が、結婚まで至るケースも少なかったですし……」一ノ瀬は言い難そうに言葉を切った。

これほどの障害を越えて逃げた二人が、簡単に破綻したとは思いたくなかった。もし、結婚できなかったとしても、英語力を生かし、何らかの仕事で成功していて欲しいと、麻衣は思う。

「じゃあ、ご神体はまだ、美砂子さんが？」

「価値が出る前に、二束三文で売ってしまったかもしれませんね。物の値段というのは、物本来の価値ではないのです。欲しがっている人がいて、手に入れるために幾ら出すか……その金額で決まる場合がほとんどですからね」

麻衣はがっかりした。美しい湖も神秘的な洞窟も、誰の目にも触れず眠っていたわけではないのだ。今考えると、無造作に捨てられたお菓子の食べかすが、それを象徴していたのかもしれない。

「じゃあ、弓は？　弓もやっぱりこの村から逃げるために、天狗の伝説を利用したんでしょうか」

参道で弓の靴を見つけたこと。弓が毎日、瑞絵にお昼のラインを送っていることを一ノ瀬に話す。

「その可能性も否定できませんが……送られてくるのは、電話ではなく、メールですか」

「ええ、あっ……」

言われてみれば、いくら弓らしい文言であっても、直接、声を聞いているわけではない。

そして、弓の電話から発信されたジロウのメール。

麻衣は、海水で濡れた嚢下の荷物が開かれ、並べられていたさまを思い出した。

麻衣がしょげ返ったのを見て、一ノ瀬は急に話題を変えた。

「あれから、夢や既視感はありますか」

「いえ……」

「疲れているなら、一度、村を離れるのもよいかもしれませんね。渡くんにも言いましたが、近々、打ち合わせで東京に行きます。その時に是非、食事でもご馳走させて下さい」

一ノ瀬はそう言いながら、戸棚を振り返る。

本が溢れているこの部屋で、その一角だけは古いドーナツ盤や色々な国の人形、地方の置物などが脈絡もなく並び、不思議な空間を作っていた。

一ノ瀬はしばらく中を物色していたが、やがて小さい置物を取り出して埃を払う。それは、アリクイがベンチに座って首を傾げている木の彫刻だった。渋い赤や茶に塗り分けられ、素朴な作りだが、見るだけで心が和む。

「これを寝室にどうぞ。悪夢を食べてくれる東南アジアの魔除けだそうです」

「可愛い……ありがとうございます」

アリクイの無邪気な表情に癒されて、麻衣はやっと微笑を浮かべた。しかし、弓が戻るまでという瑞絵の希望を知りながら、帰京を促す真意を思うと、心に影が差すのを抑えることができない。既視感や夢のことも、まだ、何一つ解決してはいないのだ。

「もう、こんな時間ですか」一ノ瀬は時計を見た。

「瑞絵さんが痺れを切らしていますよ。送って行きましょう」

「大丈夫です……一人で帰れます」

麻衣は置き去りにされたような不安を感じ、思わず、ぎゅっと置物を握りしめた。

辰野渡

　誰もいない事務所でパソコンに向かっていると、ふいに正が帰って来た。さすがに疲れた顔で黒いネクタイを外しながら、ディスプレイの画像を見て舌打ちする。

「仕事のパソコンをさわるな」

　渡も、通夜と葬儀に顔を出したが、会ったこともない爺さんが、いきなり冷凍マンモスか何かのように湧いて出たのは、妙な感じだった。この村は、干涸らびた年寄りだらけで、そいつらの年金で経済が回っているのだ。

「弓は？　連絡でもあったか」振り返らぬまま、渡は言った。

　正は不機嫌な様子でそれには答えず、反対に聞き返した。

「上がった荷物は、やっぱりあの男のだったのか」

「たぶんんね。麻衣ちゃんに聞いたんだろ」

「いや……」

ディスプレイに映る兄の顔が、一瞬歪んだのを渡は見逃さなかった。超、分かりやすいやつ——笑いを噛み殺す。

「今日の麻衣ちゃん、危なかったよな。電波ゆんゆん飛んでる感じでさ。瑞絵さんさあ。引き留めすぎじゃねえの。東京の子に、ここの冠婚葬祭ダブルで、ってのはちょい、毒気強すぎるって」

そう言いながら、ますます意地の悪い気分になる。

「あの子、これ以上いるとぶっ壊れるぞ。俺らとは人種も育ちも違うんだしさ」

正の気色ばむ様子が、後ろを向いていても見えるほどだった。

「警察で、何か言われたのか」

「どうだっけ？　面白そうだったから、ついてっただけだし」

そう言って振り返ると、正は露骨に顔をしかめた。

「お前、そういう、裏表やめろ。信用されなくなるぞ」

ほっとけよ、と、渡は思った。

こいつのせいで、どれだけ、人格が歪められたかしれない。

ガキの頃からずっと村のスターだったし、見かけだってキャラだって、もろに女の子好みだ。おまけに苦労もしないで、自分だけまっすぐ育っているのもムカつく。

「兄貴こそ、新婚ほやほやでもう浮気かい」渡は鼻で笑った。

「弓がそういう女だって、最初から知ってたろ。爺さんのお言いつけに背けなかったんだから、最後まで責任取らないと、なあ」

「お前に言われる筋合いはない」

「そうでもないだろ。次男つうだけで、丸裸で追ん出されるんだ」

「お前、ここ、継ぎたいのか」正は驚いたように言った。

「へっ、まさか」渡はジャンパーを取り上げた。

「こんな糞みたいな村。すぐにでも出てってやらあ。きったねえ工場で干物にされちまうのは、あんた、一人で十分だろ」

渡は、乱暴にドアを蹴飛ばして外に出た。窓の外は真っ暗で、波の音だけ不気味に響いている。

大嫌いな干物の匂いに、吐き気がしそうだった。

美砂子のゆくえ

弓からの一方的なラインは途切れることなく、その日も瑞絵のスマホに届いた。しかし、昼食に水っぽいカルボナーラを食べたこと以外、何ひとつ言ってこない。辰野も葬儀が終わると同時にK市に行ってしまい、その後、一度も見かけることはなかった。

麻衣は翌朝早く、瑞絵と真木に見送られてK市行きのバスに乗った。瑞絵が空港までハイヤーで送らせようとしたが、小型のレトロバスに乗ってみたい、と断ったのだ。車を出すと言った渡にも結局知らせぬまま、寂しく、慌ただしい出発となった。

バスが山頂にさしかかり、麻衣は、切り立った崖と、村の全景を眺めて口を引き結んだ。初めてここを訪れた時、すぐそばにいた弓と蓑下は、今、どこにいるのかも分からない——麻衣自身、喪失感に囚われるばかりで、もはや同じ自分ではない気がした。

揺れる満開の菜の花に、ジロウの寂しげな表情と、老人の白い顔を重ね合わせる。その死に関わってはいない、と、自分に言い聞かせても、未だ、沸々と粟粒が湧き上がった。

その間もバスは、フィルムを逆回しでもするように、麻衣をまだ肌寒い、日常へと引き戻していった。

K市に着くと、空港行きのリムジンバスに乗り替えるまでまだ、少し時間があった。麻衣は、重い荷物を持ってバスターミナルを移動しながら、バッグを宅配便で送ることを思いついた。

瑞絵にもらった服や引き出物で、荷物は倍以上に膨れあがっている。抱えたままでは、飛行機を降りてからの移動が大変だ。

案内所で尋ね、駐車場の裏手にある宅配出張所へと向かう。

伝票を受け取り、住所を書き込んでいると、さほど離れていない場所から若い男のよく通る声が響いてきた。

麻衣はペンを走らせながら、聞くともなしにその声を耳に留める。

どうやらケイタイで話しているらしく、コンクリートの天井に反射して辺りに響き渡っていた。

「うん、だーから。何回言わせんだよ。荷物届いてねえってさ、こんなじゃ間に合わねえよ……送り状の番号は？　えー、捨てた？　まじかよ」

無意識に目をやると、五メートルも離れていない所で、小柄な男がスマホを耳にあて、壁に寄りかかって立っている。

「なに、やってんだよ。それじゃ、確認しようもねえって。たくもう、ありえねえよ」

視線を感じたのか、男もイライラした様子で麻衣の方を見た。

一瞬、目が合ったが、麻衣が気づくよりも先にあっと叫んで電話を切り、いきなり、反対方向へと駆けだしていく。

「あ、待って。すみません、すぐ、来ます」

麻衣は荷物を置いたまま伝票を押しつけ、全速力で男の後を追いかけた。普段、もたもたしていても、スポーツとなると走るのは速い方だ。すぐに追い着いて、男の背中を捕まえる。

「うへ。速えよ……」

男は素っ頓狂な声を出して両手を上げた。

麻衣は男をじっと睨んだ。菜の花畑で見つめあった夜と同じように、茶色掛かった瞳がすぐ目の前にある。

「あなた、ジロウさん……でしたよね。どういうこと?」

「離せよ。伸びるじゃんか」

明るい所で見ても、変わらず美形だが、雰囲気がまるで違っている。デニムの上に派手な赤いパーカーを着て、しゃべり方も別人のようだ。

「あなた、誰? どうしてああいうことしたんですか」

「ちぇ、雇われたんだよ」

案外気が弱いのか、麻衣が睨むと、怖じ気づいたように答える。

「雇われた？　誰に？」

「答える義理なんか、ねえだろ」

麻衣は黙ったまま、またパーカーの背中を摑んで引っ張った。

「やめろよ。凶暴な女だな……まったく。俺は金、もらって言われたようにやっただけ。トラブルはごめんだ、つうの」

「あなた、名前は？」

「ショウだよ」

そう名乗ると、上目遣いに麻衣を見てため息を吐く。自信はないが、はったりをかけるしかないと麻衣は思った。

「誰に頼まれたか、見当はついてます。これから、そこの交番に行って、あなたがお金もらって、私を怖がらせるような嫌がらせをしました、って通報してもいいんですよ？」

「ちぇ……」

通行人が物珍しげに振り返るのを見て、ショウは舌を鳴らした。

「俺ら、今、芝居の公演控えてて、ごたごたはマジ、困るんだよ」

「あなたが、知ってることを全部話してくれるなら、巻き込まないって約束してもいいですけど」

「まいったなあ。何、しゃべりゃいいわけ？」

ショウは高めのかかとで地面をこつこつ蹴った。その度、目の前で茶色い前髪が揺れる。

「でも、俺、ホント何も知んねえよ」

「なんて、言われたんですか？」

「脚本（ほん）、渡されてさ……披露宴の最中に、紺のベルベットスーツの若い女が厨房に下りて来るだろうから、携帯ワン切りしたらそこで待ってて、ドア開けて誘い出せってさ」

「厨房の外は駐車場じゃ……」

麻衣はうっかり呟いたが、観念したショウは、もう全部、話そうと決めたのか、奥歯をかみしめるような声で煩わしげに言った。

「ああ。厨房は二つあるけど、いつも使ってる西側の方だって。そっくりだから、間違えて古い方に行くなって、さ」

厨房は二つ？　麻衣は唇を噛んだ。風呂場から強引に連れて行かれたせいで、場所など分からなかったのだ——と、いうことはまさか。

「それ、頼んだのって……」

「ああ、弓だよ。高校で、同じ劇団にいたんだ。弓はすぐ、やめちったけどさ」

「弓はどこ？　どこにいるんですか？」麻衣は急き込んで尋ねた。

「あの、ド田舎にいるんじゃねえの？　あれから全然会ってねえし」

ショウは肩をすくめる。本当に知らないようだった。

「でも、弓、どうしてそんなこと……」

ショウに答えを期待した訳ではなかったが、麻衣はそう呟かずにはいられなかった。

「あんたが気取ってて面白いから、からかってやるんだってさ」

ショウは気を遣ったのか、少し言いにくそうに答えた。麻衣は腹が立つよりも、悲しさに打ちのめされて息を吐いた。

ジロウのメールも？　あのメールを送ったのが弓ならば、あの時点では確かに村にいて、次郎の死を知っていたことになる。

「じゃあ、天狗のお面をかぶって離れに来たり、スタンガンで襲ったりしたのは」

「スタンガン？　何それ、やばくね？　そんなこと俺、今、一切、関わらねえもん」

「じゃあ、弓に頼まれたのは、菜の花畑のお芝居だけ？」

「うん」

「弓一人だけで、全部、計画したの？」

蓑下は――一緒なのだろうか。

「……知らねえよ」ショウは頬を膨らませた。

「弓って、あれで結構、小難しい小説とかも読んでるし、劇団でホン、書いたりすることもあったんだ。でも分かんねえな。オトコがいる感じしてたけど、それって、ひっきりなしじゃん」

そう言うと、もういいだろと言うように手を振ってみせる。やはり、嘘を言っているようには見えなかった。

東京に帰ってからも心当たりを尋ねてみるが、弓の足取りを知る者はおろか、見かけたという噂さえない。

一ノ瀬にもらった魔よけのお陰か、ご神体の謎が解けたせいか、麻衣自身はあれから一度も悪夢を見てはいなかった。

しかし、ともすると、天狗面が何者か知れないままだという不安と、村に何か大事なものを忘れてきた思いに囚われ、眠れぬ夜を過ごすことも多くなった。

弓はいったいどこに行ったのか。

麻衣をからかって、未だに悪戯を仕掛けているのだろうか。

もつれた結び目が一つ解けるとすべてはらりと落ちる気がするのに、どこにも糸口が見つからない。特に、ショウに会ってからは、弓の気持ちが理解できないことも相まって、始終、もどかしさに苛まれていたのだった。

村を離れて一週間あまりが経ち、麻衣が少しずついつもの生活に戻りかけた頃、渡からメールが来た。

春休みの帰省も終わり、一ノ瀬と連れだって東京に来るらしい。披露宴の席で一ノ瀬が『私が案内しましょう』と言っていたのを思い出し、実現したことが微笑ましかった。

正午近く。渡の指定する銀座のレストランで中国服（チャイナドレス）の女性に案内されて個室に入ると、すでに二人が手持ち無沙汰な様子でメニューを広げている。

「すみません。お待たせして」

「私たちが早かったんですよ。渡くんはせっかちですから」

「ちぇっ……麻衣さん。久しぶり、元気そうじゃん」

渡がおしぼりを取り上げて言った。薄手のジャケットを着、村にいた時分より若干渋めにまとめている。

「どこか観光したの？」

「それがさ」

アンビリーバボーとでも言うように、渡は天を仰いだ。

「増上寺の南に、古墳ではないかと言われる部分があるんですよ……そこは丸山の地形と」

一ノ瀬がうなずいてうれしそうに言いかけると、

「冗談じゃないよ。東京まで来て、古墳だよ」

もとより説明など聞くつもりもない渡は、無理矢理それをさえぎって、

「麻衣さんと会うんじゃなかったら、来なかったけど。夕方から、こっちの友達と飲みに行く予定入れて、正解だったよ……それでさ、麻衣さん。明日、暇？」

麻衣は一ノ瀬の知識の幅に感心しながらも、付き合わされた渡に半ば同情する。

「ごめんね。明日は新しいお弟子さんが入る日だから。一日中、なぎなた教室にいるの」

「えー、残念……俺も夜には、京都に帰んなきゃなんないし。じゃ、またの機会だね。こうなったら今夜は俺、潰れるまで飲むよ」

「渡くん、羽目を外さず、早めに切り上げるのですよ」

「ひいっ。この年で、そんなこと言われるとは思わなかった」

渡は閉じたメニューをまた開いて、勝手に三人分のコース料理を注文した。

「兄貴のツケで飲み食いするつもりだったんだけど、どうしても先生がおごるってきかないし」

「麻衣さんと約束していましたしね」

懐かしい微笑を浮かべて一ノ瀬が言った。折り曲げたチェックシャツの袖から、料理人のように白く清潔な腕がのぞく。

「皆さん、お元気ですか」麻衣は尋ねた。本当は辰野のことを聞きたかったが、さすがにそれはできなかった。

「うん。誰も変わりない。あ、そうだ」

渡は急に思い出したように、畳んだままのナプキンでテーブルをパタパタ叩きながら、

「そういや、麻衣さん、聞いた？　蓑下のやつが見つかったんだよ。それもきっちり生きててさ」

麻衣はコップを落としそうになった。蓑下には悪いが、思いもよらないことだった。

「……いつ？」

「麻衣さんが帰ってすぐ、でしたか」一ノ瀬が答えた。

「消耗してはいましたが、自力で山家旅館に戻ってきたそうです」

「どこに……いたんですか」

麻衣が大きく息を吐くと、渡がうれしそうに答える。

「それがさあ。全然、記憶がないって言うんだよ。川で意識がなくなって、気がついたらあっという間に一週間経ってたってさ」

麻衣は驚いて目を見張った。「それって……まさか」

「そ、天狗隠し」渡はにやりと笑った。

麻衣は呆気に取られて、

「昨日、瑞絵さんと電話で話したけど、そんなこと全然……」

「あの人はだめだよ。興味あること以外、忘れちゃうから」

渡に言われて、弓からの定時メールもかなり経ってから聞かされたことを思い出す。

「それで……蓑下くんは？」

「ヒステリーババアが連れて帰った。とりあえずK市の病院に入院させようとしたみたいだけど、本人が東京に帰るってきかなくってさ。見たとこ、わりと元気そうだったよ」

「そう。よかった……じゃあ、弓がいなくなったことも、知らなかったんですか」麻衣は複雑な思いで尋ねた。

一ノ瀬は、ジャスミン茶の小さな湯飲みを取り上げながら、

「そうですね。ぽっかりと記憶が抜け落ちているのですから。彼の意識は、式前夜のままだったのですよ。披露宴が行われたことも知らない。もちろん、弓さんの情報は何も得られませんでした」

そうなのか……麻衣は肩を落とす。

「そういや、警察が言ってたけど、蓑下のスマホって、やっぱ村に着いた夜には壊れてたらしいよ。セカンドバッグ、川から海に流れたのかな。弓の口車に乗って砂金探しに行くなんて、よっぽど欲の深い男だよ」渡が思い出したように言った。

「……砂金？　そんなの、出るんですか？」麻衣は驚いて尋ねた。

「ええ。村外れの小さな川から、ほんの少しだけ出ています。日本列島は鉱物の標本と言われますからね、何でも少しずつは出るのですが、残念ながら本当に標本並みです」

「うん。でも弓の家出。周りにばれちゃったよね。爺さんが、卒業まで大学に戻ったって
お触れ出したけど。元々ほとんど村にいなかったし、本当にそうかもって錯覚するくらい
だよ。これで俺が京都帰っちゃえば村もそのまんま、たるんだ毎日って感じかな」

麻衣は、能天気な渡に眉をひそめた。

「瑞絵さんは？　電話で話した感じは元気そうだったけど……」

辰野の気持ちを知った今も、瑞絵には何のわだかまりもない。

「うん。元気。麻衣さんに会いたがってたよ」

渡はそう言いながら、甲斐甲斐しくビールをついだ。

「先生、乾杯の音頭」

「あ、はい。みなさんの健康と……」

一ノ瀬は慌ててグラスを取り上げた。

「麻衣さんと俺の再会を祝して」と渡。

「乾杯」カチリとグラスが鳴った。

「くーっ。この一杯」

意に染まない観光に疲れたのか、渡は美味しそうに一口飲んだ。ずいぶんオジさん臭い
飲み方だが、確かにもう三月下旬。かなり暖かくなっている。

「でも、弓はさ。蓑下と関係ないことも分かったんだし。別にもう事件性ない、ってこと

で、別にいいじゃん。ほっとけば」

そういうと身も蓋もないが、麻衣にはまだ納得できない気持ちが残っていた。蓑下が無事戻った今なら、渡にも話してよいかと口を開く。

「ごめんね。渡くん。言ってなかったんだけど、弓がいなくなる前後に私……天狗に会ってるんだ」

実際には天狗ではなく天狗面だったが、どう説明すればよいのか迷うと語尾もあやふやになる。七十二年前と違い、今回、天狗を見たのは麻衣だけで他に目撃者はいない。嘘をついていると思われても、仕方がないのだ。

しかし、麻衣がスタンガンで襲われたことだけは紛れもない現実であり、弓がショウを雇ったことを差し引いても、天狗面が夢や幻覚ではないという、最後の砦なのだった。

「天狗？　何、それ？」

当然、渡は驚いたように尋ねる。さらに麻衣が説明しようとした時、ちょうどドアが開いてフカヒレスープと前菜が運ばれてきた。

盛りつけはフレンチ風で、春めいた白皿に美しく並ぶ。皿が置かれる間中、渡は神経質に指でテーブルをつついていたが、三人になるとすぐ急き込んで話の続きを催促した。

「俺たちがいない間に、先生と麻衣さんが来たって、衛藤さんに聞いてたし。何か、こそこそやってるとは思ってたんだ」

「麻衣さんは、村で何度か天狗に会っているのです。というより天狗面を着けた人間ですが。一度は式の夜、お屋敷の庭で。二度目は天縛神社で天狗面にスタンガンで襲われ……崖から落ちたのですよ」

困っている麻衣の代わりに一ノ瀬が答えた。その間も、長い箸でずっと、エビにかかった白髪ネギを避け続けている。

「スタンガン？」渡は目を丸くして麻衣を見た。

一ノ瀬が引き続き、天狗面の出現した状況を説明している間、麻衣は後ろめたい気持ちで、フカヒレスープを口に運ぶ。

麻衣が天狗らしき者にあったのは三度。身代わりになった禊ぎの夜、離れを訪れた鼻の長い影——辰野とのことを知られるのもきまりが悪く、未だに一ノ瀬に話していないのだ。

「なんだよ、それ。知らなかったの、俺だけ？」渡はむくれた。

「天狗面の凶行によって、弓さんの失踪も蓑下くんの神隠しも全く事件性なし、では片づけられなくなりますが、ただ……披露宴の夜の出来事は、特に記憶が曖昧で麻衣さん本人にも確証がないようなので、二度とも警察に話さず、公にしていないのですよ」

「スタンガンのことくらい、駐在に通報してもよかったんだよ。そんな痴漢野郎、野放しにしといていいはずないじゃん」

奇しくも兄と同じ言葉を口走った渡は、悔しそうに付け加える。「あ、もしかして、それってあの時？　俺やっぱ、チビ連れて、上まで行けばよかった」

「ありがと。でも里香さんが助けてくれて、大丈夫だったから」

「リカさん……って山姥？」渡は驚いたように言った。

そのままフカヒレスープをカップごと持ち上げて豪快に飲み干し、続けて、グリーンアスパラを口に放り込む。

「でもさ。だからって、あの弓が天狗にさらわれるなんて、絶対ない、ない。麻衣さん。からかわれたんじゃねえの？」

ショウのことも知らないのに、渡は的確に痛いところを突いた。

「さらわれた云々はともかく。弓さん以外に、天狗面の人物が関わっていることは、否定できませんよ」

一ノ瀬が言うと、渡はさらに追い打ちを掛ける。

「だってさ、七十年前の人ならともかく、弓なんかおとなしくさらわれるようなタマじゃないし。天狗の方でご遠慮申し上げるって感じじゃん」

「しかしかつての花嫁美砂子さんこそ、弓さんと負けず劣らず強い女性だったのですよ。もう今なら、彼女や会長の名誉を傷つけることにはならないでしょうから……」

一ノ瀬は、美砂子がアメリカ兵と駆け落ちしたらしいことも渡に話して聞かせた。

「うわ。やべえ……」渡は椅子の上で体を反らす。

「田之倉の女が強いって爺さんが言ってたの、そのことだったんだ。ひがしの男が長生きできないのは、精魂吸い取られてるんだって……でも爺さん、惚れた女を逃がしてやるなんて、いいとこあんじゃん。打算で結婚しようとした誰かとは、器が違うね」

言葉に棘を感じつつも、麻衣は何も言わず箸を口に運んだ。

「でもさ、神社の私有財産、ちょろまかして人にくれてやるなんて泥棒だよね……先生、訴えてさ。少しくらい金、取ってやんなよ」

渡はアルコールが回ってきたのか、伊勢エビと格闘しながら少々危険な発言をする。

「しっかし、ご神体はイカズチだから実体がない、なんて言っといて、実は自分でくすねてたのか。信じらんねえ」

「渡くん。ご神体がないの、知ってたの?」

麻衣が驚いて尋ねると、渡は笑って、

「だって、俺らミズチだし。怖くねえもん。ガキん頃から、よくお菓子持って昼寝しに行ってたよ」

麻衣は驚いて目をむく。

「怖い物なしの方々には、驚かされますね」一ノ瀬も苦笑して、

「しかし今、話したことはあくまで推測ですし。会長のお立場もありますから、くれぐれも、内密にお願いしますよ」

「ＯＫ」渡はうなずいた。そして少し考えて一人で納得する。

「じゃあやっぱ、弓も天狗の伝承、利用したってことじゃん。蓑下をどっかに匿っといて、天狗の面、かぶせてこき使ったんじゃねえの？　て、ことは……ちぇっ。天伯の痴漢野郎も蓑下か。あいつ、麻衣さんがケガするなんて思わなかったし怖くなったんで、逃げるみたいに帰っちまったんだよ」

天狗面が蓑下？　彼が天狗隠しのふりをして姿を隠し、ショウ同様、弓の脚本を演じてみせたということか。

確かに、そう考えれば、布団部屋で弓と会っていたことも、その後、一度も姿を見せなかったことも説明はつく。

「じゃあ、蓑下くんに聞けば分かるってこと？　弓の居場所」

「うん。結局、最初にみんなが考えてたとおりで正解なんだよ。弓が、天狗の話を利用してさんざん好き勝手やったあげく、蓑下と一緒に逃げちまったって……だいたいさ。海で荷物が上がったのだって、怪しいじゃん。あいつ、免許証の再交付やらかったるいんで、わざと目立つ所に放り投げたんだ」

「しかし、どうして彼までが、天狗隠しを演じる必要があったのでしょう。裏方に徹するなら普通に滞在し、披露宴にも出席して目立たない方が無難です。その後、帰るふりをして、こっそり弓さんと一緒にいなくなってしまえばよいことですし……姫をさらう。若い男をさらう。相反する伝承を同時に再現するのは、逆効果ではありませんか」一ノ瀬が口を挟む。

「そんなややこしいこと考えるの、先生くらいだよ。弓、あれでサービス精神旺盛だし。調子に乗ってやり過ぎちゃったんじゃね？」

「そうでしょうか……」

一ノ瀬は、まだ納得できないように首をひねる。

とはいえ、彼も、弓がショウを雇ってジロウを演じさせたことを知ればどうだろう。それはそのまま、桜の一幕も弓自身の演じた狂言であり、天狗面が共犯者だった可能性に通じるのだ。

しかし麻衣には、ジロウの話題に言及して、呼吸器の事件を隠し通す自信はなかった。それはすなわち、神職である一ノ瀬に倫理的負担を強いるということだ。

ではなぜ、弓はそこまで徹底して麻衣をからかい、七十二年前の事件を蒸し返す必要があるのだろうか。いくら因習に凝り固まった村でも、美砂子の時と今とでは、時代も状況も違うのだ。嫌だと言う弓の意思を無視して、無理に結婚させることなど、いくら会長でも不可能ではないか。

『まいはゆみを嫌い……死んじゃえばいいと思ってる』

明快さの裏に潜む、弓の不信を知るにつけ、麻衣は、辛い気持ちで、ジロウの台詞を思い起こさずにはいられなかった。正直なところ、弓の行動、全部を疑うのは悲しい。さんざん振り回されても、本質的な部分で嫌いになりたくないのだ。

沈黙の後、野菜をかき込んでいた渡がふと手を止めた。しばらく迷ってから、上目遣いに麻衣を見る。

「麻衣さんさ、気、悪くするかな。こんな話……」

「何?」麻衣はちょっと身構えたが、渡の話は意外なことだった。

「爺さんがさ。人使って何か調べさせてるみたいだから、弓のことかと思ってたんだけどさ。ちょっと見せてもらったんだよ、書斎に忍び込んで」

「渡くん……」一ノ瀬は困ったように眉をひそめる。

「はい、はい……でもそれって、どうしてかしんねえけど、麻衣さんの調査だったんだよね」

「私の?……どうして?」麻衣は驚いて尋ねる。

「気に入られたんじゃないかな。いくら何でもあの年で自分が……なんて考えたくねえし。俺の嫁さん候補かな」

「そんな……」

苦笑しつつ、辰野とのことを知られたのかとひやりとする。しかし、結局、進展どころか、もう接点すらないのだから、人を使ってまで調べるのは無駄足というものだ。

「でも、びっくりした、麻衣さんってさ。ハーフなんだね。美人だけど外国人っぽいわけじゃないじゃん。全然、分かんなかった」

麻衣は調子のよい渡に肩をすくめる。

「正確にはクオーターかな。祖父はロシア系だけど、祖母は日系人だから」

「へえ、じゃあ、お母さんがハーフなんだ。でも麻衣さんって大和撫子っていうか、その辺の子たちより、ずっと日本人らしいよね」

一ノ瀬もうなずいて、

「たぶん、外国に住む日系の方々の方が、日本人の血が流れていることを意識する機会が多いのでしょう。麻衣さんのお母さんは、誰よりも日本人らしくありたいと願っていた方では、と思いますよ」

確かに母は発音はともかく、常に美しい日本語を話そうとしていたし、なぎなたや百人一首をこよなく愛する日本人だった。

「せっかくだから、どんどん食べようよ」

しんみりした空気を一掃するように渡が言った。

麻衣もうなずいて、好物の北京ダックを包んで口に運ぶ。

「渡くん、これ、食べてくれますか」

一ノ瀬はステーキの入った白い小皿を渡に差し出した。

「え、先生、肉嫌いなの？」

うれしそうに渡は受け取って、とっくにからになっていた自分の小皿の上に重ねた。

「ええ。魚介類と鶏までですね、食べられるのは……後は駄目です」

見るとネギだけでなく、蒸したセロリ、パセリの微塵切りなども丁寧に除けてある。麻衣は一ノ瀬の好き嫌いの多さと、律儀に分ける細かさに驚いた。

「野菜も、嫌いなんですか」

「いえ、基本的に大丈夫ですが、ニンニクや香味野菜のような匂いのきつい物は苦手です」

「じゃあ、餃子とか焼肉とかレバニラ炒めとか、絶対だめだね」

渡は一ノ瀬の意外な弱みを知ったとばかり、口を歪めて愉快そうに笑った。

田之倉弓

「あったかい……うれしい」

弓はそう言って、猫のように男の背中に頬を擦りつけた。

普段、弓はペットボトルの紅茶など口にすることはない。しかしその甘ったるく薄い味も、男が買ってくれたというだけで、初摘みアッサム並みにおいしいのだ。

「ね、どうしてここに来たの？」

「最後の……」

男は小さく呟くが、反響した波の音ではっきり聞き取れなかった。

弓の笑顔が消える。

と、ふいに男の指が伸び、直に弓の首に触れた。

冷たさに驚いてびくりと震えた弓は、潤んだ目を大きく見開いて男を見た。そしてやっと、その真意を理解したように息を吐いた。

「そっか……私を殺すんだ」

「……」

「邪魔になるから?」

弓が言うと、男は黙ってうなずいた。

「ふう……」

吐息とともに、弓の大きな瞳が揺れた。男を見つめてそらさない視線が、薄明かりの中でゆっくりと柔らかくなる。

やがて弓がまた微笑んだので、男は怪訝そうに眉をひそめた。

「いいよ。殺しても」

「……」

「あなたが望むなら……あたし、何だってできちゃうんだ」

男は無表情に戻ると、再び襟の上から華奢な首に手を掛けた。

弓は顔に苦悶の表情を浮かべたが、抵抗しようとはしない。男はさらに指に力を込めた。

「なんかエロいかも。究極の愛って感じ……で」

弓は喘ぐように言って、そっと目を閉じた。

ロマンスの終焉

渡たちと別れ、家に帰るともう夕方だった。

三叉路の角で、塀に寄り掛かって立つ大きな影を見たとたん、麻衣はぎくりと足を止める。それはいくら払っても払っても、頭を離れなかった辰野、その人だった。

辰野はオシャレした麻衣を見ると眉をひそめ、体の埃を叩きながら横柄に言った。

「どこへ行ってた。学生は休みだろ」

何、それ。さすがにかちんときた麻衣は口を引き結ぶ。

「弓のこと、何か分かったんですか」

「違う。あんたに会いに来たんだ」

ざわざわと心が騒いだ。戸惑いながらも、人影が見えたので慌てて鍵を開ける。辰野は勝手に中に入り、玄関にどさりとバッグを投げた。

「なにか、用……ですか」湯飲みを並べながら麻衣は尋ねた。

通夜の夜、辰野に言われたセリフ。

精一杯の皮肉だったが、答える代わりに、辰野は後ろからいきなり麻衣の腕を摑んだ。

茶葉がこぼれてテーブルに広がる。そのまま、力まかせに抱きしめられた。

「な、なに……するんです」

「俺はシガラミだらけだ。だから一度は諦めた。でもやっぱり、誰にも渡したくないんだ」

なんという傲慢さ。一番辛い時に突き放したくせに、指を鳴らせば、またすぐに駆け寄って来ると思っているのだろうか。

「離して下さい」

必死で振り切り、麻衣は警報器のすぐ近くまで身を引いた。

「通報しますよ。いやなら、すぐ出てって下さい」

「……苦しいんだ」

辰野はこぶしで自分の頭をゴツゴツ叩いた。

「くる……しい？」

「苦しくて……眠れないんだ」

麻衣は思わず目を見張る。

保っていたプライドがぐらりと揺れた。

なんて、バカな女だろう。あれだけ、冷たく扱われたのに。

辰野は麻衣の変化を見ると、また距離を縮めた。怒ったような表情で頰に指を伸ばす。

ゆっくりと傾いだ顔が近づき、唇がすれすれの所で止まった。

もう、限界だ。急激な起伏に耐えきれず、麻衣はぎゅっと目を閉じる。が、なぜか――

気持ちより早く、体が先に妙な変調をきたした。

「……はっくしょん」

間一髪、両手で口を覆う。

「はくしょい……」続けてもう一度。強烈なくしゃみ。

絶望的にしらけた空気が漂う。何もかも台無しになった。辰野は、背中で壁にもたれ、床に沈み込みながら麻衣を睨んだ。

「全部、捨てるつもりで来たんだ。なのに、くそっ」

搔きむしった髪が額に張り付き、目だけぎらぎら光っている。自信も驕りもなく、ただ、憔悴しきっているように見えた。

「……頼む、俺を……見捨てないでくれ。好きなんだ」

「あ……」

思わず吸い込まれるように膝をついた。乱れた髪を両手でそっと撫でると、辰野は驚いて目を上げた。

「子どもみたい……」

少し開いた唇に、麻衣は自分から優しく口づける。

ロマンスは終わり。止まった時間がゆっくり流れ始めた。


眠れないというのは本当だったんだ。

麻衣は食卓台の椅子に座って、ぼんやりとオレンジ色のミルクパンに目をやった。

まだ宵の口というのに、辰野は二階のベッドでぬいぐるみを抱えて爆睡していた。目が覚めて、抱きしめているのがクッキーモンスターだと知ったら、どんな顔をするだろう。

ココアがコンロの上で小さく音を立てる。

キッチンの白いタイルに目を泳がせていると、とりとめのない思考が、浮かんでは消えた。

こうなることを予見して、会長は麻衣のことを調べさせたのだろうか。

いや。

あの、初対面の驚きは、尋常ではなかった。もしかしたら会長はあの時、麻衣のなかに美砂子を見たのではないだろうか。

——私は美砂子さんの生まれ変わり?

行ったこともない村の景色。雛人形、イカズチの神社、菜の花畑——どれも『美砂子の記憶』そのものだ。

もし、麻衣が前世でそれを見ていたなら――麻衣が美砂子の見た風景を見、夢に導かれるように村を訪れたとしても、なんの不思議もないのではないか。

だったら、ショウの存在は?

弓に雇われた劇団員。あれは、弓が仕組んだお芝居だ。弓はなぜそんな、手の込んだ悪戯を思いついたのか。

麻衣と美砂子を結びつけ、幻想へと誘い込むために?

眠っていた美砂子の人格を呼びさまし、ジロウの望みどおり、呼吸器の管をはずすために?

――だめだ。

麻衣は、迷いを振り切るように立ち上がった。ガスレンジに向かい、煮立ったココアをマグに注ぐ。

疲れていると、ろくなことは考えない。ココアを飲んだら、二階へもどろう。クッキーモンスターの横にもぐり込んで、朝までぐっすり眠るんだ。

思えば、ベッドで寝るのも久しぶり。

古い洋館は雨漏りだらけで、あと一キロ太れば、踏み抜きそうな所が二ヵ所もある。地震を怖れる麻衣は、二階の一番しっかりしたクローゼットに布団を敷き、そこで寝起きしていたのだ。

それでも館を手放さなかったのは、ここに、両親と祖母の思い出がたくさん詰まっているからだ。

庭も昔は一ノ瀬塾のように、薔薇のアーチや紫のブラシノキ、シルバーのリーフが植えられていた。居間のラズベリーをモチーフにしたファニシングも、祖母が生地を選んでわざわざ仕立てさせたものだ。

見かけは日本人なのに、英語しか話せないお祖母ちゃん。

カントリー風のギンガムよりも、英国や東海岸の深い色調を好んでいたサンディお祖母ちゃん。

『麻衣は本当にお唄がすきだねえ……』

記憶の中の祖母は、いつも日本語で話す。昔はバイリンガルだった麻衣の意識が時間の中で淘汰され、そう記憶しているのだ。

ふと、手遊び蜘蛛の唄を歌う、祖母のハスキーな声を思い出した。

イッチー、ビッチー、スパイダー。

ゆらゆらゆら。小さな蜘蛛さんが雨どいを登って……。

指の動きにつられて、それまでどこかに追いやられていた記憶が、また、ほんの少しだけもどってくる。

「麻衣、麻衣はいい子やから、お祖母さまの宝物をあげるん」

「宝物の場所はね。おうちの、どこかの、ミズチの、下の、堅いお腹、お腹のな、か、よ」

髪を三つ編みのツインテールに編んでもらいながら聞いた、呪文のような歌。

ミズチ？　麻衣は、はっと息を止めた。

英語のはずがない。祖母ははっきり「ミズチ」とそう、発音したはずだ。そして、瑞絵に似た柔らかな関西風のアクセント。美砂子の部屋にあった市松人形と同じ、麻衣の髪型。

流れ出した記憶が、またいきなり怒濤のように溢れかえった。

「うそ……まさか」

祖母の記憶と、気になっていた記憶のピースがパチンと重なった。

祖母は、日系のアメリカ人だった。

しかし、その生い立ちは母もよく知らなかった。実の娘にすら日本語を話さなかった、サンドラ、サンディお祖母ちゃん。

麻衣は確信した。

進駐軍だった米兵ジェームス・ボウノレスキーとともにアメリカに渡り、アメリカ人、アレキサンドラになったのは。

田之倉美砂子、その人だということを。

ミズチ——麻衣は必死で考えた。

この家を買ったのは祖母だ。ミズチ、竜。家の中で祖母が一番気に入っていたのは——

麻衣は必死で辺りを見回す。

渦巻き装飾のついた、イオニア式のペチカ。

煤けた蒔絵の金細工が張り巡らされた天井。

ボーンチャイナのシャンデリア。

ペルシャ風の天蓋がついた寝台。

明かり取りの窓についた、花模様のステンドグラス。

どこにもドラゴンの影などない——が。

ミズチ。三槌神社の眷属の青竜は玉を抱え、手水舎の水を口から吐き出していた。それと同じような場所が、この家にもあったような気がする。

噴水だ。

その噴水の、水の出口は——竜だった。

麻衣はパジャマにカーディガンを羽織って庭に出た。

夜の帳に包まれた庭は静まりかえり、気温も下がって濡れた髪にしんと凍みる。庭は、全体が青白い水銀灯で照らされ、そこだけ日本風の松や楓を浮かび上がらせていた。

祖母のお気に入りだった噴水は、もうほとんど水もない。放水口も長く使われてはいないが、昔の風情のまま、それは静かに残されている。

ミズチ。

たしかに西洋のドラゴンというより、アジアの竜に近い。屋敷は洋館でありながら日本風の装飾も多く、和洋折衷の独特な空気を醸し出しているのだ。

麻衣は体を屈めて噴水の下を観察した。確かに竜の腹にあたる部分、水の通り道とは別に、膨らんだコンクリートの出っ張りがある。

ここが、竜の堅いお腹だ。

麻衣は心臓が早鐘のように速く打つのを感じた。

もし、祖母が田之倉美砂子なら、ここにはきっと……。

その時、ふと視線を感じて二階を見上げると、寝室のカーテンが微かに揺れているのが見えた。

辰野だろうか。どうして、逃げるように隠れたのだろう。

気になった麻衣は、しばらく二階の窓を見上げたが、それ以上、何も動く気配はない。

『人間の感覚を甘く見てはいけません。理由はないが何か気に掛かったり、どこかしっくり来ないという時は、何か負の要素が働いていると考えて、相違ありませんから』

一ノ瀬の言葉を思い出す。

どうして今、辰野の行動に違和感を覚えたのだろう。

辰野の現れ方はいつもタイミングがよい。イカズチの神社に入った時もまるで、騎士(ナイト)のようにさっそうと現れ、足を痛め、恐怖に震える麻衣を救ったのだ。

さっきだって――ぽっかり胸に穴を空けて帰宅した、その場所に寂しげにたたずみ、弱みを晒してみせる――女の子なら誰でも、ホットチョコのように溶けてしまうはずだ。

『なにが女の子に受けるか分かってる。商売に関する嗅覚は動物的ね』

色とりどりのケーキを見ながら弓は言った。

商売だけではない。一度冷たく突き放し、急に現れて強引に抱きしめる。それこそ天才的な口説きのテクニックではないだろうか。

『正くんの場合は人と逆で、本当のことを言う時相手の目を見ないので』

麻衣をじっと見つめ、苦しい、と訴えたあの視線は嘘なのか。

『なんで俺が、後先考えずにここに来たと思ってる……あんたが帰らないと聞いて、息が止まりそうだったんだ』

麻衣はまた違和感を覚えた。

後先考えずに？

会長も渡も、洞窟をまるで恐れてはいなかった。それは、辰野家がミズチだからだ。どうして辰野だけが、一度も依り代に近づかなかったのだろう。渡が、昼寝のために何度も禁制地へ入り込んだというのに、なぜ、人一倍剛毅な兄がイカズチを怖れたのか。

いや、知っていた。

何度も出入りしていながら、初めて訪れたふりをしたのだ。

『こんな靴を履いて遊び歩いている弓でさえ、暗い過去の歪みから逃れることができなかったんだから』

できなかった？　どうして過去形なのだろう。

呼吸が荒くなった。喉がカラカラに渇いて、胸が締め付けられるようだった。

しかし――麻衣は必死に考える。

式の後、弓が布団部屋で誰かと会っていた時間、辰野は階段の下にいたはずだ。慌てて階段を駆け下りた麻衣は、紋付き姿の辰野と鉢合わせしたではないか。あれは渡のいうように、やはり蓑下。辰野が弓と通じているはずはない。

しかしじき、麻衣は、絶望的な気分で首を振った。確かに弓の声を聞いた。弓の声しか聞かなかったのだ。

もしかしたらあそこには弓一人しかいなかった？

麻衣が部屋に来るのを予見して、弓が一人、芝居をしてみせたのだとしたら――そして、あらかじめ、弓と打ち合わせた通り、階段下で待っていた辰野があたかも偶然のように行きあわせ、麻衣の手とおにぎりの盆を受け止めたのだとしたら。

さらにあの喧嘩。わざわざ麻衣の隣の部屋で、麻衣に聞かせるために、弓と言い争ってみせたのだとしたら。

弓は、辰野の筋書き通り、演じていただけ。

でも、どうしてそんなことを？　何のために？

麻衣に近づいて自分のものにするためだ。麻衣を？

違う。ご神体だ。

辰野はすべて知っていたのだ。ご神体があの依り代にないことも、それを祖父が美砂子に渡したことも、そして麻衣が美砂子の孫であることも全部。

そして、ご神体のありかを知るため、麻衣を愛しているふりをし、まんまとこの家に入り込んだ。

麻衣は利用されたのだ。

そして——麻衣は、震える両腕を抱きしめる——同じように、弓も、利用されたのではないだろうか。

美砂子の謎を解いて舞い上がっていた気持ちが、一気に凍り付いて行く。ココアを味わうように浸っていた幸せの余韻も、今は絶望に変わっていた。

そっと音を立てないように家に入る。

麻衣は迷った後、思い切って、玄関に置かれたままのボストンバッグを開けて中を確かめた。洗面道具と着替えの他には、仕事のファイルらしいものが何冊か入っている。無造作に投げ込まれた黒いスマホ、ロックはかかっていない。

許されない行為も、弓の安否や迫った危機には代えられない、と自分に言い聞かせる。麻衣は唇を噛みしめ、電話の履歴を確かめた。

ここ二週間余りの発信履歴には、麻衣の知らない名前に交じって、田之倉弓が八回、最初の夜に集中している。着信は渡の他、すべて仕事関係のようだった。

驚くほど、アプリは少なく、電話とメールだけ。ラインもない。画像ファイルにも、渡が送った麻衣の写真だけだ。

麻衣はスマホを戻して、バッグの内側に張り付いたA4の茶封筒を取りだした。書類の中でそれだけ不自然に新しく、表には調査会社らしい名前が印刷されている。震える手で中を開けると、屋敷の写真とワープロで打った麻衣の調査書が出てきた。

やはり辰野は麻衣のことを調べていた。美砂子のことも知っていたのだ。

と、二階で物音がした。麻衣は慌てて荷物を元に戻す。

セキュリティで非常通報することも考えたが、まだ、辰野を信じたい気持ちが、心のどこかに残っていた。

居間に置いてある形用のなぎなたを出し、構えると、少しだけ迷いが消えた。中段に構え、静かに足を送りながら、麻衣はゆっくりと階段を上がっていった。

洗面所から顔でも洗っているような水音がする。

麻衣は勢いを付けてドアを開けた。

上半身裸の辰野は、タオルを持って前髪から水気を滴らせていた。そのまま驚いたように麻衣を見つめる。

「何だ……」

いきなり顔の前になぎなたの刃が近づいて、さすがに辰野はぎょっと動きを止めた。

「……どうしたんだ」

「両手を上げて……ゆっくり動いて」

麻衣は狙いを定めたまま、静かに言った。

「ちょっと待て。落ち着け……」

「信じて……いたのに。酷い……弓に何したのよ」

「弓？　いや、何も……」

慌てた表情を見て、最後の望みの綱がぷつん、と切れた。

刃先に追いつめられた辰野は、後ろ向きのまま廊下を移動し、じりじりと螺旋階段を下りていく。

「スネ」

麻衣は口の中で呟くと、一歩踏み出して辰野の脛を打った。避けようとした辰野はバランスを失って、まだ半分残った階段を一気に転げ落ちる。すぐに頭を抱えて起き上がるが、追って駆け下りた麻衣の刃が、目の前に迫って一歩も動けない。

「右よ……」

廊下を右に行くとキッチンに出る。そこにはまだココアの甘い香りが残っていた。

「床に取っ手があるでしょ。その扉を引っ張って開けて」

「どういうつもりだ」

「はやく」

麻衣はなぎなたを突きつけたままで言い、その暗い扉から、長く開けていなかった地下室の階段を確認した。地下からひんやりとした空気が流れ出して来る。

「……何だ。ここは？」

「地下室よ。ワイン倉。そこに入って」

辰野は観念したように、階段に足をかけた。安堵した麻衣に、わずかな隙が生まれる。

その一瞬、辰野は豹変し、力任せになぎなたをもぎ取った。後ろへと放り投げると同時に、麻衣の手を摑んで上に引き寄せる。

「ぐっ……」麻衣は息を吞み、かかとが浮き上がった。

「いい気になるな」

唇を歪めてにやりと笑う。強欲な顔が近づいて、麻衣は恐怖に凍った。次郎の通夜で、医者を脅していた酷薄さを思い出す——これが辰野の本性だ。麻衣は金縛りにあったように、動けなくなった。

「こんな腕で、俺に勝てると思うのか」

握る力が強くなり、麻衣の白い腕に指の痕が付いた。

「あっ……」痛みでつい、声が出る。

今度は辰野に隙ができた。ふいに、指の力が緩んだ。

「ドウ」

なぎなたはなかったが、麻衣は迷うことなく、利き足で辰野の腹を思いっきり蹴り、地下室めがけて突き落とした。

「うわあ」

辰野は、コンクリートの階段にごつごつと背中をぶつけながら暗闇に落ちてゆく。麻衣はとっさに丸めたカーディガンを投げ込み、とびらを締めて、鍵を二重に掛けた。そしてその上にぺたりと座り込む。

こんなの——最低、最悪の結末だ。

今頃になって、涙がこみ上げてきた。

鏡を見ると泣いたせいで目が腫れ、鼻も赤くなっている。

が、幸か不幸か、麻衣にはまだやることがあった。

冷たい水で顔を洗い、里香の化粧水をつけると、幾分、気持ちがすっきりする。動きやすいデニムに着替え、麻衣は乾かした髪を一つに束ねた。

車庫に行き、小さめの木製ハンマーを選んで持ち出す。見かけよりずっと重さがあったので、引きずるようにして噴水へと急いだ。

睡蓮やホテイアオイを見下ろすように、目当ての竜が顔を突き出している。よく見ると、やはり三鎚神社にある手水舎の竜に似ている気がした。

麻衣は大きく息を吸ってから、竜そのものを傷つけないよう、一番端っこに狙いをつけた。ハンマーをゴルフのパットのようにかまえ、横向きに振り払う。

修理できるよう壊したつもりだったが、思うより破壊力は大きく、蛇口は見るも無残な姿になった。

「あった……」

蛇口の空間部分に、何重にもビニール袋で包装した、ビスケット缶が現れた。

錆びてはいたが、日本ではあまり見かけないグリーンの美しい柄模様。大きさも普通のビスケット缶の二倍はある。

サンディの宝物。気持ちばかりが焦る。

すぐ開けたい衝動を抑えて、麻衣は缶を抱えて居間へと駆け戻った。カーペットの床に座りこんで、ゆっくりと蓋を開ける。

長い時間に錆びた缶は、少しだけ軋んだがすぐに開いた。中には紫の包みと、螺鈿が美しい塗りの木箱が入っていた。

紫の包みには見覚えがある。夢の中の自分がしっかり抱えていたあの包みだ。

美砂子はやはり、サンディだったのだ。

胸が熱くなった。急いで包みを解こうとしたが、絞りの正絹が朽ちて、無理に引っ張ると破れそうだった。離した手が、缶に当たって、木箱の蓋が外れる。倒れた箱からさっと、セピア色の固まりがこぼれ、膝に広がった。

「……写真？」

それは、おびただしい数の写真だった。

モノクロの大小様々の写真。麻衣は一枚一枚を手に取って、それを見つめた。そしてすぐに目が離せなくなる。

記憶の波が再度、うねりながら麻衣の意識に戻る。今度こそもう止まることはなかった。

「お祖母さま……」

麻衣は溢れる涙を拭うこともせず、次々に写真を手に取った。

雛人形、神社の鳥居――祖母の膝の上でそれを見た鮮明な記憶が、十五年の時を経て、鮮やかに戻ってきた。

祖母は麻衣と二人の時だけ、西訛りのある日本語で話した。二人だけの秘密。サンディは何十年間も日本人としての過去を捨てて生きてきたのだ。

「お祖母さま、これはどこ？」

山の上から写した村の全景。今とさほど変わらないのは、赤い瓦の家々と際だった海岸線のせいだ。

「私の生まれたところ」

「それ、遠いお国でしょう。青い目のお人形の国」

「それはお祖父さまの国。お祖父さまの国はね、暖かくて春になると濃い桃色の花が咲くんよ。今度、麻衣も連れて行ってあげましょ」

「ここには？」

幼い麻衣は記憶に刻みつけるかのように、じっと写真を見つめる。「ここにも連れて行って」

祖母は悲しそうに首を振った。

「ここには帰れないんん。ここを出る時、もう二度と帰らんって決めたから。代わりにお祖父さまのお国に、連れて行ってあげる。麻衣の大好きな、ねずみさんの遊園地もあるんいる？」

「ねずみさんなら日本にもいるもん。お祖父さまは？　お祖父さまのお国にお祖父さまはよ」

祖母は首を振った。そして一枚の写真を見せる。

「これは……お祖父さま？」

軍服に帽子を被った若いアメリカ軍人の写真。長い杖のような三脚と大きなカメラを持っている。

金剛杖だ。

閉じられたカメラ用の長い三脚を見て麻衣は思った。

軍用の略帽、ゲートル——修験者の服装だ。

「そう、お祖父さまは軍隊にいたけれど、写真やフィルムを撮るお仕事だったんよ。戦争で焼け野原になった日本を撮っていたの。こんなに戦争は野蛮で残酷じゃって、後の人たちに知らせるためにね。一生懸命、写真を撮っていたんよ」

祖母はその一枚を拾い上げて、微笑んだ。

「お祖母さまも内緒で小さいキャメラを貸して頂いてたの……村の色々な場所を撮って、お祖父さまと一緒に現像したの。写真はね。暗いお部屋の赤い光の中でね。お酢みたいな匂いのお薬に順番に浸けていくと、白い紙に、だんだん景色や人が浮かび上がっていくんよ。とっても不思議で楽しかった……それをお洗濯みたいにぶら下げて乾かして……お祖父さまは、この木箱に一枚一枚大切にとっておいたの。この螺鈿の木箱はお祖母さまが、お誕生日に差し上げたものなん。綺麗でしょう？　あ、これもお祖母さまがキャメラで撮ったんよ」

「なあに？……これ」

「これはずっと昔から、おうちに伝わるお雛様よ。お節句にはお雛様の前でお唄を歌うん」

……雛の宵、ミズチは呼ばぬゆえ……錠前閉めて。

「そのお唄、怖あい。このお雛様も怖い。麻衣のお雛様の方がずっと綺麗だもん」

「そうやね」祖母は笑った。

古い物には時間の流れが緩やかなのか、お雛様は今とほとんど変わっていない。

「この子はだあれ？」

お雛様に向かって座る、ウールの着物の少女。

「これはね。お祖母さまの妹。おとなしくていい子だったの。元気にしてるかねえ」

今ならそれが瑞絵の母だと分かる。だが当時の麻衣の興味は、次々と他の写真に移っていった。

「これ、これがいい。お花畑」

家の中から撮った菜の花畑——木戸の取っ手は滑らかに磨き上げられ、触ってみたいほどの光沢があった。モノクロだが、外の花の質感や匂いまで伝わるようだ。

「ここはお屋敷の中で、お祖母さまの一番大好きな場所。春になるとね、黄色の菜の花がたくさん咲くん。お地蔵様のほこらも埋め尽くされるくらいたくさん、たくさん……ほらこれ」

「お姫様だあ」

もう一枚は、お花畑に立つ洋装の女性。髪をポンパドールに結い上げ、凝ったレースの手袋を手に持っている。風になびく後れ毛をかき上げる指。長い膨らんだ裾のドレス。コルセットで引き締めたウエスト。古めかしい真鍮のイヤリング。

「これは私よ。せっかく着たからって、次郎さんにキャメラを渡して撮ってもらったん」

「ジロウさん？」

「おばあさまの弟。兄妹の中で一番仲良しだったの。男の子なのに優しくて、花物語が大好きだった」

「じゃこれ、お祖母さま？　麻衣もこんなの着たいな」

「大人になれば、いくらでも着られる。戦時中は着ることはできんかったけど……オシャレはね。『平和と幸せのご褒美』なんよ」

そして鳥居の写真が三枚。

「これも、神社よ。珍しい鳥居だから、お祖父さまに見せてあげようと思って、お祖母さまが撮ったの。天縛、三槌……」

そしてイカズチの神社。

「ここはね、呪われた神様が祀られとるん……入ると、恐ろしい祟りがあるの。お祖母さまがこの中で泣いているとね。ミズチがお祖母さまを助けて、逃がしてくれたの。ほら、この包みもくれたん。それでお祖父さまが待っている所まで、この包みを抱いて逃げたの。お祖父さまが好きで、命よりも大切なお祖父さまに会いたくて……必死で逃げたの」

たぶん、祖母は、幼い麻衣が自分の行動や愛情を理解することなど、期待してはいなかっただろう。まるで自らに言い聞かせるように、遠くを見つめ、淡々と語っていたのだ。

語る祖母の手には、確かに紫の包みが握られていたが、中にあるご神体を、はたして幼い麻衣が目にしていたかどうかは分からなかった。美砂子は日本を離れる前に、その存在を麻衣にだけ教え、写真とともに『ミズチの堅いお腹』へと隠してしまったのだ。

傍らに置かれた、紫の包みが目に入る。写真に夢中になって、包みの存在を忘れかけていたのだった。そっと取り上げて、恐る恐るそれを見つめる。

サンディは美砂子。

だから紛れもなく、これはご神体だ。

宝石のように美しい、宇宙から来た流れ星。美しい湖と依り代で眠り続けた宝石とは、どれほど神々しいものだろう。

だけど――麻衣は、暗い気持ちになる。

こんなものさえなければ、辰野が気持ちを惑わされることも、弓が行方不明になることもなかったのだ。

麻衣は、少しためらったのち、大きく息を吐く。

そして、震える手で包みの結び目を解いた。

ご神体の真実

黒い固まり。

中から出てきたのは、ただの地味な石。

所々に白い筋のようなものが入ってはいるが、まるで想像したものとは違っていた。ソフトボールくらいの大きさで、片面は砕けたようにごつごつした肌が露出している。

これがご神体のはずはない。すり替えられたのだ。麻衣は途方にくれて、そのくすんだ石をじっと眺めた。

と、その時、コツコツとガラス窓を爪で弾く音がした。

こんな時間に一体誰だろう。そういえばさっき庭に出た時、セキュリティを解除したまま忘れていたような。

麻衣は自分の不注意さを呪いながら、なぎなたを取り上げた。そしてゆっくりと窓に近寄り、カーテンをめくる。

「……先生？」

そこには思いも掛けず一ノ瀬がいて、植え込みにたたずんで静かにこちらを見下ろしていた。

麻衣は急いで立て付けの悪いガラス窓を開ける。

「どうしたんですか？　こんな時間に」

「今晩は。麻衣さん、少しお邪魔してもよろしいでしょうか」

そう言って、かすかに口元を綻ばせた。

「もちろんです。どうぞ」

麻衣がスリッパを取り出すと、一ノ瀬は靴を脱いで丁寧に揃え、庭から、そのまま居間に入った。

昼間と同じ服装で、物腰も普段通り柔らかだったが、麻衣はその表情にどこか、いつもと違う影を感じて首を傾げた。

何かあったのだろうか。まさか……弓によくないことが？

一ノ瀬は黙ったまま、散らかっている床に目を注いだ。麻衣はあたふたと、床に散乱した写真をかき集めた。

「あの、あの……私、ちょっと困ったことが起こってしまって」

このままずっと辰野を閉じ込めておく訳にもいかないが、まだ自分の気持ちも整理できていない。図らずも、折良く一ノ瀬が訪ねてくれたことにほっとしつつ、どこから話すべきか、そしてどこまで話すべきか、混乱した頭で考えた。

しかし一ノ瀬は戸惑っている麻衣を見つめて、ふっと、醒めた微笑を浮かべた。

「やはりあなたは素晴らしいですね……期待していた以上でした」

「何が……ですか」

急に不安を感じ、写真を集める手を止める。

「それを見つけたことです。正直、こんなに早く、見つかるとは思っていませんでした。手間暇かけた甲斐がありました」

一ノ瀬は麻衣の前に転がっている、黒い石を見据えた。

麻衣はぞっと震えた。この人は何を言っているのだろう。そこにはこれまで見せたこともない空虚な横顔があるだけだ。

「まだ、分かりませんか？　あなたが正くんと仲良くなると不都合が生じるので、少し意地悪もしましたが……やはり彼は、辰野家の男でした。男性優越思想の持ち主であるにもかかわらず、愛する女性のためなら、命を投げ出すことも厭わない。まあ……結果的には、やり方がストレート過ぎてあなたの不審を買ってしまい、障害にはなり得ませんでしたね」

「まさか……」

目の前が白くなった。

もしかして、麻衣は——とんでもない誤解から——取り返しのつかない失敗をしたのではないか。

「塾の中学生も、恋愛をして成績が下がるのは、大抵、男子生徒なのですよ。それも優秀な生徒に限ってダメージが大きい。その点、女子生徒はのめり込むこともなく、勉強に差し障ることもまれなのですが……」

一ノ瀬は散らばっている写真を何枚か手に取ると、静かにソファに腰を下ろした。

「あなたは、さらに希少ですね。ロマンス小説のような甘い場面から、そこまで冷静に頭を切り換え、剣を交えて、相手を打ち負かすことまでできるのですから」

会うたび癒しを感じた一ノ瀬が、整った顔に妖しい色気を漂わせたのを見て、どきりと震える。この人は——男の人なんだ。

麻衣はこの時初めて、一ノ瀬に対し、そういう思いを抱いた。

「あなたが村に来る前に、私には、長く澱んだ時間がありました。ほぼ、調べはついていたのです……それで事実を小出しにして、ささやかながら、あなたのお手伝いをさせて頂いた。記憶というのは、五感に密接に関わってはいますが、何が触媒になるかは試さないと分からない……」

一ノ瀬は写真の中から、神社の鳥居を見つけるとため息を吐いて、「しかし……こんな写真まで存在していたとは。ずいぶん助けられましたね。うれしい誤算です。あなたが村を夢で見たというのは、私にも謎の一つでしたが、このように直接、視覚に訴える媒体があったのなら、何の不思議もありません」

「あなたは何もかも知っていて……」

麻衣は一ノ瀬を信じ、頼り切っていた自分に腹が立った。

「さらわれた弓さんの行方を捜し、天狗というキーワードから美砂子さんの存在を知る。美砂子さんの謎を解くことで、自然に自分のルーツにたどり着く……当然といえば当然の流れです」

「まさか……弓の相手は」

弓の愛する男——麻衣はまじまじと一ノ瀬を見つめた。

「ええ。彼女もよくやってくれました。性格のまるで違うあなたと友達になって、村まで連れてくるなんて、大変だったと思いますよ」

「え……」

麻衣は目を見張った。考えもしないことだった。

「まさか、自分が偶然に弓さんと知り合い、それもまた偶然に村にやって来たと思っていたのですか。あなたもやはり女の子だ。ずいぶんロマンティストですね。少しだけ安心しましたよ」

一ノ瀬は穏やかな微笑を浮かべたまま写真を揃え、麻衣に返した。

「偶然なんて、そう簡単に起こるものじゃない。偶然と思われていることだって、調べれば明らかな作為が見つかるものです。あなたの場合、付属高校から女子大に進むことは分かっていましたから、弓さんには、受験してそこに入ってもらいました。とりあえず、学部は違っても、同じ大学ならば近づきやすいですからね」

麻衣は呆気に取られた。そんな前から計画は始まっていたのだ。

細く開いていた窓から空気が流れ込み、薔薇模様のカーテンが微かに揺れた。

「祖母の遺品に電報を見つけた時点では、何故、それを祖母が握りつぶし、隠していたのか知り得ませんでした。ご神体がすでに依り代にないこと、そして祖父の死因が判って初めて一連の仮説が浮かんだのです。しかし私には、会長のような経済力はありません。美砂子さんの足取りを捜すにも大変でした。やっと探し当てた時には、彼女はすでに帰幽していた……しかし、美砂子さんには日本に家族がおり、古い屋敷を買って、しばらくそこに住んでいたことも知りました。ご神体は長い間、世間に価値を認められていませんでしたが、かといって、粗雑な扱いはできない。もし、ご神体を手放していないなら、家族に託すため屋敷のどこかに隠している……そう確信していました」

一ノ瀬はソファに座ったまま、壁の風景画に目をやる。よく見るとそこには薄く、MISAのサインが読み取れた。

「最初は焦って、無茶なこともしました。一度は弓さんにあなたを連れだしてもらって、屋敷を探索させて頂いたのですが」

「あ、空き巣……」

呆然と麻衣が呟くのを見て、一ノ瀬は口を歪めた。

「しかし、この屋敷は楽しいですね。各部屋ごとの空気清浄機。そしてあなたは、クローゼットに寝ている……部屋中に、洋服や靴が溢れかえっているのに、一分の隙もなく、きちんと並べられている。かと思えば、電気の配線は無茶苦茶です……そういえば、床下の換気扇は、最近のものですか。結構なお金を取られたと思いますが、何の役にも、立っていませんね」

麻衣は思わず顔をしかめた。

「それから老婆心ながら、あなたが建築士になるつもりなら、そういう、基本技術や利便性はもちろんですが、少し芸術方面も勉強したほうがよいですよ。いくら整理整頓されていても、住空間に余裕や安らぎがないと、生活がぎすぎすしますしね」

痛い所を突かれて、麻衣はさらに唇を噛む。

「ことを荒立てるつもりはなかったのですが、入ってすぐ、あなたの病的な不完全脅迫に気づいて、まずいと思いました。これでは一センチ移動しただけで、侵入に気付かれてしまう。やむを得ず、空き巣らしく見えるよう現金を頂きましたが、お返しする機会もなく気にかかっていたのですよ。この機会にお返ししておきましょう」

一ノ瀬はポケットからご祝儀袋を取りだして、テーブルに置いた。

「信じられない……」

麻衣は、赤い水引を見て思わず呟いた。

「しかし、残念ながら、屋敷のどこにもご神体は見つかりませんでした。貸金庫に預けているふうもありませんし。これだけ捜しても見つからないということは、どこか特殊な場所に隠している、そしてそれをあなたに伝えているはずだと考えたのです」

一ノ瀬はソファの上で足を組むと、さらに、悪びれた様子もなく、

「しかしあなたも知らないのか、忘れているのか、まるでご神体は現れない……かなりの賭けでしたが、こうなったら揺さぶりを掛けて様子を見ようと……ちょうど、弓さんの結婚が決まったのですから、その機会を利用しない手はない」

一ノ瀬はそう言ってしばらく言葉を切った。麻衣は図々しい話に呆れながらも、息を呑んで続きを待たずにはいられなかった。

「村を訪れたあなたは、自分の祖母の出自について何も知らされていないようでした。しかし断片的になにか刷り込まれている……あなたと話すうちに、そう確信したので、色々な情報を効果的に与えて、後はあなた自身で、捜して頂くことにしたのです。私は鵜飼いのように紐を携え、ただ、待っていればよいわけですから」

麻衣は一ノ瀬を睨んだ。弓が麻衣に禊ぎを押しつけたのも、きっと一ノ瀬の差し金だったのだ。

「禊ぎの夜、離れに来たのも……あなたなんですか」

「ああ」一ノ瀬は前髪をかき上げて、無表情な横顔を見せた。

「あの夜は、アクシデントが起こって、大幅に予定が狂ったのです。正くんが来るのは知っていましたが、鉢合わせしそうになって慌てましたよ。腕力で勝つ自信はありませんしね。しかし本来、天狗が現れるのは禊ぎの夜ですし。筋書きはきっちりなぞっておかないと、意味をなさないでは困りますから」

「じゃあ、天狗の面で弓をさらったような場面をみせたり、演劇少年を使って、次郎さんの真似をさせたり……」

一ノ瀬は初めて満足そうに笑った。

「ええ。厨房や廊下に出てもらうため、喉が渇くように抗コリン剤を少量使ったのですが、あなたは思いの外、薬に敏感で驚きましたよ。弓さんの悪戯で、御神酒も飲んでしまったようですし……実際、体に差し障りはありませんでしたか」

「まさか、ジュース……」

披露宴で一ノ瀬が持ってきたジュースを、麻衣は善意と感謝して素直に飲んだのだった。

「二人ともなかなかよい演技をしましたね……そうは思いませんか」

麻衣はさすがに同意する気にはなれなかった。

「スタンガンで襲ったのも？」

「ああ」一ノ瀬は急に表情を硬くした。

「あれはいけません。私は、暴力を好みません。弓さんが勝手にやったのですよ。蓑下のことでいささか怖じ気づいてしまって。あなたを怖がらせて東京に戻し、私から遠ざけようとしたのです」

「蓑下くんの天狗隠しも……まさか」

麻衣が言うと、一ノ瀬はますます不快げに顔を歪めた。

「あれこそ最低でした。思い出したくありません。プライドだけは高い男ですし、事実を話せないように細工をしただけです」

「何のために……そんなこと」

一ノ瀬はもうそのことには触れたくないとばかりに、口元を引き締め、無表情に黙り込んだ。

その時、一ノ瀬のポケットで急にショート着信音が鳴った。一ノ瀬はため息混じりに、ふところから、オレンジ色のスマホを取りだした。

「学校をやめても、未だに遊びの誘いはひっきりなしです。困ったものですね」

麻衣は驚いて瑞絵と色違いのスマホを見つめた。

「それって……」

「ええ、弓さんのものです」

麻衣はぞっとした。「まさかあなたが、お昼のメールも……」

「ええ。瑞絵さんに心配をかけるのは、不本意ですから」

「じゃあ、ジロウさんのメールも？　次郎さんの人工呼吸器……」

一ノ瀬はちょっと目を見開いて、哀しげに麻衣を見つめたが、何も言わなかった。麻衣は、自分がどんどん追いつめられていくのを感じた。

「弓は？　弓は、あなた、弓まで……」

「そうですね、彼女は深く関わり過ぎました」

それでも、一ノ瀬はやはり静かに答える。

「どうして？　弓はすべてを捨てようとしたのでしょう？」

『本気で男を好きになったこともないくせに……』

そう罵った弓の顔が思い出されて、麻衣は胸が潰れそうになった。

「酷い……弓は、あなたを本気で好きだったんですよ」

「私は、愛情などという、不確かなものを信じてはいません。あなたも、私と同じ人種ではないですか」

醒めた口調で一ノ瀬は言い、

「人間というものは、そんな単純なものではありません。一切、悪でできていれば、それはそれで強くいられるかもしれない……私は、迷信と因習の象徴なのですよ。村の暗部に寄生しないと生きていけない。それがどういうことか、あなたには分からないでしょう」

「分からなくていいです」麻衣は唇を噛んだ。

「あなたは自分の強欲非道を、村のせいにしてるだけです。辰野さんも弓も……何かにつけてみんな免罪符みたいに、村、村って言うけど……東京だって同じですよ。どこにいたってみんな、一生懸命に生きてるんです」

「困りましたねえ。あなたには、泣き落としも通じない」

一ノ瀬はうれしそうに笑った。麻衣は思わず息を止める。

「あなたがこんな人だったなんて……里香さんの娘さんが知ったら、ずいぶん悲しむでしょうね」

言ってしまってすぐに後悔したが、一ノ瀬は傷ついたふうもなく眉を上げ、麻衣を静かに見据えた。

「あの……ごめんなさい、こんなことというつもりじゃ……」

「いいえ。お気遣いなく。しかし、怒りのエネルギーは甚大だ。あなたのように心根のよい人でも、つい、人の痛みに塩を塗り込むようなことを言ってしまう……これも、人間が状況によって、善悪どちらにも属することができるという、証明だとは思いませんか」

「……本当にすみま」

「が、これも一種の伝承ですね……あなたには申し訳ないが、現実はそんなに美しくなどないのですよ。宏美が死んだ時、私たちはとっくに別れていましてね。周りが美談として捉えるなら、それも害にはならないと思って、わざわざ説明などしませんでしたが」

一ノ瀬は麻衣の言葉をさえぎって言い、一度立ち上がった。

そして、呆然とする麻衣の手元から、写真の入った螺鈿の箱を取り上げ、再びソファに戻って調べ始めた。

「あ、あなたは何が不満なんですか。みんなに尊敬されているし、そんなふうにひねくれる理由が分からない……」

「理由なんてありませんよ。あなたが勘違いし、勝手に信頼していただけで、私は生まれつき、こういう人間です。天狗はね……仏道の教えを誰より、論理的に把握しているのです。しかし、実践するつもりはない。だから地獄にも浄土にも行けず、六道をさまよっているのですよ。かつて大陸の奥地で虎になった男が、臆病な自尊心と尊大な羞恥心に囚われたようにね……私は、天狗やミズチなどの伝承に興味はありませんが、彼らの性質はとてもよく見える……」

麻衣は恐る恐る尋ねた。

「次郎さんが神隠しにあったことも、作り話なんですか」

「いいえ。本当のことですよ。それもきちんと説明がつきます」

一ノ瀬は初めて微かにため息を吐いて、箱を麻衣に返した。

「お気の毒なことですが、彼は誘拐され、宮司に監禁されていたのだと思います。天縛神社の、御神酒部屋はそういう部屋です」

「宮司？」

「御神酒の倉庫は私が張った結界の中にあり、イカズチの依り代に続く裂け目のすぐ傍なのです。あなたも依り代の桜を見たと思いますが、あの辺の樹木には天狗の髭と同じ髭根……イチイなどが群生しています。たぶん次郎さんは禊ぎの夜、美砂子さんを逃がすため自ら宮司を誘い……故意か事故なのかは分かりませんが、裂け目に突き落としたのだと思います」

「次郎さんが？」

麻衣は複雑な気分になった。会長も知っていたようだったが、次郎が亡くなったことで初めて明らかにできる話だったのだ。

「嫌な話をしましたね。すみません」

「謝らないで下さい。そういうことで……」

次郎はとても自尊心が強かった、と、瑞絵が言っていた。村に残した病弱な次郎のことを、美砂子もずっと気にしていたことだろう。

「いいですね……渡くんも言っていましたが、田之倉の女性はみんな強い。あなたが愛する正くんを地下室に蹴り落とす場面。是非、この目で拝見したかったですね。本来の彼なら、簡単にやられたりしないと思いますが、彼もやはり、男女交際で勉強が手に付かなくなる中学生と同じでしたか」

「いつから……見ていたんですか」

「基本的に、今のようにカーテンが閉まっている場合は見ていません。女性の部屋ですしね」

一ノ瀬は邪心など感じられないようににっこり笑って、床の上を指さす。そこには、加湿器に繋がった電気の延長タップがあった。

「以前、こちらを調べさせていただいた時、収穫がゼロだった代わりに、AC一〇〇V型の盗聴器を仕掛けさせていただきました。向かいの賃貸マンションの二〇二号室が私の部屋です」

「まさか、東南アジアの置物も……」

「はい。そうです。ただあれは電池式ですから。延長タップと違って充電はできませんし、そろそろ、ただの魔よけに戻ると思います。しかし……正くんは本当にお気の毒でした。子どもの頃の照れ性をやっと克服し、あなたの目を見つめて真剣な気持ちを伝えたにもかかわらず、まるで信頼してもらえなかったのですから」

「そんな……」

二階から置物を持ってきて、投げつけてやりたい衝動に駆られる。

「会長は、最初から、あなたに美砂子さんの面影を見ておられました。アレキサンドラさんが亡くなって久しいこともあって、調査会社も彼女が美砂子さんだというところまで、調べはつかなかったようです。が、あなたのお祖母さまが日系人、お祖父さまがアメリカ人ということで、ほぼ、確信されたのだと思います。正くんは渡くんから会長の調査の話を聞き、自分の行動を監視されたと勘違いして、頭に血が上ったのです。それまでの鬱憤が爆発し、調査書を奪い取って、勢い、ここにやって来たのですよ」

あれは、会長宛の調査書だったのか。麻衣は自分の馬鹿さ加減に泣きたいくらいだった。

「どうして会長や渡くんと違って、辰野さんだけ、イカズチ神社を怖がっていたんですか」

「なるほど……」一ノ瀬は得心したようにうなずいて、

「彼は徹底した理論派であると同時に、動物的な勘が鋭いのです。本来、伝承など信じてはいない。だからこそ、ミズチがイカズチに強いというこじつけも信じない。ただ、洞窟の奥に、何か危険な物があるということは、本能的に感じていました。病原菌を持つ野生動物か、はたまた、地形的リスクか……だから敢えて、禁忌を犯してまで、近づく必要はないと考えたのです。確かにそれは、かつて放射能を帯びた、危険物だったわけですが」

黙ったままの麻衣に一ノ瀬は微笑した。

「まあ、村の要になっている伝承ですが、ある意味、綻びだらけということですね。女性を好まないはずの天狗が、どうして田之倉の姫を欲しがったかについても、色々考えられはしますが」

「女性を好まない……」

そういえば前に、一ノ瀬が話題にしていたことを思い出す。

「対象を天狗ではなく、女性好きの河童にでもすればよいのですが、河童はミズチと同じ水の性ですから、その時点でまた火、水、土の関係に歪みがでるのですよ。私は伝承そのものより、それを作った人間の論理や思考過程の方に興味を感じます。この場合、流れ着いた姫が、実は性別を超えた神聖な存在であった、ということにでもしないと説明がつかなくなるのです」

「性別を超えた？　神様ってことですか」

一ノ瀬は首を振った。

「両性を兼ね備えている、ということです」

麻衣は混乱していたが、一ノ瀬に裏切られたショックのせいで、もう、その手の怪しい話を真面目に受け取る気にはなれなかった。

「伝承は隕石を祀るためのこじつけでしょう？　もともと天狗やミズチだって架空の生き

物なんだし。伝承は作られた、って今、あなた自身が言ったばかりじゃないですか。あなたの理屈って、詭弁に詭弁を重ねて、人を攪乱しているだけです」

「身も蓋もありませんね。女性はみんなこういう話が好きでしょう。弓さんなど、伝承や美砂子さんの神隠しの話をしただけで、大喜びでしたが」一ノ瀬は肩をすくめた。

「弓に何を言ったの……」

「別に……美砂子さんの天狗隠しを再現し、あなたを楽しませてあげようと。そして神社にご神体を返して頂く。そう言っただけです」

「弓は……弓は？」

麻衣は震え、涙が溢れそうになって両手で口を押さえた。

「あなたやっぱり弓を……弓はどこにいるんですか」

ハスキーな声が響いた。

「いるよ。ここに……」

「ゆみぃ？」麻衣は息を詰まらせた。

驚いたのは一ノ瀬も同じだったが、一瞬にやりと笑うとすぐにまた無表情に戻る。

振り返ると、そこには髪の毛をショートにし、細身のデニム姿の弓が、気配もなく壁に寄り掛かっていたのだった。

そして細い指でピストルの形を作ってみせ、いきなり後ろ手に、なぎなたを投げてよこした。

人形の夢と目覚め

「あ、危ない」

麻衣は身を乗り出して、やっとなぎなたを受け取った。

どこから持って来たのか、刃のある形用ではなく、切先にたんぽがついた試合用である。

「弓……無事だったの？」

「くたばってどうすんのよ……っていうか、わりとやばかったんだけどさ。海岸で山姥に拾われたの。しばらくおいてもらってたんだけど、人使い荒いのなんの。炊事、掃除、洗濯に、猫のシャンプーまで全部やらされたよ。おかげで、ほら。ひっかき傷だらけ」

「弓さん。無事で何よりでしたね。新しい髪型もよく似合いますよ」

一ノ瀬はすでに普段の口調に戻っていて、ソファに座ったまま白々しく声をかける。弓もさすがに顔をしかめた。

「先生。あんた、ツメが甘いっつうの。殺されたって、あたしは絶対、諦めたりしない。

十年追いかけて、やっと振り向かせたんだ。あんたが落ちるんなら、地獄だって六道だってとことんついて行くからね。ふん……一人で、格好つけてるんじゃねえよ」

「言葉遣いはきちんとするように。何度、言ったら分かるのですか」

一ノ瀬は表情も変えず注意した。

「しかし……あなたの情の深さも困りものですね。そこの麻衣さんと二で割れば、ちょうどよい頃合いになりそうですが」

言われた麻衣が鼻白んで動揺した隙に、一ノ瀬は座ったまま手を伸ばして、なぎなたの白いテープ部分を掴んだ。

驚いて逃れようとしたが、思わぬ力でびくともしない。しかし一ノ瀬の視線は、既にご神体の石に据えられていた。

「麻衣さん。お尋ねしますが、石は一つだけでしたか」

「え……はい」

麻衣はつい、うっかりと、そう答えた。長く信頼をおいていたせいで、未だに素直な返事が飛び出してくる。

うなずいた後で、麻衣は依り代の岩が凹形だったことを思い出した。確かに目の前の神体は、半分に割れたような形状をしている。

「もう一つ、あるんですか」

「さあ。どうでしょうか……しかしとりあえず、これは返して頂きますよ」一ノ瀬は、黒い石に手を伸ばした。

「取られないでよ。麻衣」弓が声を掛ける。

「いいんですか」一ノ瀬は静かに言って、口元を歪めた。

「まあ、危険性は低いとは思いますが、まだ石のγ線を測定していませんからね。将来、あなたたちに出産の意思があるなら、近寄らない方が無難かもしれませんよ」

麻衣と弓は、同時に後ずさった。

「だめですね……さっきまで、素手で触っていながら、今度はその過剰な反応ですか。危険行動も、害ある風評も、同じく無知が引き起こすのですよ。もっと正確な知識を持って、行動に責任を持たなければいけません」一ノ瀬は石を目の前に持ち上げて、割れた部分をじっと見つめた。

「思ったとおり、石質隕石ですか。コンドリュールは含まれていないようですね。眷属のうさぎにちなんで、月の石というならありがたいのですが……まあ、火星やベスタのものであっても、これほど大きさと重さがあれば、少しは価値がでるでしょう」

「それって……本物のご神体なんですか」

麻衣は宝石とは程遠い、地味で黒いだけの石を見て、恐る恐る尋ねた。

「ダイヤモンドのように輝く石でも想像していましたか」

一ノ瀬は笑って、

「ご期待に添えず申し訳ありません、たぶん、三槌神社の竜の目の方が、そういう意味では美しいでしょうね」

そう言いながら一ノ瀬は、悠々と石を鞄に入れた。

「くそっ」

「弓さん。言葉には、言霊が宿っていると教えたでしょう」

最初からそのつもりで、玄関ではなく庭から入ってきたのだろう。一ノ瀬は揃えてあった靴を履くなり、あっという間に姿を消した。

麻衣と弓は追いかける元気もなく、ぼんやり、その後ろ姿を見送った。


「持ってかれちゃった……」

弓は呆然と呟いて、その場に腰を下ろした。麻衣も立ち上がる気力を無くし、カーペットに座り込んだままだ。

「でもあれって、元は神社のものなんだよね。あんな手の込んだことしなくても、初めからそう言ってくれればよかったのに」

とんでもない、というように弓は手を振った。

「ダメダメ。そんなじゃ、鈍いあんたが、思い出すはずないじゃん。ママと一緒で、切羽詰まんないとエンジンかかんないんだし」

麻衣は頬を膨らませ、一ノ瀬がご祝儀袋と並べて置いていったスマホを見た。

「次郎さん……亡くなったんだよ」

「知ってるよ。山姥に聞いた。あんたに見送られて、喜んでるんじゃないかな、あんたの祖母さんとは特別、仲よかったみたいだし」

「生命維持装置、外れてたって……」

「え……」

弓は一瞬、はっとしたように麻衣を見たが、すぐに目をそらしてため息を吐く。

「そっか……死んだ日、次郎って人の誕生日だったみたいだし。何となくママ……かなって思った。やっぱ、そうなんだ」

麻衣は驚いたが、じき、一ノ瀬も弓と同じくそれを予測していたのではと思った。

あの夜、麻衣を次郎の病室に誘うことで、瑞絵の行動を妨害し、思い止まらせようとしたのではないか。

繋ぎ止めず、自由にすること——それが次郎にとって、本当に正しかったかどうか判らない。が、もし、実行したのが本当に瑞絵なら、背負い続ける心の荷は、想像もつかないほど重いに違いないのだ。

麻衣は、目の前に転がる空のビスケット缶に目を移した。

「なんだか、もう一つあるみたいなこと言ってたよね」

「うん……」弓もうなずいて、

「あいつ高校の時、死ぬつもりで依り代に入ったらしいんだ。そしたら普通にご神体消えてるし……捜し出すの、長年の悲願だったみたい。その頃、海岸にリュウグウノツカイって、でっかい化け物魚が上がってさ。駐在所のミニパトが初出動して大騒ぎだったのに……お祖父さんの日記、調べるのに夢中で、一人だけ出て来なかったんだって。あげくのはてに盲腸までほったらかして腹膜炎になっちゃったらしいし……今回、あんたがそれ見つけたらあいつ、白く燃え尽きるんじゃないかって、あたし、密かに心配してたんだ……ま、もう一つあるんなら、まだ、平気かな」

「なんか……いやだ」

麻衣は呟いた。もし残りの片方がどこかにあるとしても、もう二度と関わり合いになりたくはなかった。

「でも、これ大丈夫かな。放射能……」

弓は、気味悪そうにビスケット缶を眺める。

「お祖母さまは、そのまま石抱えて逃げたんだし、さっき私も手で摑んじゃったよ。一ノ瀬先生だって、あんなこと言ったくせに、普通に鞄に入れて持って行ったじゃない」

「あいつはそんなの怖がってないよ。長生きしようなんて思ってないし。でも、聞いたことない？　キュリー夫人の体って、死んだ後も青白く光ってたって」

「嘘……」

「うん、嘘かも」

弓はあっさり言い、立ち上がって冷蔵庫を開けた。中から勝手にミネラルウォーターを取りだして握りしめながら、

「でもあいつ……ホント悔しいけど、格好よすぎ」

「殺されかけたんじゃないの？」

麻衣は驚いて顔をしかめた。

弓は笑って、またカーペットに座り、あぐらをかく。

「本気で殺そうなんて思ってないよ。あの時間、山姥がいること知ってて、気絶した私を放り出したの……利用されて、用済みになって捨てられたって思えば、さすがのあたしも諦めると思ったんだね。ラインを送り続けたのだって、本当にママを心配させないため」

「悪い人……なんだよね」

麻衣はよく分からなくなって呟く。

「うん。性格悪い。頭よくて格好いいけど、めちゃくちゃ悪いやつだよねえ」弓は歌うような口調で言い、水を飲んだ。

「あの人、年って……いくつ？」

考えもしなかった疑問が湧いた。年令や性別など感じさせない、清廉潔白な人物だと信じ切っていた自分が情けない。麻衣は布団部屋での弓の声を思い出して、思わず顔を赤らめた。

「ママより一つ上。若く見えるでしょ。村でママだけなんだよ。お婆さんと同じように『純さん』とか呼ぶの。かなりむかつく」

「まだ、好きなんだ……犯罪者じゃないの」

盗聴、空き巣、拉致監禁、殺人未遂。考えると頭が痛くなりそうだった。

「犯罪？　すれすれってとこ。あいつまた、明日から村の尊敬すべき宮司だもん。あたしたち以外、誰もあんなやつだって知らないし。なんせ、高校ん時から、学費のためにガキ集めて塾やってた感心な青年だよ。村で、あいつ悪く言う奴なんていないじゃん。渡が苦手にしてるのも、二重人格の同族嫌悪なんだろうけど。本人、まるで気づいてないから、笑っちゃう。蓑下は絶対、あいつを訴えたりしないし。あんただってそうでしょ」

「蓑下くん、どうして天狗隠しなんかに……」

麻衣がそう言うと、弓はいきなり柳眉を逆立て、テーブルにボトルをどん、と置いた。

「蓑下……サイテー。あんなやつ、面白半分に呼ぶんじゃなかった。むしゃくしゃしたのかもしんないけど、ノラ猫に、花粉症の抗ヒスタミン剤、仕込んで食べさせたの。痙攣して死にかけてる猫見つけて、中森んとこで胃洗浄したら、肉屋のコロッケが出てきてさ。

蓑下の仕業かも、ってんで、問い詰めたら案の定……」

あの、三毛猫？　麻衣は驚いて目を見張る。

「そのせいでさ、禊ぎの予定が大幅に変わっちゃったんだ。本当はあの日、いなくなるはずだったのにさ。結婚式まで挙げる羽目になっちゃって」

麻衣は式の朝、弓がふてくされて帰って来たことを思い出した。

「あいつはそういうの、絶対許さない。あたしがあんたにスタンガン使ったのだって、ずいぶんネチネチ言われたし」

「悪い人……なんだよね」

麻衣はまた、だんだん自信が無くなってくる。

「極悪非道だよ……あいつが御神酒部屋で蓑下にやったこと……あんたには、とても話せないわ。蓑下も誰かに知られたら、今度こそ本当に消えちゃうと思うね。実際、記憶なくしたい、って思ってるはずだよ」

麻衣はぞっとした。そして一生、知りたくないと思う。

「里香さんの娘さんとのことも、とっくに別れてたって……」

「ああ、そのこと……」

弓は珍しく目を伏せ、すり切れたデニムの膝を抱き寄せる。髪の毛が短くなったせいで、少年の横顔のようだった。

「それは嘘……あたし見たんだ。あいつが一人、天縛神社で泣いてるとこ。夕日の中でさ。本当に哀しそうで辛そうで……胸が痛くなった」

「……え」

弓はくすんと笑って、

「あたし、小学生だったけど思ったの。二度とこの人をこんなふうに泣かせない。はやく大人になって絶対、守るって……考えたら、その瞬間、惚れちゃったんだよね」

「……すごい。弓って」麻衣は思わず息を呑んだ。

弓は照れたように前髪をかき上げて、ぷいと立ち上がった。そのまま暖炉の家族写真を手にとって、眺めながら言う。

「そういえば、あんた。タダシとデキちゃったんだよね」

「ちがっ……そんな言い方、やめてよ」

麻衣も慌てて立ち上がる。

「へえ。強気だね。そういやあたし、まだ籍入ってるんだった。あんた、不倫だよ」

弓は悪戯っぽい口調で言って振り返り、にやりと笑った。

「そんな……」

「で、タダシ、どこにいるのよ」

「あ……忘れてた」

麻衣は、寒い地下室に閉じ込めたままの辰野を思い出した。

今頃、やけになって、倉じゅうのワインをあおっているに違いない。犯人だと思いこんだ上、思いっきり蹴飛ばしたことを、甘い貴腐ワインで許してくれないだろうか。

麻衣は、ぼんやりそう考えた。

了

来たる２０２２年、地球に平穏が訪れますように。

Special thanks to（五十音順）
『あむばるわりあ』西脇 順三郎
『嵐が丘』エミリー・ブロンテ
『ジェーン・エア』シャーロット・ブロンテ
『自負と偏見』ジェイン・オースティン
『ドグラ・マグラ』夢野 久作
『花物語』吉屋 信子
『摩訶般若波羅蜜多心経』
『八つ墓村』横溝 正史
『友情』武者小路 実篤
『夜廻り猫』深谷 かほる
『李陵・山月記』中島 敦
この物語を世に出すにあたり、ご尽力いただいた南雲堂の星野英樹さまにも深く御礼申し上げます。

本書は書き下ろしです。

この物語はフィクションです。実在の人物・団体とは一切関係ありません。

ミズチと天狗とおぼろ月の夢

2021年8月12日　第一刷発行

著　者 ―――――――――――――― 川辺純可

発行者 ―――――――――――――― 南雲一範

装丁者 ―――――――――――――― 奥定泰之

校　正 ―――――――――――――― 株式会社鷗来堂

発行所 ―――――――――――――― 株式会社南雲堂

東京都新宿区山吹町361　郵便番号162-0801

電話番号　(03)3268-2384

ファクシミリ　(03)3260-5425

URL　http://www.nanun-do.co.jp

E-Mail　nanundo@post.email.ne.jp

印刷所 ―――――――――――――― 図書印刷株式会社

製本所 ―――――――――――――― 図書印刷株式会社

ISBN 978-4-523-26602-0　C0093